대형 설서린

대형 설서린 6

설봉 新무협 판타지 소설

초판 1쇄 찍은 날 § 2003년 11월 20일
초판 1쇄 펴낸 날 § 2003년 11월 30일

지은이 § 설봉
펴낸이 § 서경석

편집장 § 문혜영
편집 § 장상수 · 권민정 · 유경화 · 김민정
마케팅 § 정필 · 강양원 · 이선구 · 김규진 · 홍현경

펴낸곳 § 도서출판 청어람
등록번호 § 제1081-1-89호
등록일자 § 1999. 5. 31
어람번호 § 제2-0284호

주소 § 경기도 부천시 원미구 심곡1동 350-1 남성B/D 3F (우) 420-011
전화 § 032-656-4452 팩스 § 032-656-4453
http://www.chungeoram.com
E-mail § eoram99@chollian.net

ⓒ 설봉, 2003

값 8,000원

ISBN 89-5505-891-8 04810
ISBN 89-5505-684-2 (SET)

※ 파본은 본사나 구입하신 서점에서 교환하여 드립니다.
※ 저자와 협의하여 인지를 붙이지 않습니다.

댄형 설서련

설봉 新무협 판타지 소설

6

결사편(決死篇)

도서출판 청어람

목
차

6 결사편(決死篇)

第三十六章

만나서 한 잔 술을

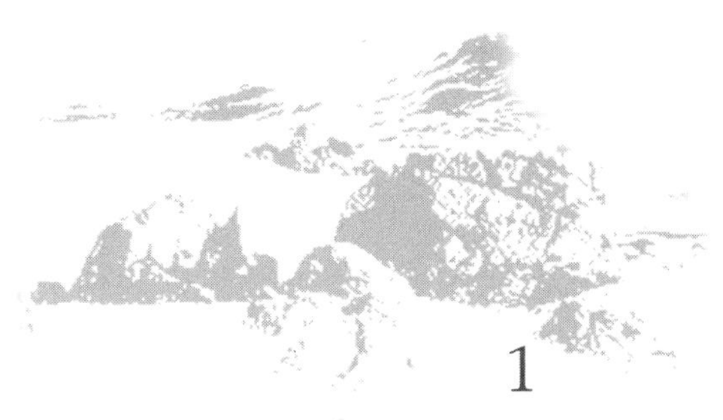

그렇지 않아도 죽음 같은 적막만이 감도는 곳이다. 밤이 깊어져 사위가 캄캄해지면 자신이 내뱉는 숨소리조차 천둥 소리처럼 고막을 뒤흔든다.

'쿠르릉! 쏴아! 콸콸……!'

소리없는 강물은 세상에 존재하는 온갖 소리를 흘려내며 몸을 적셨다.

아침저녁으로 쌀쌀한 한기가 살을 파고드는 늦가을에 하루 종일 물속에 몸을 담그고 있다는 것은 상당히 고역스러웠다.

하지만 무공은 변변치 않지만 타고난 특이 능력으로 세상 온갖 소리를 듣는다는 통음이 강변에서 오 장이나 떨어진 강물 속을 은거지로 지목했으니 따를 수밖에 없다.

청각에서 만무타배와 통음은 같은 수준으로 봐야 한다.

통음이 듣는 것은 만무타배도 들을 수 있고, 통음이 듣지 못하는 것 또한 만무타배는 들을 수 있다고 봐야 한다.

실제로는 반대가 될지 모르겠지만, 도주하는 입장에서는 최소한의 가능성까지 염두에 두어야 한다.

그러자니 정말 고역스럽다.

차가운 강물 속에서 부목(浮木)에 몸을 의지한 채 먹기도 하고 깜빡 졸기도 했다.

한 시진, 두 시진이면 얼마든지 견딜 수 있고, 하루 정도는 그럭저럭 견뎌냈지만, 낮과 밤이 바뀌기를 두 번…… 이틀이 경과하자 인내는 극한의 상황으로 치달았다.

진기를 휘돌려 체온의 저하를 막아보려 애썼지만 그것도 조만간 한계를 드러낼 것이 극명했다. 물로 들어선 사람들의 무공은 엽수낭랑 등 서너 명을 제외하고는 결코 일류라고 할 수 없었다.

방법은 오직 하나뿐이다.

빨리 물에서 벗어나 뭍으로 올라서는 것. 그러자면 싸움을 벌인 독사와 도왕 일행이 모습을 드러내야 하는데…….

"신령, 느낌이 어떤데?"

진취가 주위를 두리번거리며 물었다.

"좋아. 아주 좋아."

신령이 파랗게 질린 입술을 억지로 벌리며 대답했다.

"아주 좋다구?"

진취가 즉시 되물었다.

지금까지 친형제보다 가깝게 지내오는 동안 신령의 입에서 '아주 좋다'는 말을 들은 기억이 없다. 그는 '괜찮다'는 말로 좋음을 표시하곤

했다.

"사람이 귀가 먹었나. 몇 번을 말해야 알아들어. 아주 좋다니까."

신령은 좋은 일에는 신중하던 그답지 않게 자신있는 투로 말했다.

"아주 좋단 말이지? 그럼 신경 쓰지 않아도 되겠네."

자욱한 안개 너머를 바라보던 광안이 진취 대신 말을 받았다.

아니다. 거짓말이다. 말은 그렇게 했지만 조급한 마음은 좀처럼 가시지 않는다. 전에 없이 확신으로 가득 찬 말을 들었음에도.

지금과 같은 상황에서 신경 쓰이지 않는다면 어지간히도 무던한 자가 틀림없다.

지척에서 들린 폭음은 고막을 찢어버릴 듯했다. 폭발의 여력으로 땅이 진동하는 듯했다.

무인들의 싸움에서 폭발음이 들린 것도 의외였지만 무슨 일이 일어났는지는 차차 생각할 일이고…… 당장 걱정이 되는 것은 독사를 비롯하여 싸움에 가담한 무인들이 그만한 폭발에서 벗어날 수 있었느냐 하는 것이다.

단순하게 익히 듣던 병장기 부딪치는 소리였다면 이렇게 가슴이 타들어가지는 않았을 텐데.

"도착할 시간이 지나지 않았나요?"

엽수낭랑이 작은 소리로 속삭이듯 말했다.

"조금 늦는군요."

마천옥이 미간을 찡그리며 대답했다.

예정대로라면 독사를 비롯한 무인들은 어둠이 깃들기 전에 도착했어야 한다.

상대 쪽에서 무공이 가장 강한 사람은 당연히 만무타배를 꼽을 수

있다. 사시와 삼화의 경우에는 요지성녀가 더 높은 고수로 여겨질 수
도 있다.

요지성녀가 더 강한가, 아니면 만무타배가 더 강한가.

이 문제에 대한 해답은 오직 요지성녀와 만무타배, 그리고 그 두 사
람을 모두 아는 마단만 알고 있으리라.

골인 쪽에서 무공이 가장 강한 사람은 독사다.

유화신공으로 잃었던 내력을 회복하면 섭혼살호와 지천도의 무공이
버금갈 수 있을지도 모르지만, 지금은 독사를 따를 사람이 없다.

독사와 만무타배, 그리고 요지성녀.

이 세 사람의 무공은 우열을 가릴 수 없다. 실제로 맞닥뜨려 손속을
마주하기 전에는 짐작조차 불가능하다.

그런 연유로 마천옥은 대적을 포기하고 물러설 것을 권유했다.

혹여 만무타배에게 요지성녀와 같은 고수가 붙어 있기라도 하는 날
에는 길(吉)보다 흉(凶)이 많은 싸움이 될 테니까.

여기에도 문제는 있다.

독사가 무공이 엇비슷한, 혹은 그보다 강할지도 모를 고수의 추적을
쉽게 따돌릴 수 있겠느냐는 것.

만약 만무타배를 따돌리지 못한다면…… 따돌렸다고 생각했는데 뒤
를 밟혔다면…….

독사보다 무공이 약한 멸혼촌 골인들, 그리고 귀주사괴 등등은 모두
독사에게는 무거운 짐이다.

만무타배처럼 산전수전 다 겪은 능구렁이가 그런 호기를 놓칠 리 없
다. 공격의 화살을 골인들에게 쏘아댄다면, 독사는 자신이 지닌 무공
조차도 제대로 펼치지 못할 상황이 벌어질지도 모른다.

만무타배를 완전히 따돌릴 수 있느냐 없느냐에 이계의 관건이 걸려 있지만, 그것은 천운에 맡길 수밖에 없는 노릇이고…….

마천옥이 현재 상황에서 생각해 낼 수 있는 최선은 안전이 확실하다고 생각될 때에만 서로 합류를 하자는 것이었다.

안전을 점검하는 기간은 이틀이면 족하리라고 생각했다.

물론 탈출로도 준비해 두었다.

안개가 자욱한 지형의 특성을 잘만 이용하면 자신보다 훨씬 강한 고수의 추적도 수월하게 피할 수 있을 것이다.

귀주사괴, 아니, 잔심마도까지 해서 귀주오괴가 되어버린 추적자들이 탈출로의 안전을 점검했으니 만에 하나의 경우만 없다면 추적을 뿌리칠 수 있다.

하루… 그리고 또 하루가 지나고 예정된 시간이 흐른 다음에도 독사는 모습을 보이지 않는다. 독사와 흩어졌을 도왕 일행도 나타나지 않는다.

'무사했으면 좋을 텐데…… 자시(子時)가 되도록 나타나지 않으면 최악의 사태를 가정하고 독자적으로 움직일 수밖에. 귀주사괴도 그렇고, 사시와 삼화도 한계에 다다른 것 같고…….'

마천옥이 생각을 굴리며 엽수낭랑을 힐끔 쳐다보았다.

'희한한 여자…….'

엽수낭랑은 쳐다보면 희한하다는 생각밖에 들지 않는다.

독사와 엽수낭랑이 혼인을 할 것이다, 못할 것이다라는 내기까지 걸렸으니 엽수낭랑의 생각이야 물어서 무엇 하겠는가. 아마도 독사와 엽수낭랑을 반 각만이라도 지켜본 사람이라면 엽수낭랑의 마음을 읽어낼 수 있을 것이다.

　그러나 정작 독사의 안위를 가장 걱정해야 할 엽수낭랑은 도무지 걱정하는 모습이 비치지 않는다.

　엽수낭랑은 편안해 보인다. 독사의 안위에 대해서는 눈곱만큼도 걱정하는 빛이 없고, 물속에 몸을 담그고 있다는 사실을 더 불편해한다.

　모르는 사람이 보면 독사에게 아무 감정도 느끼지 못하는 여자처럼 보일 것이고, 아는 사람이 보면 고개를 갸웃거릴 모습이지만… 마천옥은 엽수낭랑에게서 참나무처럼 단단하고 확고한 신념을 읽었다.

　독사를 믿는 엽수낭랑의 신념은 종교에 미친 광신도와 다름없어 보인다.

　마천옥이 희한하게 생각하는 것은 바로 그 신념이다.

　대상이 종교라면 있을 수 있다. 그러나 한 인간에 대한 믿음이 그토록 단단하다는 것은…….

　남녀 간의 사랑이란 세상을 태워 버릴 듯이 활활 타오르기도 하지만 한편으로는 방귀 한 번으로도 싸늘하게 식어버릴 수 있는 살얼음판과 같다.

　어느 정도 믿는 것은 이해하지만 절대적인 믿음이라니.

　한가하다면 시간을 두고 관찰하고 싶은 흥밋거리지만 지금과 같은 상황에서는…….

　'소저, 소저의 믿음이 현실이 되기를…….'

　마천옥은 차라리 기원하는 심정이었다.

　일수일살은 불덩이 속에 몸을 담근 것처럼 열이 팔팔 끓어올랐다.

　무림에서 살다 보면 크고 작은 상처를 늘 몸에 달고 살기 마련이다.

그러니 이제는 제법 익숙해질 만도 하건만, 이놈의 몸이란 놈은 엄살이 무척 심해서 아무리 작은 상처라고 할지라도 반드시 통증이라는 비명을 내지르곤 한다.

싸울 때는 팔다리가 잘려 나가도 참을 수 있다. 나중에 생각해 보면 그런 상황에서 어떻게 몸을 움직였는지 자신도 의심이 갈 정도로 악착같이 싸운다.

그때도 물론 아프기는 마찬가지이지만 정작 고통에 심하게 시달리기 시작할 때는 싸움이 끝난 직후부터다. 싸움이 끝나면 이때다 싶게 극심한 고통이 밀려든다.

"일수일살."

"……."

"알고 있지?"

"알지. 후후!"

일수일살은 도왕의 물음에 씁쓸한 미소를 머금으며 대답했다.

"움직일 수 있는지 확실하게 말해 줘야겠어."

"……."

일수일살은 즉답을 하지 못했다. 하지만 그도, 그를 지켜보는 사람들도 모두 대답은 알고 있었다.

추시들이 자신들의 몸을 이용하여 지척에서 일으킨 폭발은 무인들에게 적지 않은 상처를 남겼다.

모두들 몸이 성하지 못했다.

소고기 한두 근에 두들겨 맞는다고 해도 피 한 방울 흘리지 않을 단단한 육신을 지녔지만, 어찌 된 것이 인간의 육신을 찢어서 쏘아낸 살덩이들은 암기처럼 전신에 틀어박혔다.

살덩이들을 맞은 사람들은 그나마 다행이다, 움직일 수라도 있으니. 하지만 일수일살처럼 비침에 가슴을 격중당한 경우에는 손가락 하나 들어 올릴 힘이 없었다.

이상한 일이다, 이런 상처를 입고도 싸움을 잘만 했는데…….

일수일살은 억지로 몸을 일으켜 보려고 했지만 몸이 말을 듣지 않았다. 금창약(金瘡藥)이 없으니 혈도를 봉쇄하는 것이 치료의 전부였고, 붕대가 없으니 옷자락을 찢어 누르는 것이 지혈을 하는 최선의 방법이었다.

비침에 맞았다고는 하지만 일수일살 같은 무인에게는 얼마든지 몸을 움직일 수 있는, 통상 몸에 달고 사는 상처에 불과했다.

그런데 몸을 움직일 수 없다는 것은… 비침에 독이 묻어 있었다고밖에 생각할 수 없고, 불행히도 같이 있는 무인들 중에는 독에 일가견있는 사람이 없다. 엽수낭랑이라도 옆에 있다면 또 모를까.

비침에 당하기는 도왕도 마찬가지다. 그도 비침에 당했다. 하지만 그가 당한 부위는 심장과 거리가 멀어서 당분간은 무사할 듯싶다. 혈도를 봉쇄하는 것으로 어느 정도는 독의 퍼짐을 막을 수 있으니.

도왕 일행이 풀어 나가야 할 상황 중 또 하나는 가장 중요한 만무타배의 추적이다.

무인들 중 신검서생만이 만무타배를 모르고 있다. 그도 알고 있기는 하지만 만무타배의 가공할 무학을 직접 몸으로 겪어보진 못했다.

다른 사람들은 처절하리만치 지독한 패배를 당했다. 개개인이 무림의 일각을 휘어잡았다고 생각한 고수들이었지만, 그들이 합공을 펼치고도 몇 합을 견뎌내지 못했다.

치가 떨리는 고수, 그가 쫓아오고 있다.

그의 추적을 뿌리쳐야 한다. 하지만 멀쩡한 몸으로도 뿌리칠 자신이 없는 사람인데, 하물며 성하지 않은 몸에 환자까지 대동하고는 무리일 수밖에 없다.

지금처럼 숨죽이고 숨어 있는 것이라면 몰라도 몸을 움직여야 할 경우, 일수일살 같은 중환자를 대동한다는 것은 모두 죽음의 울타리에 갇히는 결과가 되리라.

"같이 갔으면 좋겠는데……."

도왕이 표정없는 얼굴로 말했다.

"아무래도 소리가 많이 날 거야."

일수일살은 가볍게 받았다.

"우리도 최상의 상태는 아니니까."

"귀찮아. 이놈의 피… 간신히 멈춰놨는데 또 터지면……."

"……."

서로 간에 힘든 이야기는 하지 않았다. 꼭 입으로 말을 해야만 알아들을 사람들도 아니다.

"난 좀 더 쉬어야겠어."

일수일살이 눈을 감고 몸을 뉘며 말했다. 그러나 채 반도 눕기 전에 그의 몸은 다시 들려 일으켜졌다.

"이건 의리가 아니지. 난 의리를 모르는 놈은 아니거든. 후후! 잠시 헷갈리기는 했지만, 만무타배가 쫓아온다면 어차피 모두 죽는 것. 가는 데까지 가보는 거야. 죽으면 죽는 거고."

도왕이 성난 표정을 지으며 말했다.

만무타배와 요지성녀는 무리한 추적을 하지 않았다. 아니, 추적에는 관심조차 없는 사람들처럼 폭사한 추시들의 흔적만 살펴보고는 사라져 갔다.

'불가능……'

독사는 그들이 사라진 후에도 숨어 있는 곳에서 나오지 않았다.

마천옥이 안전한 탈출로를 마련해 놨지만 독사는 그 길을 택하지 않 았다.

그는 폭사 현장에서만 몸을 뺐을 뿐 만무타배가 내뿜는 기감(氣感) 을 느낄 수 있는 곳에 몸을 은신하고 돌아가는 상황을 살폈다.

쏴아아아……!

활짝 열린 모공을 통해 만무타배와 요지성녀의 기감이 흘러들었다.

살아 있는 모든 생물이 내뿜은 생기(生氣).

만무타배에게서는 돌처럼 딱딱한 기감이 느껴진다. 익히고 있는 무 공이 강(剛)과 패(覇)를 근간으로 삼고 있다는 결론인데…….

그것은 의외다.

독사는 지금까지 만무타배가 상당히 부드러운 무공을 익히고 있으 리라 생각했다. 만무타배의 일거수일투족이 부드러움의 극치였고, 신 법이나 초식의 전개에도 무리함이란 전혀 찾아볼 수 없었다. 또한 만 물의 기감을 읽을 수 있는 경지에 이른 다음에 찾아낸 만무타배의 기 감도 역시 성질이 유(柔)했다.

이제는 강(剛)이다.

부드러움이라는 껍질을 깨고 들어가니 강력한 파괴가 꽈리를 틀고 있다.

요지성녀는 진흙탕처럼 칙칙하다.

불쾌할 만큼 끈적끈적한 느낌은… 몸에 묻히면 영원히 닦아낼 수 없을 것 같은 끈적거림…….

'연(連)이군. 공격이 시작되면 끝을 보기 전에는 끝나지 않아.'

중원에 산재한 무학은 너무 많아서 일일이 헤아릴 수 없다.

무학이란 무학은 모두 꿰뚫고 있어서 만무타배라는 별호까지 얻은 만무타배도 중원의 모든 무학을 알지는 못한다. 단지 남보다 많이 안다는 것뿐이다.

무학이 지닌 성질로 들어가면 더욱 복잡해진다.

같은 무공, 같은 초식을 수련했어도 개인이 지닌 성정(性情)에 따라서 무학의 근본이 달라진다.

독사는 자신이 수련한 무공 외에는 문외한이나 다름없었다. 하지만 느낌마저 없을 수는 없었다. 그가 느끼기에 요지성녀의 무공은 숨 쉴 틈 없이 몰아치는 것과는 조금 다른, 여유가 조금은 있으면서도 이쪽이 죽거나 저쪽이 죽기 전에는 싸움이 끝나지 않을, 그런 무공의 소유자처럼 생각되었다.

인정하기는 싫지만 역시 만무타배와 요지성녀, 두 사람을 동시에 상대한다는 것은 무리다. 죽고 사는 절박한 지경이 아니라면 두 사람을 동시에 상대하지 말아야 한다.

그것이 독사를 답답하게 만들었다.

마천옥에게 '촉'이라는 나라를 세우겠다고 말했지만, 겨우 마단의 수하 정도에 불과한 두 사람도 상대하지 못하는 처지에 무엇을 할 수 있단 말인가.

중원으로 빠져나가 숨죽이며 살면 그만이다. 하지만 그런 행동은 마음에 내키지 않는다. 요빙에게도 미안한 행동이다. 남 보란 듯이 당당한 무인이 되어 요빙 앞에 서야 한다. 요빙이 동네방네 뛰어다니며 자랑할 수 있는 사내가 되어 돌아가야 한다. 저승에도 동네라는 것이 있다면 꼭 그렇게 하도록 만들어주어야 한다.

또 하나, 독사를 건드리는 것이 있다.

살인.

무공이 강하다고 자신과 전혀 상관없는 사람들을 무참하게 도륙하는 인간들.

그 인간들이 독사 자신을 건드렸다.

먼저 건드리는 일은 없지만, 건드려 오는 자에게는 철저하게 응징하는 것이 영은촌 독사 패거리의 율법이지 않았던가.

독사는 만무타배가 사라진 후에도 꼬박 하루를 더 앉아 있다가 일어섰다.

움직이지 않으면 단 한 걸음도 나갈 수 없는 것이 세상 이치다.

머리 속에 태산을 움직일 계획이 들어 있다고 해도 몸을 움직이지 않으면 돌멩이 하나 움직이지 못한다.

움직이려면 자신부터 움직여야 한다.

강한 무공을 지니려면 부단히 수련해야 한다. 깊은 지식을 소유하고 싶으면 그만큼 많이 읽고 생각해야 한다. 음식을 잘 만들고 싶으면 당장 일어나 그릇부터 닦아야 한다.

행동(行動)!

천천히… 천천히 한 걸음씩이라도 떼어놓는다면 언젠가는 멀게만 느껴졌던 목적지에도 도달할 수 있다.

'너무 조급하게 생각했어. 십 년, 이십 년… 아니, 죽는 순간까지도 해내지 못할지 모르지만…… 촉을 세우겠어!'

무림에서 살아가야 할 뚜렷한 명분이 생겼다. 골인들을 단지 협행(俠

行)의 일환으로 구하겠다던 거만한 생각은 버려야 한다. 그들은 나약한 사람들이 아니다. 자신과 함께, 독사 자신의 목적을 위해 같이 발맞춰 가야 할 아주 귀중한 협력자들이다.

어쩌면 상황이 바뀌어 그들이 협력을 해주게끔 설득하는 일도 필요할지 모른다.

독사 패거리를 만들겠다고 생각할 때부터 이런 생각을 했지만 나약해지려는 마음을 추스르면서 더욱 확고해졌다.

독사의 눈빛이 다시 빛나기 시작했다.

'만무타배…… 좋은 말을 해줬어. 그래 봤자 철망을 빠져나가지 못한다고? 철망이 무엇을 말하는 건지는 모르지만, 재미있게 빠져나가 주지. 후후!'

스스슥……!

독사의 신형이 미끄러지듯 안개 속으로 스며들었다.

발걸음 소리도 들리지 않는 지극히 은밀하고도 조용한 움직임이었으나, 신형은 비호처럼 빨랐다.

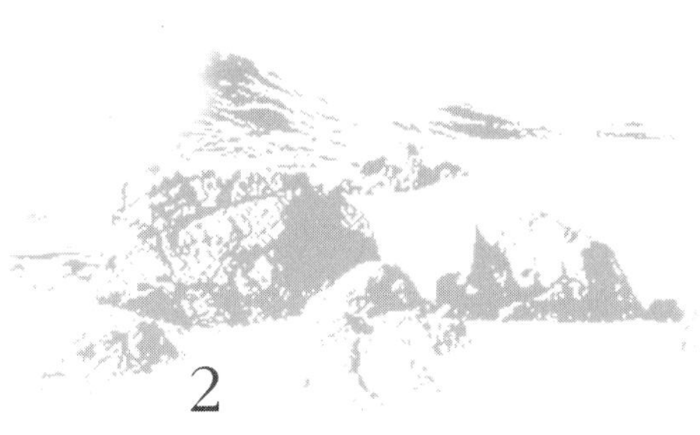

2

'자시(子時)가 넘은 것 같은데…… 안 되겠어. 더 버티다가는 도주할 기력조차 남아나지 않겠어.'

마천옥은 결단을 내렸다.

자시가 넘도록 기다리던 사람들이 나타나지 않았다. 독사는 물론이고 도왕 일행도 범상치 않은 일을 당했다고 간주해야 된다. 또한 그들이 당했다면 자신들의 여정도 순탄치 않을 것이 자명했다. 어쩌면 뭍으로 올라서는 순간부터 검광의 소나기를 맞이할지도 모른다.

'이계가 실패하다니. 이계의 성패는 만무타배와 부딪치지 않는 데 있었어. 너무 빨라도 안 되고, 너무 늦어도 안 되는 적시에 몸을 빼야 하는…….'

생각해 보면 무리였다.

'적시'의 기준을 판가름하는 일은 개개인마다 다르다.

마천옥, 자신이라면 만무타배가 삼십 장 밖에 있어도 꽁무니를 빼기에 급급하다. 도왕이라면 십여 장 정도 간격을 둘까? 만무타배에게 패배를 당했다고는 하지만 '도왕'이라는 별호까지 얻은 사람이니 그 정도까지는 기다릴 게다.

독사는 거리를 얼마나 계산했을까?

이것은 무공의 고하(高下)와도 상관있지만 가장 중요한 것은 경험이다. '적시'라는 느낌을 본능적으로 직감해야 하는데, 그러려면 풍부한 경험이 축적되어 있어야 한다.

독사는 무공이 강하다. 하지만 경험은 일천하다.

무림인에게 경험이 일천하면서 무공은 강하다고 하면 그런 사람이 어디 있냐며 비웃을 테지만 실제로 독사가 그런 걸 어찌하랴.

그 점이 아무래도 마음에 걸렸다.

이계를 실패했다면 독사의 무공을 너무 믿은 탓이며, 모든 계획에서 가장 중요한 부분을 차지하는 '적재적소(適材適所)'의 용병술을 제대로 펼치지 못한 자신의 미숙함 때문이다.

이것은 무슨 변명을 늘어놓아도 해명이 되지 않는다. 적어도 비시문 출신이라고 자부하는 재사(才士)들에게는.

'이계가 실패했다면 만무타배와 요지성녀는 두 눈 시퍼렇게 뜨고 살아 있을 것.'

마천옥은 물 위에 떠 있는 사람들을 둘러보다가 당문삼기에게 눈길을 고정시켰다.

시선을 받은 당문삼기 중 당한이 입을 열었다.

"지금인가?"

마천옥은 고개를 끄덕였다.

당한은 즉시 당옥과 당호에게는 일별도 던지지 않은 채 강가로 헤엄쳐 갔다.

"빌어먹을! 차라리 내가 갈걸."

당옥이 벌써 안개에 모습이 가려져 버린 당한의 등 뒤에 대고 중얼거렸다.

"괜찮을 겁니다. 그렇지 않다 하더라도 무인답게 싸우다 죽는 게 형님의 소원이었잖습니까. 강한 분답게 선택을 하신 겁니다."

당옥과는 성격이 전혀 다른 당호가 냉정하게 말했다.

파앗! 화와악!

안개만 자욱하던 곳에서 작은 불똥이 몇 번 튀기더니 보기만 해도 따뜻해 보이는 불길이 일었다.

마천옥 일행은 불길을 보자마자 부목을 밀어 움직여 나갔다.

오랫동안 차디찬 물속에 몸을 담그고 있어서인지 손발을 움직이기가 쉽지 않았지만, 가만히 있는 것보다는 훨씬 나았다.

얼마간 시간이 흐르자 얼었던 손발이 풀렸다.

이제 물의 깊이도 낮아져서 땅에 근접해 있다는 것을 직감했다.

상황이 훨씬 나아졌다.

당한이 머물고 있는 곳에서는 여전히 불꽃이 살아 숨 쉬었다.

불빛이 일렁거리는 모습은 보이지 않지만 주황색 불빛이 안개에 옅게 흩어져 움직였다.

병장기가 부딪치는 소리도, 고함 소리도 들리지 않았다.

암습을 받아 비명조차 지르지 못하고 죽었거나, 아직 싸움이 일어나지 않았다.

마천옥 일행은 물에서 나와 땅을 딛자마자 누가 먼저라고 할 것도 없이 털썩 주저앉아 가부좌를 틀었다.

조용한 침묵이 나직한 숨소리 위에 얹혔다.

저벅저벅! 저벅!

상대는 발걸음 소리를 숨길 생각도 하지 않고 걸어왔다.

마천옥 등은 이십 장이나 떨어져 있으니 불빛을 향해 걸어올 리가 없고, 그렇다면 도왕 일행이거나 추적자들.

당한은 '우드득!' 소리가 나도록 손가락 관절을 꺾었다. 당숙의 한이 배어 있는 암기 주머니도 만져 봤고, 안개 속에 흩뿌릴 독분(毒粉)도 점검했다.

한두 번 싸워본 것이 아니지만 어느 때보다도 긴장이 도를 더했다.

"……."

발걸음 소리가 멈췄다.

거리를 오 장여 남겨두었을 때다.

'휴우!'

당한은 자신도 모르게 가슴을 쓸어 내렸다.

적이라면 걸음을 멈출 리 없다. 적이 아니기에 자신이 독분을 사용하리란 걸 알고 있고, 걸음을 멈춘 게다.

"당한."

이제는 어느 정도 귀에 익숙해진 음성이 들려왔다.

"도왕?"

"그쪽으로 간다."

묻는 사람이나 대답하는 사람이나 음성에 힘이 실리지 못했다.

불을 피워놓았다는 것은 지금까지 아무도 도착하지 않았다는 것을 의미하며, 또 독사 대신 도왕이 말을 건넨 것은 독사가 도왕 일행 속에 있지 않다는 것을 말해 준다.

당한이나 도왕 쪽이나 독사가 아직 도착하지 않았다는 점은 쉽게 짐작해 냈다.

저벅! 저벅!

다시 발걸음 소리가 들리기 시작하더니 곧 도왕 일행이 모습을 드러냈다.

당한은 도왕의 등에 업혀 있는 무인에게 시선을 고정시켰다.

"일수일살?"

"생각보다는 가벼운 놈이야."

"……."

무슨 말인가 하려고 입을 벌렸지만 말이 새어 나오지 않았다.

찢어지고 피로 물든 옷을 보면 싸움이 간단치 않았다는 것을 알 수 있었다. 아무래도 폭발이 문제였다. 폭발……. 이들이 이 지경이 된 것은 무공보다는 폭발의 영향이 더 크다.

당한은 급히 일어나 일수일살의 맥문부터 움켜잡았다.

'다행이군. 치명상은 아냐. 시간이 지나면 회복되겠어.'

작은 모닥불은 장정들이 둘러앉아 불기를 쐬기에는 터무니없이 부족했다. 하지만 그것도 온기라고, 도왕 일행은 불가에 둘러앉아 몸을 녹였다. 당한이 침통을 꺼내 침을 놓는 소리만이 조용하게 울려 퍼졌다.

전쟁터에서 기습을 노릴 때 척후병은 놓아주는 것이 상례다. 조무래기 몇 명보다 그 뒤를 따라올 본대(本隊)를 노려야 한다는 것쯤은 코흘

리개 아이들도 알고 있다.

마천옥을 비롯한 골인들은 불빛이 꺼지지 않고 있는데도 꿈쩍하지 못했다.

도왕 일행이 도착한 것은 천만다행이다.

두런거리는 음성으로 미루어 거의 대부분 무사한 것 같으니 그 또한 하늘이 도왔다.

하지만 그것이 또 마천옥으로 하여금 고민에 휩싸이게 만들었다.

버마재비를 노리는 참새처럼 마단의 누군가가 숨어 있는지 파악할 수만 있으면 좋을 텐데.

당한은 자신들이 어디 있는지 알고 있었다. 움직일 필요도 없이 목청만 돋워 큰 소리를 내지르면 들을 수 있는 지척지간에 있다.

당한은 소리 지르지 않았다.

'무엇인가 사단이 있는데…… 독사가 도착하지 않았군.'

삼화가 오들오들 떨었다.

무공이 약하고 유화신공을 수련한 지 얼마 되지 않은 관계로 범인들의 몸이나 다름없는 여인들이니.

삼화에 비하면 사시는 강했다.

그녀들도 사활근맥단의 저주에 푹 젖어 있는 몸인 것은 마찬가지이지만 인상 한 번 찡그리지 않고 담담하게 사태를 주시했다.

'사시…… 저 여자들은 어쩌면 나보다 강할지도…….'

원래 계획대로라면 당한을 남겨둔 채 발길을 떼어놓았어야 한다. 딱히 갈 곳도 없는 처지이지만 추적자의 눈길에서 조금이라도 벗어나기 위해 잰걸음을 놀렸어야 한다.

지금은 이러지도 저러지도 못했다.

추적자의 움직임은 보이지 않지만 완전히 벗어났다고 보기도 어렵다.

‘날이 밝을 때까지만……’

마천옥은 날이 밝을 때까지 기다릴 필요가 없었다.

저벅! 저벅!

안개를 뚫고 가벼운 발걸음 소리가 들리는가 싶더니 곧 밝은 음성들이 안개를 흩뜨렸다.

“대형!”

“독사!”

따뜻한 불기 한 점이 고마운 줄 모르는 사람은 무림인이라고 말할 자격도 없다. 활활 타오르는 장작불은 한기를 물리치는 정도가 아니라 몸을 태워 버릴 듯 뜨거웠다.

발등에 떨어진 불을 끄고 나자 모두의 생각은 하나로 집중되었다.

이제 어디로 가야 하나.

살아남은 사람들 중에 가장 연배가 높은 지천도와 섭혼살호도 이 부분에서는 할 말이 없었다. 그들도 아는 것이라고는 고작해야 멸혼촌 부근과 출행 시 보았던 곳이 전부였다.

다른 사람들이라고 다를 것은 없었다. 멸혼촌에서 벗어나는 것 자체가 금지되었지 않았던가.

“자! 몸들 녹였으면 일어나지.”

독사가 먼저 몸을 일으켰다.

“어디로……?”

“철망이란 곳을 벗어나야지, 여기 눌러 살 것이 아니라면.”

독사는 당연히 뒤를 따라올 것이라고 생각했는지 휘적휘적 앞서 나가기 시작했다.

엽수낭랑이 급히 일어나 뒤를 따랐다.

"요지성녀도 왔어요?"

"응."

"만무타배하고 요지성녀하고 누가 더 고수인 것 같아요?"

"비슷해."

"그… 렇게 강해요? 만약 둘이 싸운다면 어느 쪽에 서겠어요?"

"요지성녀."

독사는 생각도 하지 않고 즉시 대답했다.

"왜요?"

"만무타배는 정공(正功)인 데 반해 요지성녀는 사공(邪功)이니까. 사공 쪽이 더 상대하기 껄끄럽지."

독사와 엽수낭랑이 친오누이처럼 다정하게 주고받는 말이 뒤따르는 사람들의 귓가를 간질였다.

해가 뜰 무렵, 안개 숲을 벗어났다.

길을 찾는 것은 어렵지 않았다.

"대형, 만무타배와 요지성녀가 물러갔다고 확신하십니까?"

"물론."

"그럼 모르는 길에서 헤맬 필요가 없습니다. 들어왔던 길로 나가면 되겠죠."

재사(才士)를 옆에 두면 여러모로 편리한 것이 많다.

독사는 진기를 끌어올려 주위에서 흐르는 기감을 탐지해 가며 길을 찾아 나갔다.

먼동이 밝아올 무렵에 초옥을 벗어났고, 지긋지긋하던 안개와도 작별을 고했다.

"찾으시는 곳이 있습니까?"

"여기서부터는 내가 길을 더 잘 알걸?"

"……?"

독사의 말은 틀린 게 아니다.

살아남은 사람들 중에 주변 지리에 가장 정통한 사람은 섭혼살호와 독사다. 멸혼촌에서 출행을 가장 많이 한 사람들이니까. 낯선 곳을 알았다는 것은 진한 피비린내를 맡았다는 의미니까.

모두 독사가 이끄는 대로 부지런히 걸었다.

정오가 되고 다시 해가 뉘엿뉘엿 넘어가는 황혼이 될 무렵까지 쉬지 않고 걸었다.

'아직까지는 아무런 기감도 느껴지지 않아. 이 안에서는 자유야.'

철망의 의미를 조금쯤은 알 수 있을 것 같았다.

철망은 하나의 울타리다.

골인들이 도저히 빠져나가지 못했던 지옥의 울타리.

가축 우리에 둘러쳐진 조그만 울타리가 아니라 산 몇 개, 아니, 몇십 개에 이를지도 모르는 광대한 지역에 펼쳐진 울타리.

마단에 그만한 인원이 있을까?

나라에서 군대를 동원했다고 해도 그만한 지역을 포위하려면 몇십만 대군이 필요하리라.

'목이 있다는 거군. 반드시 거치지 않으면 빠져나가지 못할 목이라. 후후! 철망 전체를 지킨다면 몰라도 목을 지키는 한 철망은 벌어지게

되어 있지.'

독사는 서둘지 않았다.

어느 쪽 길로 가더라도 마단의 울타리를 벗어나지는 못한다. 그만한 자신이 없으면 만무타배가 순순히 물러났을 리 없다.

하루를 꼬박 걸어 해가 거의 넘어갈 무렵, 독사는 초라한 초옥에 도착했다.

"여긴! 하하! 재밌군."

섭혼살호가 눈을 부릅떴다가 웃어댔다.

독사가 도착한 곳은 만무타배가 죽이라고 명령을 내렸던 노부부가 살던 초옥이었다.

"여기서 머물 겁니까?"

마천옥의 물음에 독사는 고개를 끄떡였다.

"이곳은 천연 요새군요. 사방이 일목요연하게 들어옵니다. 누군지 아주 방어하기 좋은 지형에 초옥을 지어놨군요. 이런 지형이라면……대형, 어떻습니까? 목숨을 하늘에 맡기고 하루쯤 푹 쉬는 것이."

"마단이 오지 않는다는 이야기군."

"독 안에 든 쥐. 급하게 서둘 건 없죠. 제가 마단이라면 기다리겠습니다. 이럴 때 서둔답시고 찾아 나서면 울화통만 터지죠. 우리가 적은 인원은 아니지만 첩첩산중에 숨어 있는 한 찾아내기가 쉽지 않을 겁니다."

독사는 귀주사괴를 돌아봤다.

"신령, 느낌이 어떤가?"

"좋습니다."

"광안, 우리가 걸어온 길을 더듬어 올 수 있나?"

“귀신이라면 모를까…… 히히!”

광안과 진취는 맨 후미에서 따라왔다. 그들은 혹여 남겨져 있을지도 모를 흔적을 꼼꼼하게 제거했다. 자신들이 추적자의 입장에 서서 조금이라도 눈길을 끄는 점이 있으면 모두 제거했다.

“쉬도록 하지.”

독사는 초옥 안에 들어서서 손때가 진하게 묻어 있는 물건들을 만지작거렸다.

귀퉁이가 깨진 질그릇. 옷을 꿰맸을 실과 바늘……. 초옥에는 찢어지게 가난한 민초의 삶이 고스란히 남겨져 있었다.

귀궁에 미련이 남은 것은 아니다.

무공을 전수받는 천은(天恩)을 입었지만, 등이 검에 꿰뚫리는 순간 은원은 상쇄됐다.

“귀궁 사원로 중 이원로야. 난 천리검(千里劍), 이 할망구는 백단살(白丹殺)…….”

천리검과 백단살의 음성이 아직도 귓전에 쟁쟁하다.

사문의 존장인 줄도 모르고 내공일초로 맞겨루던 광경도 생생하게 되살아난다.

기억은 존재하되 사람은 간 곳이 없다.

예상은 했지만 사문 또한 현문과 밀접한 관계가 있는 것이 틀림없다.

‘어르신들, 부탁 하나 할까 합니다. 제 손으로 사초(死招)를 전개하

는 일이 없게 되도록… 부탁드립니다. 서로 마주치는 일이 없도록 해주십시오.'

불길한 예감일 뿐일까? 얼굴을 맞대면하는 날, 서로 목숨을 걸어야 한다는 절박한 심정이 든 것은.

남들은 사문을 위해서 목숨도 버린다던데, 오히려 사문에 검을 겨누어야 하는 처지라니. 다른 사람들은 파문(破門)을 죽음보다 치욕스럽게 생각한다던데, 강요된 파문에 강요된 실수를 지녀야 하다니.

그의 등 뒤에서 엽수낭랑이 말했다.

"쌀이 좀 남아 있어서 밥을 지었어요. 오랜만에 따뜻한 밥 구경 좀 하세요, 오라버니."

"마천옥, 이곳에서 얼마나 버틸 수 있겠나?"

독사의 물음은 뜬금없었다.

"버티다니…… 무슨 말씀이신지?"

어지간한 말은 걸 언저리만 돌아도 알아채는 마천옥이지만 이번 물음만은 알아듣지 못했다.

"마단은 철망을 구축하고 기다리고 있지. 우리가 가지 않는다면 결국 그들이 오게 되어 있는데, 그게 얼마나 걸릴지 묻는 거야."

"음……!"

마천옥은 숙고했다.

정작 그의 생각은 마단이 얼마 만에 자신들을 찾아낼지에 머문 것이 아니라 독사가 왜 이런 물음을 했느냐에 머물렀다.

찾아오는 것은 시간이 걸리겠지만 발각당하는 순간 운명이 결정지어진다.

요행이란 한 번은 바랄 수 있어도 두 번은 바라지 못한다.

만무타배가 다시 공격해 온다면 전처럼 미적지근한 공격이 아니라 치열한 공격이 될 게다.

"마천옥."

"그게…… 철망이 얼마나 크느냐에 달려 있죠. 철망의 크기를 모르니 속단할 수 없습니다."

백단살은 술 담그는 솜씨가 뛰어났다.

중원의 모든 냄새를 맡을 수 있다는 진취가 익을 대로 익은 술 냄새를 놓칠 리 없고, 뒤뜰 땅속에서 술 단지 세 개를 찾아냈다.

뱃속에 술 벌레가 가득한 사람들에게는 간에 기별도 가지 않는 양이지만 다행스럽게도 술은 독하기로 소문난 나주(螺酒)였다. 꺼져 가는 불에 나주 한 종지를 부으면 대장간 화로(火爐)같이 활활 타오른다고 해서 일잔천화주(一盞天火酒)라고도 불리는 술이다.

독사는 묵묵히 나주 한 모금을 들이켰다.

"대형, 지금 무슨 생각을 하시는 건지……."

'버틴다'는 말은 쌍방간의 실력이 엇비슷할 때나 할 수 있는 말이다. 수일공삼(守一攻三)이라고 했으니 최소한으로 잡아도 상대의 삼 할 정도의 전력은 갖추고 있어야 한다.

마단과 멸혼촌 잔존 인원들 간의 실력 차이는 비교조차 할 수 없다.

'버틴다'는 말은 통하지 않는다.

"마단이 예상외로 서둘 것이라는 생각은 해보지 않았나?"

'거기까지!'

마천옥은 독사를 다시 봤다.

독사는 무식하게 주먹이나 휘두르던 파락호가 아니다. 영은촌의 독사에 대해서는 알지도 못하고 알 까닭도 없었지만, 아마도 근처의 파락호들은 숨도 제대로 쉬지 못했을 게다. 독사의 영역을 넘볼 엄두는 꿈도 꾸지 못했을 게고.

그렇다. 독사의 말이 맞다. 마단은 상상 이상으로 빨리 서둔다. 한낱 골인 나부랭이들을 죽이는 데 서둘 게 무엇이 있겠냐마는, 그리고 자신도 서둘지 않을 것이라고 말했지만 실상은 그렇지 않다.

모두들 간과하고 지나간 문제가 있다.

도왕도, 일수일살도, 홍검쌍살도… 모두들 자각하지 못하고 있지만 아주 큰 문제가 도사리고 있다.

만무타배…… 그가 도왕 일행을 급습한 사건.

그것은 아주 중요한 문제다. 더욱이 만무타배가 무인들을 급습하며 '약속을 지키지 않았다'는 말을 했다.

도왕은 현문 고수가 끌어들여 살검을 들었다.

마지막 몇 명을 정리하지 못했을 때 만무타배가 나타나 이상한 말을 하며 도륙한 것이다.

도왕 등은 만무타배가 현문 사람인 줄 착각했다. 만무타배가 전개한 묵천신공이 그를 현문 고수로 착각하게 만들었다.

만무타배의 계획은 완벽했다. 틈을 찾을 수 없었다.

단 하나! 독사가 도왕을 수하로 끌어들이지만 않았다면.

만무타배 역시 원수지간인 도왕과 골인들이 함께 있는 광경은 상상하지 못했을 게다.

여기서 재미있는 이야기를 추측할 수 있다.

현문은 도왕 같은 무인들을 끌어들여 골인들을 몰살시키려고 했다. 무엇 때문에 그런 짓을 했는지는 알 수 없지만. 그런데 정작 무인들이 골인들을 공격하는 순간, 현문은 뒤로 쑥 빠지고 만다. 대신 마단이 나서서 지금까지 수중에 있던 골인들을 죽이려고 한다.

뭐가 어떻게 돌아가는지는 알 수 없지만 분명한 것은 현문이나 마단이나 양쪽 모두 골인들을 죽이려 한다는 것이다. 그것도 완전히 씨를 말려 골인들이란 사람이 애초부터 없었던 것처럼 만들려고 한다.

두 번째 분명한 것은 칼은 현문이 먼저 들었지만, 더욱 절실해진 쪽은 마단이란 것이다. 현문은 도왕 무리를 들여보낸 후 모습을 감춰 버렸지만, 마단은 만무타배와 요지성녀에 이어 생전 듣지도 보지도 못했던 죽음의 사자들을 끌고 왔다.

이야기는 확실해진다.

마단은 골인들의 씨를 말리기 전에는 물러서지 않는다.

무엇 때문에?

거기까지는 마천옥도 추측할 수 없어서 좀 더 신중하게 생각을 정리하고 있었다.

그런데 독사가 말해 왔다.

"당진도 어르신께서 마련하신 은거지는 지극히 은밀한 곳이죠. 그런 곳이 쉽게 발각당했으니…… 아마도 이곳 역시……."

"그래, 서둔다면 쉽게 발각될 곳이지. 그 기간을 얼마로 잡느냐는 거지."

"한 달? 길어야 한 달입니다."

옆에서 듣고 있던 귀주사괴는 고개를 갸우뚱거렸다. 잔심마도도 무엇인가 할 말이 있는 듯 입술을 달싹거렸지만 말은 하지 않았다.

추적자의 견지에서 흔적을 지웠는데 발각당하다니? 그것도 한 달이라는 지극히 짧은 시간 안에?

"그렇지. 그 정도는 걸릴 거야."

독사가 다시 나주 한 모금을 들이켰다.

나주는 엄지 손톱만한 작은 종지로 한 잔만 들이켜도 뱃속이 화큰 타오른다. 그런 독주를 벌써 열 잔 넘게 들이키고 있으니 주량이 상당한 편이다.

"그럼 한 달 동안 머물지. 모두들 자신이 지닌 무공을 최대한 펼칠 수 있게 몸을 만들어."

독사는 할 말을 마친 듯 땅에 드러누워 잠을 청했다. 모두들 멍한 표정으로 쳐다보는 것도 아랑곳하지 않고. 무인에게 몸을 만들라니…….

3

몸을 만들라는 말은 파락호들이나 쓰는 말이다.

근력을 최대한 키우고, 투지가 활활 타오르도록 정신을 재무장시키는 일.

그런데 묘하게도 천리검의 초옥에 모여 있는 사람들에게 가장 필요한 것이 바로 그것이었다.

싸울 준비가 되어 있지 않다.

도왕 등은 뛰어난 무공을 지녔음에도 패배감에서 빠져나오지 못해 무력한 모습을 보이고 있었다. 한때는 천하에서 제일 강하다고 자부하던 사람들이 병기를 들 힘도 없어 보인다.

골인들은 두말할 나위도 없다.

그들은 맞서 싸우겠다는 생각보다는 어떻게든 목숨을 구하고 보겠다는 생각만 가득한 것 같다.

독사는 꼭두새벽에 일어나 무공을 수련했다.

지켜보는 눈을 의식하지 않았다. 이 세상에 오직 혼자만 존재한다는 듯 타인을 의식하지 않고 수련에 몰두했다.

"음! 사리일잠도……."

도왕이 혼잣말로 중얼거렸다.

무인에게 무인이 연무하는 모습은, 그것도 절정에 이른 무공을 수련하는 모습은 돈을 주고서도 구경하고 싶은 진풍경이다.

독사의 움직임은 빠르지 않았다. 느리지도 않았다. 평범하게… 빠를 때는 빠르고, 느릴 때는 느리고… 결전에 임박하여 무공을 점검하는 차원이 아니라 평소 수련하듯이 평범하게 움직였다. 마치 사리일잠도의 숨은 묘미를 수련 동작을 통해 체득하겠다는 투였다.

"내 취향은 아니군. 난 역시 도보다 검이 좋아."

한참을 구경하던 신검서생이 검을 들고 일어섰다.

독사와 마주 서서 검무라도 추려는 겐가? 아니다. 그는 한쪽 구석으로 가서 가문의 절학인 화영검법을 수련하기 시작했다.

날이 환해질 무렵, 독사와 신검서생은 아침 수련을 끝냈다.

마천옥은 격동이 치밀어 몸을 부르르 떨었다.

'이것이었군. 몸을 만들라는 말…….'

비로소 독사의 말뜻을 알아챘다.

초옥에 모여 있는 사람들 대부분은 싸울 기력을 잃었다.

목숨이 경각에 처한 순간이라면 당연히 싸우겠지만, 그런 순간이 아니라면 싸울 의사가 없다.

독사의 수하로 들어온 사람들조차 어떤 투지가 일어서 고개를 숙인 것은 아니다. 만무타배에게 당한 패배의 충격에서 벗어날 수 있는 한 방편으로 독사를 따른 것뿐. 물론 그것도 독사가 그들을 제압했기에 생각할 수 있었던 행동이지만.

도왕이 투지만 되찾는다면, 일수일살이 예전처럼 자신있게 검을 들 수만 있다면…

초옥에 모인 사람들이 제 기량을 최상으로 펼쳐 낼 수만 있다면 단숨에 거대한 문파가 될 수 있다.

만무타배는 당장 중원에 나가도 적수를 찾기 힘들 만큼 강한 자다.

만무타배가 중원에 이름난 고수였다면 도왕이나 일수일살 등이 겪는 충격은 상당히 약할 것이다. 멸혼촌처럼 궁벽한 산골에서 전혀 이름이 나지 않은 꼽추노인에게 당한 패배라서 충격이 한층 큰 거다.

독사…….

그도 이름이 나지 않은 무명고수다.

연이어 무명고수에게 패배를 당했으니…….

"대형, 입이 많으니 먹을 것도 많아야겠습니다."

마천옥은 오늘은 됐다고 생각했다.

독사의 뜻은 알겠지만 마음에서 변화가 일어나야만 가능한 행동은 기다려 줄 줄도 알아야 한다.

"그렇지. 먹을 게 많아야겠지. 사냥 좀 해야겠어."

독사는 그저 아침 수련을 했을 뿐이라는 듯 싱긋 웃고는 초옥 문을 밀치고 나갔다.

"여기서 싸우기로 작정한 겁니까?"

당호가 물었다.

"아닙니다. 결코 여기서 싸우지는 않을 겁니다."

마천옥은 멀리 사라져 버린 독사의 뒷모습에서 눈을 떼지 못한 채 말했다.

"여기서 싸울 것 같으면 몇 가지 기관이라도 만들까 했는데, 필요없겠군."

당옥이 말했다.

"필요없습니다. 먼저 몸을 만드는 것이 중요하죠."

"어제부터 물어보고 싶었는데, 도대체 그게 무슨 말이오? 몸을 만들라니? 우리가 술에 찌든 늙은이도 아니고."

"찌들었지요, 사활근맥단에. 당가 삼 형제께서 지금 하실 일은 유화신공을 하루 속히 속성하는 겁니다."

"제길! 그게 돼야 말이지."

당옥이 답답하다는 투로 말했다.

누군들 내력을 되찾고 싶지 않으랴. 하지만 신공이란 것이 어디 하루 이틀 사이에 깨달아지는 것이란 말인가.

"안 되더라도 해야죠. 한 발 한 발 내딛다 보면 성도(成都)에도 도착하는 것 아니겠습니까."

마천옥은 일어서서 나무 그늘로 갔다. 그리고 물구나무를 섰다.

유화신공은 사활근맥단에 중독된 사람들이 기필코 연성해 내야 하는 지상 절대의 과제였다.

이튿날은 수련에 동참하는 사람들이 많아졌다.

독사가 일어나 몸을 움직일 때 이곳저곳에서 골인들이 부스스 일어났다.

섭혼살호, 지천도는 물론이고 사시와 삼화까지 수련에 동참했다.

앞이 보이지 않는 막막한 수련이다.

당장 목숨이 풍전등화(風前燈火)인지라 먼 훗날에나 이룰 수 있는 신공 수련에 몰두할 마음의 여유는 누구에게도 없다.

'이럴 시간이 있으면 뗏목을 만들어서 강을 따라 흘러가면……'

'땅이 있는 이상 길은 있는 법. 아무 데나 걷다 보면 빠져나갈 길이 있을 텐데……'

사람들 중에는 초옥에 머물러 있는 자체를 이해하지 못하는 사람도 있었다.

마단이 무섭다고는 해도 사실 만날지 만나지 않을지 모르잖은가. 첩첩산골, 숨어숨어 도주하는데 누가 어떻게 쫓아온단 말인가.

독사는 해명도 하지 않았다. 어제에 이어 소수천라변을 묵묵히 수련할 뿐이다.

엽수낭랑은 부지런히 산속을 헤집고 돌아다녔다.

천리검의 초옥은 멸혼촌과는 달리 온갖 약초들이 무성했다. 산에서는 새소리도 들리고, 나무에는 다람쥐가 극성을 부렸다. 도토리, 감… 먹을 수 있는 과일도 무성했다.

저녁때가 되어 돌아온 엽수낭랑의 광주리는 온갖 이름 모를 약초들로 가득했다.

"이건 지황(地黃) 아닌가? 실한 놈을 구했군."

"밤나무가 어디 있었나 보네? 밤을 다 따오게. 어디 있어? 오늘은 밤이나 실컷 삶아 먹어볼까?"

당문삼기는 엽수낭랑이 뜯어온 약초를 손질했다.

낮에는 기약없는 유화신공을 수련하고 밤에는 약초를 손질하고……

음경지의를 알고 있는 당문삼기는 유화신공보다는 음경지의로 만들 단약에 더 큰 기대를 걸었다. 사활근맥단의 저주에서 풀려날 수 있는 방도로. 그러니 온갖 심혈을 기울이지 않을 수 없었다.

사흘째 되는 날, 드디어 도왕이 움직였다.

부러진 대도 대신 거대한 목봉을 들고 붕붕 휘둘러 대는 모습은 천하역사가 따로 없었다.

무인에게 초식은 무엇보다 소중하다.

초식이 드러나면 반은 패배한 것이나 다름없다. 그런 연유에서 가능한 한 무인들은 타인이 지켜보는 앞에서는 수련을 하지 않는다. 중요한 수련을 할 경우에는 반드시 사방이 밀폐된 곳에서 폐관 수련을 하곤 한다.

이러한 금기를 가장 먼저 깬 사람은 독사다.

무인들은 독사의 수련 광경을 지켜보면서 사리일잠도의 모든 것을 알아냈다. 또 소수천라변의 변화도 자세히 관찰했다.

심결을 몰라도 모방 정도는 할 수 있을 만큼 되었다.

독사는 자신의 무공을 만천하에 환히 드러내 놓고 있다.

신검서생은 양강지기(陽剛之氣)를 사용한다. 진기의 운집 속도가 얼마나 빠른지 검에서 열기가 느껴진다.

내력의 운집 경로는 알 수 없지만 화영검법의 초식 변화는 자세히 알 수 있다. 만약 신검서생과 검을 맞댄다면 화영검법에 쉽게 당하지 않을 자신이 있다.

모두 초식을 환히 드러내 놓고 수련하고 있기 때문이다.

거기에 도왕이 광풍삼도절을 내놓은 것이다.

배울 사람은 배워도 좋다. 초식을 파해하고픈 사람이 있으면 파해해도 좋다. 당신이 적이 되어 검을 겨눈다면 피곤하겠지만, 감수하겠다. 무엇을 위해서인지 목적은 모른다. 단지 몸을 만들어야 하겠다는 일념밖에 없다. 예전의 나로… 사람 같지 않은 골인들을 만나기 전의 나로 돌아갈 수 있는 길을 찾아야겠다. 무공을 잃은 신념, 무공으로 찾아야겠다.

말없이 무공을 펼치는 도왕은 몸으로 많은 말을 했다.

"빠르지 않으면 죽지. 나는 죽기 싫어."

일수일살이 힘겹게 몸을 일으키며 말했다.

한 달은 족히 누워 있어야 할 중상이지만 이를 악물고 일어섰다.

뛰어난 무공은 많다. 욕심나는 무공도 많다. 그런 무공들 중에는 실제로 자신의 무공을 짓눌러 버린 무공도 있다.

그러나 무인들은 다른 사람의 무공을 탐내지 않았다.

그들은 자신들이 익힌 무공을 더욱 정심하게 파고들어 갔다.

한 우물을 파라는 속담은 비단 민간인에게만 통용되는 말이 아니다. 무인들에게도 그 말은 통용된다. 무공 자체에 약하고 강한 무공이 어디 있으랴. 모두 수련하는 사람의 깊이에 따른 차이이지.

'암혼사… 암혼사를 전수해 주면 좋을 텐데…….'

모두들 수련에 전념하는 것을 본 독사는 사냥에 나서기 전, 우울한 얼굴로 수련하는 모습들을 지켜보았다.

무공에는 차원이 있다.

약하고 강한 무공이 분명히 존재한다.

초식 자체는 강약의 구분이 있을 수 없다. 상대가 방비하지 못한 틈을 노리고 공격하는 것이 최상의 초식이다. 그것이 가볍게 내뻗는 일수에 불과할지라도.

하지만 내공(內功)에는 분명히 상내공과 하내공이 존재한다.

세상에 존재하는 내공의 대부분은 상승내공이 아니다. 암혼사처럼 꽃을 다듬는 일상적인 행동에서도 진기를 북돋아주지 못한다.

생명을 얻어 움직이는 진기와 주인이 명령을 내려야만 움직이는 진기 사이에는 큰 차이가 있다.

독사가 알고 있는 내공법은 몇 개 되지 않지만 그중 상승내공으로 분류할 수 있는 것은 암혼사뿐이다.

지금 무인들이 수련하는 모습을 보니 모두 억지로 진기를 일으키고 있다.

억지로라고는 할 수 없다. 그들 자신이 거의 느끼지 못할 만큼 진기와 그들의 몸은 하나로 일체가 되어 있다. 하지만 진기를 일으켜 집중하는 것만은 틀림없지 않은가.

상승내공이 아니다.

본인이 의식하지 않는 동안에도 꾸준히 내력을 쌓아주어야지만 상승내공이다.

안다. 알면서도 암혼사를 전수하지 못하겠다.

지금 암혼사를 전수하는 것은 산 중턱까지 오른 사람에게 다시 하산하여 다른 길로 오르라는 말밖에 되지 않는다. 그 길이 단숨에 정상까지 오를 수 있는 길이라고 할지라도…… 받아들이기가 쉽지 않다.

대부분은 하산을 하지 않고 현 위치에서 말해 준 산로(山路)로 방향을 틀려고 할 게다.

그러면 사공(邪功)이 탄생한다.

요공(妖功)일 수도 있고, 마공(魔功)이 될 수도 있을 테고.

'휴우! 지금은 이것으로 만족하자. 자신의 검을 들 수 있는 것만도 천만다행이야.'

일보진일보(一步進一步).

급하게 서둘러서 좋은 건 거의 드물다.

초옥에서의 생활이 보름을 넘기자 사람들의 눈에 생기가 맴돌기 시작했다.

"도왕, 언젠가 꼭 도왕과 한번 겨루고 싶었는데 지금 해볼까?"

"관둬."

"피하는 이유는?"

"아직 네 몸이 회복되지 않았어. 그런 몸으로는 져도 졌다고 승복하기 힘들겠지. 조금만 더 나아라."

"좋은 말이군. 그러지."

"광풍삼도절은 곁에서 보는 것과 직접 부딪치는 것은 천양지차(天壤之差)야. 검이 더 빨라야 될걸."

"더 빠르게 되면 대형에게 도전해야지. 도왕은 지금으로도 충분할 것 같은데?"

도왕과 일수일살은 팽팽한 신경전까지 벌였다.

"저 두 사람 언젠간 꼭 부딪치겠네요."

엽수낭랑이 약초 즙을 내며 말했다.

"먼 훗날이 될 거야."

"지금 같아서는 당장이라도 부딪칠 것 같은데요?"

"지금은 동사(同死)야. 두 사람도 모두 그걸 알고 있지. 검은 일수일 살이 빠르지만, 빠른 검 다음에 짓쳐올 광풍삼도절을 막아낼 자신이 없는 거지. 도왕은 제일검을 피해낼 자신이 없는 거고. 어느 한쪽이 자신이 서면 그때서나 부딪칠 건데…….'

"풋! 그럼 오라버니에게 도전하는 날은 꿈도 꾸지 말아야겠네요?"

"아니. 두 사람이 부딪치는 날이 오면, 그날이 내게도 도전하는 날이 되겠지."

"그래요?"

"알면서 모른 척하기는…….'

두 사람의 대화에 당문삼기가 끼어들었다.

"전에 병기를 묻어놓은 곳이 있다고 했는데, 가서 파오면 안 될까? 아무래도 병기가 부족할 것 같아서."

당한이 무뚝뚝하게 말했다.

"병기를 만들 수 있다는 말처럼 들리는데?"

"호호호! 당문 사람들을 우습게 보지 마세요. 세상에 당문 사람들이 못하는 것은 거의 없어요. 오라버니, 오라버니는 천군만마를 얻은 거라구요. 고맙지 않아요?"

엽수낭랑이 생긋 웃으며 말했다.

탕! 타앙! 탕……!

조용하기 이를 데 없던 산야에 망치질 소리가 울려 퍼졌다.

만무타배에게 나 여기 있으니 어서 와서 죽여라 하고 알려주는 꼴이지만 지금은 누구도 신경 쓰지 않았다.

생사일여(生死一如)라고 했다.

무인이 되겠다고 생각하는 순간부터 머리 속에 각인시킨 말이다.

한동안은 잊고 지냈지만, 초옥에서의 생활이 들개들의 야성(野性)을 다시 일깨워 놓았다.

중요한 것은 죽는 것이 아니라 마지막 순간까지 무인으로서 어떤 삶을 사느냐 하는 것이다.

덕분에 바빠진 사람은 마천옥과 왕가달이다.

"유화신공 덕 좀 보았나?"

"봤지. 아주 미미하게 진기가 움직이는 것 같아. 조금만 더 수련하면 진전이 크겠어."

"신법에는 자신이 있다고 했지?"

"예전 내력만 되찾는다면…… 아마도 내가 제일 빠를걸?"

"문파를 물어보면 대답 안 하겠지?"

"아예 그냥 물어보지 그래?"

"흠! 적을 둔 곳이 어디야?"

"왕가(王家)."

"왕가? 그건 자네 성씨… 혹시! 진안(鎭安) 왕가!"

"어! 아직도 아는 사람이 있네?"

왕가달은 신기해했다. 마천옥이 진안 왕가를 알고 있다는 사실이 못내 믿어지지 않는다는 듯.

"그렇군. 진안 왕가……. 그래서 그렇게 빨랐군."

왕가달은 무공이 탁월해서 신검서생과 함께 유인을 맡은 것이 아니다. 그는 단지 신법만 빨랐다. 내공이 사라져 사활근맥단의 약효에 의존하는 골인들에게 왕가달은 예전의 무공을 거의 잃지 않은 사람처럼 비쳐졌다.

진안 왕가 사람들은 엄밀히 말하면 무림인이 아니다.

그들은 준족(駿足)을 타고나기도 했지만, 어려서부터 가혹할 정도로 신법 수련에 매진했다.

무림인으로서는 신경도 쓰지 않는 변변치 못한 내공법으로 그만한 신법을 지니기 위해서는 피땀으로 얼룩진 고련의 세월이 필요했다.

그럴 수밖에 없는 것이 진안 왕가 사람들에게 신법은 곧 생활이기 때문이다.

진안 왕가 사람들은 용병(傭兵)이다.

가격만 맞는다면 어느 전쟁터든 달려간다. 어떤 때는 피아(彼我) 양 쪽에서 진안 왕가 사람들을 보게 되는 경우도 있다.

그들은 주로 척후병 역할을 담당했고, 본대에 은밀히 소식을 전할 필요가 있을 때 진안 왕가 사람들의 빠른 발이 한몫을 톡톡히 해냈다.

왕가달이 진안 왕가의 후손이라면 무공이 변변치 않으면서도 그토록 빨랐던 이유가 납득된다.

"그렇군. 진안 왕가 사람이었어. 그럼 백비를 찾은 것도 바로 신법 때문에?"

"절정신법을 익히면 목숨을 걸고 용병 짓을 하지 않아도 될 것 같아 서……. 다른 문파에 얽매여 가문의 자존심을 해치는 일 없이 신법을 배울 수 있는 길은 백비뿐이잖아. 말도 안 되는 줄 알면서 혹시나 하는 심정에서 찾았는데……."

마천옥은 고개를 끄덕였다.

왕가달의 심정을 이해할 수 있다.

진안 왕가 사람들은 독특한 아집(我執)이 있는데, 바로 남에게 얽매 이지 않는다는 것이다. 명문대파의 유명한 신법을 수련하면 단숨에 신법일가(身法一家)로 추앙받을 수 있음에도 아직까지 옛 방식대로 신법을 수련하고 있는 까닭이기도 하다.

그런 왕가의 후손이 독사에게 얽매였으니 모순이라고나 할까.

"왕가달, 사십 장 밖을 탐색해 줘."

왕가달은 고개를 끄덕였다. 그도 마천옥이 무슨 말을 하는지 알고 있다.

"내 신법이 미치지 못할 때는 소릴 지르지."

"충분히 몸을 뺄 수 있을 거야. 진안 왕가의 후손이지 않나."

"하하! 하하하!"

마천옥은 멀어져 가는 왕가달을 보며 희망을 불태웠다.

'잘하면…… 신생 문파치고는 터무니없이 강한 문파이지 않은가. 용담호혈(龍潭虎穴)이야, 독사 패거리는.'

독사 패거리……. 그중에 어느 한 사람 약한 사람이 없다. 사시와 삼화는 내력을 모르니 차치하고 사내들만 견주어도 누구 한 사람 가문이나 무공이 빠지는 사람이 없다.

그들의 배경은 생각하지 않아도 괜찮다. 현재 모인 사람들의 능력만 최대한 살려낸다면 어느 문파보다도 강성한 문파가 되리라.

'비시문 출신으로 이만한 사람들과 함께하면서 어처구니없이 죽는다면 말이 안 되지.'

활력이 샘솟듯 치솟았다.

第三十七章

먼저 찾는 눈

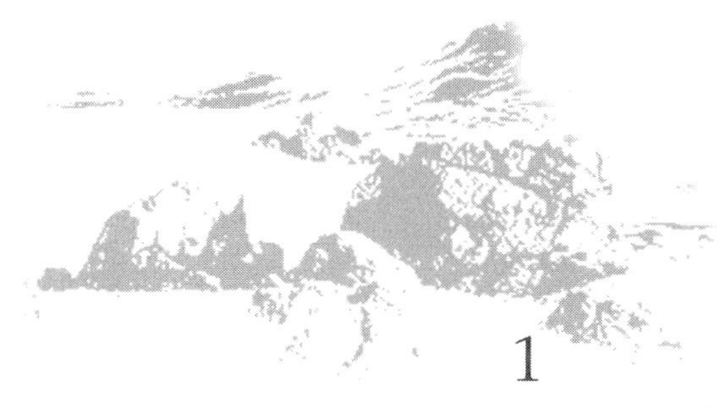

1

먼저 찾는 눈

수십 년 전, 사천무림에 오공사수(蜈蚣射手)라는 기이한 인물이 등장한 적이 있었다.

그는 무림에 첫발을 내디딜 때부터 세인들의 이목을 끌어당겼다.

훤칠한 키에 균형 잡힌 몸, 잘생긴 외모.

다소 날카로운 인상이라 범접하기 힘들다는 느낌을 주는 사내였지만 그런 점이 더욱 뭇 여인들의 방심을 흔들어놓았다.

무인들은 그와 겨루려고 하지 않았다. 그도 무인들에게 비무나 결전을 요청하지 않았다. 무림에서 흔히 일어나는 시시비비도 발생하는 일이 없었다.

보기만 해도 징그러운 오공을 온몸에 덕지덕지 붙이고 다니는 사내와 검을 맞대고 싶은 사람은 아무도 없었다.

독물이 지천에 널려 있는 사천이니 오공을 보는 일이야 흔하지만,

살아 있는 사람이 살아 있는 오공을 전신에 붙이고 다니는 일은 흔히 볼 수 없는 광경이었다.

딱 한 번, 그가 무림인과 겨룬 적이 있다. 겨뤘다고 하기보다는 무인을 죽인 적이 있다.

"이봐! 여긴 내 자리야! 너 같은 놈도 배는 고픈가 보지? 너 같은 놈은 이런 데 앉아서 처먹는 게 아냐."

뇌가권(腦家拳)의 달인이었던 뇌강(腦鋼)은 사내가 먹던 소면(素麵)을 바닥에 내던져 버렸다.

와장창 하는 소리와 함께 소면 그릇이 박살났다.

오공의 배설물을 뒤집어써 전신에 지린내를 풀풀 풍기는 사내는 묵묵히 일어나 걸어나갔다.

그의 행동으로 보아 그는 싸울 뜻이 분명히 없었다.

그러나 뇌강은 그를 고이 보내줄 수 없었다.

"저런 사내라면 밤에 힘도 좋을 거야. 호호호! 왜 오공은 정력제라고 하잖아. 생긴 것도 잘생겼고, 힘도 좋아 보이고…… 무공도 뇌가주보다 강할 것 같지 않아?"

연모하는 여인이 다른 사내를 입에 담았다는 자체가 뇌강의 자존심을 상하게 만들었다. 여인은 그와 함께 나왔으나 그를 쳐다보지 않았다. 여인의 눈길은 다른 사내에게 꽂혀 떨어지지 않았다. 사내가 어느 계집이라도 혹할 만큼 잘생겼다는 점도 마음에 들지 않았다.

뇌강은 사내 앞에 나서기 전부터 작심한 박가 있었다. 반드시 사내를 무릎 꿇려서 여인의 눈길을 다시 돌려놓겠다는 것. 무림 일절로 인정받은 뇌가권의 가주, 무공에는 자신있었다.

그러니 이대로 보내줄 수는 없는 일.

"후후! 그냥 가려고? 그렇게는 안 되지. 먹던 음식은 마저 먹고 가야지. 이것들을 핥아먹어 줘야겠어. 그래야 내가 인상 찡그리지 않고 음식을 먹을 수 있지."

사내는 감정이 없는 목석처럼 담담했다. 그는 뇌강의 말을 듣지 못한 듯 가던 길을 계속 갔다. 그러나……

"타앗!"

등 뒤에서 거센 고함이 터지고 옷자락 펄럭이는 소리가 들린다 싶은 순간, 가볍게 일수를 뒤로 내저었다.

그것뿐이다.

뇌강은 기겁을 하며 뒤로 물러섰지만 몇 걸음 떼어놓지 못하고 풀썩 쓰러지고 말았다. 그의 안색은 어느새 새카맣게 변해 버렸고.

더욱 사람을 소름 끼치게 하는 광경은 뒤에 이어졌다. 뇌강의 콧속에서 기어나온 오공 한 마리가 빨빨거리며 기어가 사내의 신발 속으로 들어가는 모습이라니.

오공사수라는 별호가 세상에 탄생하는 순간이었다.

사내는 뇌강의 시신은 거들떠보지도 않고 멀어져 갔다. 아주 멀리……. 무림의 눈길이 미치지 않는 깊고 어두운 곳으로…….

객잔에서 벌어졌던 짤막한 살인 이후, 오공사수의 모습은 그 어디에서도 찾아볼 수 없었다.

단지 오공 같은 독물을 자유자재로 부릴 수 있는 사람이 몇 명 되지 않기에 그쪽에 관계된 몇몇 문파, 무인만이 아직도 오공사수라는 별호를 기억하고 있을 뿐.

검은 지네가 꿈틀거리는 모습을 귀엽게 지켜보던 노인이 냉막한 음성으로 물었다.

"살아남은 놈들은?"

"몇 명인지 정확히 파악되지가……."

만무타배는 쩔쩔맸다.

그가 가장 존경하고 충성을 바치는 사람은 주공이지만, 어떤 때는 사형이 주공보다 더 무서웠다. 그것은 젊었을 적에도 그랬지만 나이를 먹어갈수록 더욱 두드러졌다.

지금도 그렇다. 살아남은 놈들이야 신경도 쓰지 않지만 사형 앞에서는 함부로 말할 수도 없었다. 적을 가볍게 보는 것처럼 사형이 싫어하는 것도 없을 테니까.

호랑이는 토끼를 잡을 때도 최선을 다한다.

사형이 갓 검을 잡았을 때부터 귀에 못이 박히도록 해온 말이다.

몇 명이나 살아남았느냐. 대답하지 못할 바는 아니지만 십이추시가 죽은 후로 생각이 달라졌다.

독사에게는 알지 못할 조력자들이 있다.

사방이 꽉 막힌 철망인데 외부에서 조력자가 들어왔을 리는 없다. 설혹 철망을 뚫고 들어왔어도 세심하기 이를 데 없는 사형의 이목을 벗어날 수는 없고, 벌써 귀에 들렸을 터이다.

조력자는 내부에서 생겼다. 즉, 살아남은 골인들이 한두 명이 아니라는 이야기다.

실책 중에서도 큰 실책이지만 사형 앞에서는 사실을 말할 수밖에 없다.

다행히도 사형은 질책을 하지 않았다. 대신 질문의 화살을 요지성녀에게 던졌다.

"유심동은 확실히 정리했나?"

"네. 저는 깨끗이 처리했어요."

요지성녀도 대사형 앞에서는 몸가짐을 정결히 했다. 만무타배와 농을 주고받을 때처럼 흐트러진 모습은 조금도 찾아볼 수 없었다.

노인…… 세상에서 오래전에 잊혀진 오공사수의 입에서 싸늘한 일갈이 바로 뒤를 이었다.

"깨끗이… 깨끗이 처리한 것이 시신들을 쌓아두고 있는 것인가."

요지성녀가 움찔했다.

"예광은 그만 잊어버릴 때도 되지 않았나."

오공사수의 말에 요지성녀의 안색이 새하얗게 탈색되었다.

"저, 저는……."

"아냐, 깨끗이 정리했다는 말이 맞아. 시신들이 한 줌 재가 되어버렸으니 깨끗이 정리한 거지."

요지성녀의 머리 속에 순간적으로 예광의 모습이 떠올랐지만 오래 머물게 할 수는 없었다.

"바, 바로 불태우려고……."

"지난 일은 됐어. 어떻게 할까? 내가 할까? 아니면 한 번 더 해볼 생각이 있는가?"

'사형, 어디 있는지만 알려주시면!'

만무타배는 목구멍까지 치민 말을 내뱉지 못했다. 대신 좀 더 신중한 말을 골라서 했다.

"여간 영악한 놈들이 아닙니다. 놈들 중에는 머리를 쓰는 놈도 있고…… 저로서는 몇 놈쯤은 잡을 수 있어도 전부 잡기에는 역부족입니다."

오공사수는 노색(怒色)을 드러내지 않았다.

"요지성녀도 같은 생각인가?"

"주공의 명을 빨리 처리하기 위해서는 아무래도 사형께서 직접 나서시는 것이……."

"못난 사람들이군."

오공사수의 그 말 한마디로 만무타배와 요지성녀는 공격의 화살이 비켜갔음을 직감했다.

차라리 지금 무능력하다고 질책 한 번 듣는 것이 낫다. 사형은 무능력은 용서해도 실패가 반복되는 것은 절대 용납하지 않는 사람이다.

"일마(一魔), 독사는 어디 있나?"

오공사수가 뒤에 시립해 있던 무인에게 물었다.

무인은 검에 베인 듯한 긴 상흔(傷痕)을 지녔다. 좌측 머리에서부터 턱 끝까지 이어져 죽지 않은 것만도 다행이다 싶은 생각이 저절로 들게 만드는 상흔이다.

일마가 즉시 대답했다.

"천리검의 초옥에 머물러 있습니다."

"정확한 인원은?"

"스물여섯 명입니다."

"스, 스물여섯!"

"그, 그렇게나!"

요지성녀와 만무타배는 경악을 금치 못했다.

골인들 중에 살아남은 사람들이 또 있겠다는 생각은 했지만 스물여섯 명씩이나 된다니…… 너무 터무니없다. 분명히 죽은 사람들을 헤아려 봤는데…… 스물여섯 명이라면 골인들 중 절반 이상이 살아남았다는 말이지 않은가.

아니다. 이건 아니다.

"지금 상태는 어느 정도인가?"

"이단계 정도입니다. 가장 부상이 심한 자는 일수일살이었는데, 엽수낭랑 덕분에 빠른 회복을 보였습니다. 신체적으로는 모두 이상이 없다고 생각됩니다."

"이, 일수… 일살……."

만무타배는 멍해졌다.

일수일살이 왜 독사와 같이 있단 말인가. 그럼 나머지 놈들도? 그럴 리가 없다. 그런 일은 하늘이 두 쪽으로 갈라져도 불가능하다.

"삼비마룡은?"

"골인들을 찾아서 산을 이 잡듯 뒤지고 있지만 천리검의 초옥을 발견하는 일은 요원할 것 같습니다."

만무타배는 쇠망치로 뒤통수를 얻어맞은 것 같았다.

충격이 너무 심해서 생각이 쉽게 이어지지 않았다. 그러다 불현듯 생각 하나가 떠올랐다.

'혀, 현문! 이놈들이!'

현문은 무인들을 멸혼촌에 집어넣을 때 반드시 명령을 따를 수밖에 없는 상황을 만들었다.

삼비마룡처럼 혈육을 볼모로 잡는 경우도 있고, 과거의 치부를 끄집어내어 위협할 수도 있다. 방법은 가지가지지만 무인들은 명령을 따르지 않을 수 없다.

그들은 절대 현문의 명을 거역할 수 없다.

그런 점을 잘 알고 있기에 무인들을 이용했다.

눈 감고도 길을 찾을 수 있을 정도로 지리는 환히 꿰뚫고 있지만, 숨기로 작정한 놈들을 찾아내는 것은 쉽지 않기에 조그만 수고를 덜려고 했던 것인데…….

현문의 명령을 저버릴 수 있는 무인들.

현문은 만일의 경우, 무인들을 버릴 것까지 생각했다. 버려진 무인들이 마단에게 이용될 수 있다는 것까지도. 그래서 금제를 강하게 걸지 않은 것이다. 삼비마룡처럼 겉으로 드러난 몇 명만 강한 금제를 걸어 자신의 이목을 흐리게 하고.

'현문…… 끌끌! 한 방 맞았군. 끌끌!'

분통이 터지는데 이상하게도 실웃음이 실실 새어 나왔다.

결국 독사에게 큰 힘을 얻어주는 꼴이 되었다. 그렇다고 달라질 것은 없지만.

오공사수가 오공 한 마리를 집어 산 채로 씹어 먹으며 말했다.

"모두 정리해야지. 이곳은 애초부터 사람이 살지 않은 곳이야. 사람이 살지 않은 곳."

＊　　　　＊　　　　＊

왕가달이 움막을 떠남과 동시에 마천옥은 동지들을 불러 모았다.

"말씀해 보시죠."

마천옥은 신령에게 발언권을 주었다.

"오늘 아침에… 그러니까 잠자리에서 일어났는데, 오금이 저려오지 뭐요."

잔심마도와 귀주삼괴는 낯빛이 핼쑥해졌다.

오금이 저려온다는 말은 느낌이 좋지 않다는 말과도 상통했다. 많이 사용하지는 않지만 신령이 그런 말을 하고 난 다음에는 반드시 사단이 일어나곤 했다.

"자세히 좀 말해 보슈. 이거야 원 답답해서."

진취가 급한 성미를 참지 못하고 불쑥 끼어들었다.

"사람 참 방정맞기는…… 아, 좀 참아봐. 내 지금 말하고 있잖아. 정신 헷갈리게시리. 그러니까 뭐야, 어디까지 말했더라? 아! 오금. 아! 그놈의 오금이 저려오긴 오는데 기분이 참 이상하더라고. 맥이 쭉 빠지면서 힘아리가 하나도 없는 것이… 하! 이걸 뭐라고 말해야 하나."

"됐습니다."

마천옥이 신령 대신 말하기 시작했다.

"신령의 느낌은 잘 아는 터이니 부언하지 않겠습니다. 신령의 느낌을 공격으로 보고 대비를 해야 할 것 같습니다."

"오늘 마단이 공격해 온다는 말인가."

독사가 무겁게 입을 뗐다.

"그렇게 봐야겠죠."

어떠한 증빙도 없다.

신령의 막연한 느낌은 설득력이 없다. 단지 그를 아는 사람들이 그의 느낌을 믿어주느냐 아니냐에 따른 것.

마천옥은 믿어주자는 쪽이다.

"방비를 해서 나쁠 건 없지. 어느 정도 몸도 만들어진 것 같으니까. 마천옥, 제일 목적은 철망을 빠져나가는 거야. 거기에 초점을 맞춰봐."

철망 또한 막연하기만 하다.

도대체 어디서부터 어디까지가 마단의 영역인가. 그 누구도 빠져나간 적이 없다는 철망의 형태는 어떤 것인가.

아무것도 알지 못하는데 초점을 맞추란다.

"맞추겠습니다."

마천옥은 희미한 웃음을 지으며 대답했다.

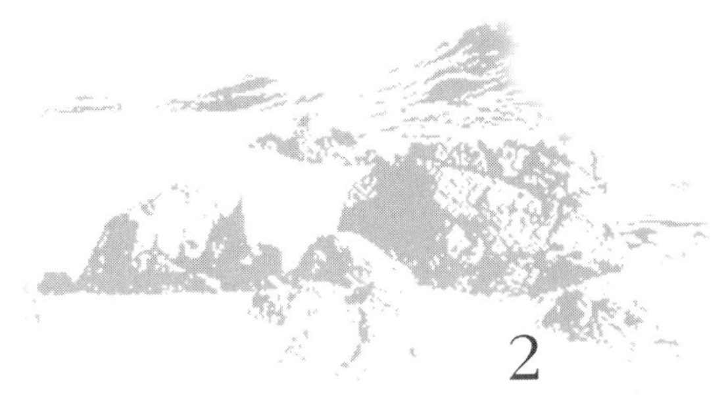

2

은신 장소를 고를 때 가장 최우선으로 생각해야 할 것은 나는 볼 수 있으되 적은 볼 수 없는 곳이다. 시야에 사각(死角)이 있는 경우라도 나를 완전히 숨길 수 있는 곳이면 최적의 장소다.

그 다음으로 고려해야 할 것이 도주로인데, 사실 도주로는 별로 소용이 없다.

무림인들은 도주로 대신 뛰어난 신법으로 보충한다.

발각이 되면 누가 더 빠른가에 따라서 죽고 사는 것이 결정된다.

불행히도 뛰어난 신법이 없는 진안 왕가의 후손들은 절학 대신 판단력으로 보충했다.

적보다 빠를 자신이 없으니 적이 뛸 생각을 하기 전에 뛴다.

집안 어른들로부터 배운 것 중에 가장 고마운 것을 고르라면 왕가달은 서슴없이 판단력이라고 말할 것이다.

판단력에 따라서 진퇴를 결정하니 은신의 제일 요건이던 은밀함에도 조그만 변화가 생겼다.

사각이 없이 적을 가장 잘 볼 수 있는 곳이 최적의 장소로 떠오른 것이다.

왕가달은 산 위로 올라갔다.

사방은 원시림으로 총총하게 우거져 있다. 만산홍엽(滿山紅葉)이라더니, 붉고 노랗게 물든 가을 단풍이 몸과 마음을 현혹시킨다. 새가 아름다운 목소리로 우짖고, 나뭇가지로는 다람쥐들이 겨우살이 준비로 분주하게 오간다.

아름다움에 푹 젖어 시 한 수 읊으면 딱 좋을 풍경.

하지만 왕가달의 신경은 긴장으로 얼룩졌다.

주위가 이렇다면 경계를 하기가 무척 곤란하다. 우거진 수림도 장애 요소이고, 얼룩덜룩 물든 단풍도 시야를 흐리게 한다.

이거야 몸을 환히 드러내 놓고 태연하게 걸어온다 해도 감지하지 못할 지경이지 않은가.

혼자 몸으로는 도저히 경계라는 말을 입에 떠올릴 수가 없다. 왕가달이 진안 왕가의 후손이 아니라면 말이다.

군대에서 진안 왕가의 사람들을 척후병으로 쓰는 이유는 빠른 발 때문만이 아니다. 적진과 아군 진영을 자유롭게 오갈 수 있다고 믿지 않는다면 굳이 거금을 들여 그들을 고용할 필요가 없다.

왕가달은 나무 위로 올라가 나뭇잎에 몸을 숨기고, 제일 먼저 도주로부터 확인했다.

적은 뛰어난 무인들이다. 그들은 따라잡기 불가능하다 싶은 거리도 단숨에 좁혀올 것이다.

'숨는 건 도움이 안 돼.'

무인 앞에서 숨는다는 것은 관대한 아량을 기대하는 것과 다를 바 없다.

숨지 못한다면 죽자 사자 도주하는 것뿐.

왕가달은 자신이 달릴 수 있는 범위 내에서, 천리검의 움막에 가장 빨리 도달할 수 있는 길을 선택했다.

다음으로는 적이 다가올 만한 접근로를 파악했다.

산이라는 지형에서는 접근로를 구분하기가 쉽다.

편하게 오를 수 있는 곳과 그렇지 않은 곳.

일차로 가장 편히 움직일 수 있는 지형을 살펴봤다. 편하게 움직인다는 것은 가장 빨리 다가올 수 있다는 것을 의미한다. 발각되기 쉽지만 대놓고 달려드는 만큼 폭풍 같은 질주가 예상되는 경로다.

그렇지 않은 곳은 빠르게 다가오지는 않지만, 접근을 예상하기가 무척 힘들다.

일차 접근로를 파악한 왕가달은 두 번째 접근로, 산 전체라고 할 수 있는 지형을 머리 속에 각인시키기 시작했다.

우습게 들리겠지만 진안 왕가 사람들은 그림 그리기를 좋아한다.

산수화도 그리고 화조(花鳥)도 그린다. 초상화(肖像畵)만 그리는 사람도 있다.

솜씨도 대체로 빼어난 편이라서 화공(畵工)을 해도 먹고 살 만한 정도는 된다.

진안 왕가 사람들을 부리기 위해 찾아온 사람들은 사방에 널려 있는 그림들을 보고 놀라면서도 의아해한다. 척후병으로 소문난 진안 왕가를 찾아온 것인지, 아니면 화공 마을을 찾아온 것인지.

그림을 그리는 것은 단순한 취미 생활이 아니다. 진안 왕가 사람들에게는 죽음과 삶을 가를 수 있는 절체절명의 과제이기 때문에 한시도 붓을 놓는 일이 없다. 누가 시키지 않아도 본인 스스로 악착같이 그림을 그린다.

그 효과가 지금 나타나는 게다.

왕가달은 동서남북 사면을 각기 한 폭의 그림으로 그렸다.

심상(心象)에 새겨 넣는 그림이다.

나무 한 그루, 풀뿌리 하나에도 꼼꼼하게 정성을 기울이는 화공처럼 광활한 산야를 세심하게 그려 넣었다.

이제 그림 대조만 하면 끝난다.

진안 왕가 사람들도 내기를 즐긴다.

가장 흔히 하는 내기는 당연한 말이겠지만 누가 빠르냐 하는 신법 시합이다. 정교함은 필요없고, 오직 누가 빠른가 하는 속도에 치중한 시합.

두 번째로 흔히 볼 수 있는 내기가 바로 그림 대조다.

주로 틀린 그림 찾기를 많이 하는데, 손도장을 찍었다고 생각할 만큼 정교하게 그려진 두 장의 그림을 놓고 누가 빨리 틀린 곳을 찾느냐 하는 내기다.

왕가달은 져본 기억이 없다.

진안 왕가 사람들 중에서는 가장 걸출한 인물이었고, 그런 연유로 한 걸음 더 도약하고픈 갈망이 유난히 심했는지도 모른다. 바보들이나 찾을 것 같은 백비를 찾을 만큼.

착! 착착! 착착……!

틀린 그림 찾기를 하듯, 네 폭으로 그려진 그림들이 순식간에 교차

했다.

그림이 달라진 것은 왕가달이 산 정상에 자리 잡은 지 닷새가 경과한 후였다.

너무 작아서 이쑤시개라고 해야 할 나무에 벌레 몇 마리가 달라붙었다.

'빠르다!'

왕가달이 무엇인가 나무에 달라붙었다고 생각한 순간, 벌레들은 감쪽같이 사라져 버렸다.

잘못 보지 않았나?

눈을 깜빡거리는 우행(愚行)은 저지르지 않았다.

찰나에 불과한 움직임이었지만 분명히 보았고, 그것으로 확실하다고 단정할 수 있다.

왕가달은 계속 사위를 살피며 손을 모아 입에 댔다. 여차하면 약속된 신호를 보내야 한다. 그런데,

'이런!'

등골에서 소름이 쫙 끼쳤다.

그가 착시라고 느낄 정도로 미미한 움직임을 본 것은 동쪽.

다른 방향에서도 움직임이 일고 있다. 북쪽과 남쪽에서도 동쪽에서처럼 확실하게 움직임을 본 것은 아니지만 이상하게도 풍경이 조금씩 변한다는 느낌을 지울 수 없다.

그런 점은 아무래도 좋다. 당장 등 뒤…… 서쪽에서 다가오는 움직임이 너무 빠르다. 지금 곧바로 신형을 퉁긴다 해도 천리검의 움막까지 도달할 수 있을지…….

진안 왕가에서 몸에 익힌 판단력이 말을 했다.

'지금 당장 움직엿!'

쉬익!

판단이 서는 순간, 왕가달의 신형은 이미 움직이고 있었다.

제일 먼저 쏘아지는 신형에 탄력을 줄 겸 경고도 발할 겸, 두 발로 나무 둥지를 힘차게 걷어찼다. 상황이 너무 급박해 소리를 내지를 틈도 없다.

쿵! 쿵!

커다란 고목이 부르르 떨리며, 초록빛 잃은 나뭇잎을 떨궈냈다.

주변에 사람이 없다면 듣지 못할 소리다. 하지만 움막에는 세상에서 듣지 못하는 소리가 없다는 통음이 있다. 혹시 그라면 들을 수 있지 않을까?

다음은 생각할 것도 없다. 무조건 치달리기만 하면 된다. 치달리면서 고함을 질러대면 된다.

쒜에엑!

등 뒤에서 실바람 소리가 났다. 하지만 살갗을 저며오는 살기는 폭풍처럼 강하고 매서웠다.

'틀렸다.'

한순간 머리 속에 죽음의 그림자가 스쳐 지나갔다.

그의 판단력도 빨랐지만 상대는 왕가달이 생각한 것보다 훨씬 강한 무인들이었다.

파파팟!

발걸음 소리가 급격하게 가까워졌다.

마음만 타 들어갔다. 여우에게 쫓기는 들쥐의 심정이 이럴까? 그는 숨이 턱에 닿도록 발을 떼어놓고 있지만 등골을 저며오는 살기는 점점 가까워지기만 했다.

분명한 실수다.

어쩌면 예견된 실수였는지도 모른다. 상대의 무공을 감지하지 못한 상태에서 경계를 한다는 것 자체가 무리였다. 나름대로 설정해 놓았던 무공은… 너무 낮았다. 그보다는 훨씬 강한 사람들이 공격해 오리라고 생각했어야 한다.

산 정상에서 등골에 소름이 끼칠 때부터 죽음은 예견된 것이다.

"아아아악!"

왕가달은 혼신의 힘을 다해 고함을 내질렀다. 하지만 그런 고함 소리도 얼마 이어지지 못했다.

"쿠후후! 여기까지인가……."

자조 섞인 웃음이 새어 나왔다.

왕가 사람들의 최후는 으레 이렇다. 누군가에게 쫓기다가 길이 막혀 목숨을 잃는 경우가 대부분이다.

왕가달은 옆길에서 불쑥 튀어나온 무인을 노려보았다.

대항할 생각조차 들지 않을 만큼 기도가 드센 자다. 드세다는 정도로는 설명이 되지 않는……. 그렇다. 마인(魔人)! 이런 자를 두고 마인이라고 부르리라.

'소리를 듣기는 했는지…….'

지금에서야 부질없는 생각이지만, 문득 움막에 있는 사람들이 자신의 음성을 들었을까 하는 의문이 떠올랐다.

마천옥이 귀주사괴를 제치고 자신에게 경계를 맡긴 것은 빠른 발 때문이다. 귀주사괴의 경우에는 발견은 할지 몰라도 틀림없이 목숨을 잃게 된다. 그나마 빠른 발을 지녔다는 진안 왕가의 사람이기에 조금 안심하고 맡긴 것 같다. 그것조차 무용지물이 되어버렸지만.

움막에 있는 사람들이 소리를 들었다면 몸을 피해야 하는데… 이들을 상대로는 싸울 수 없는데… 도왕이나 일수일살 등이 최상의 몸을 만들었다고 해도 역부족인데…….

왕가달은 천천히 걸어오는 낯선 사내가 죽음의 사신처럼 보였다. 독사라도 이들을 상대할 수는 없을 것처럼 보여졌다.

쉬익!

무엇인가가 면전으로 날아들었다. 낯선 사내가 손을 휘저은 것은 보았는데, 날아오는 것이 무엇인지는 모르겠다.

본능적으로 몸을 틀어 피했다.

파악!

오른쪽 가슴 부근부터 겨드랑이 사이가 화끈거렸다. 피한다고 피했지만 완전히 피해내지는 못했다.

'오수창(五手槍)!'

살가죽이 뼈에 달라붙어 있는 몸인데, 그런 몸에서도 피는 솟구쳤다. 아픔도 살점이 덕지덕지 붙어 있을 때와 똑같았다. 도대체 어떤 놈한테 당한 것인가.

무엇인가가 몸을 긋고 지나갔는데, 무엇인지조차 모른다니. 오수창을 들고 있는 것은 보았다. 하지만 오수창을 던져 냈을 리는 없다. 오수창은 던지는 병기가 아니라 비조(飛抓)처럼 휘두르는 병기다.

한 손으로 상처 난 부위를 짓누르며 뒤를 돌아본 왕가달은 경악을 금치 못했다.

굵직한 나무 한가운데 다섯 손가락으로 집듯이 틀어박혀 있는 암기
는 던졌을 리 없다고 생각했던 오수창, 분명히 오수창이었다.

표창(鏢槍)의 다섯 날을 안으로 구부린 다음, 손가락 길이만큼 길게
늘인 암기인지라 오수창이라고 부르기 시작한 암기.

누가 어떤 연유로 오수창을 만들었는지는 불분명하지만 현재 사용
하는 무림인이 없는 것만은 확실하다.

오수창은 암기도 아니고 병기라고 할 수도 없다.

우선 크기에서 병기라고 하기에는 너무 작고 암기로 보기에는 너무
크다.

안으로 구부리고 손가락 길이만큼 늘인 날은 휴대하기가 용이치 않
다. 표창처럼 암격(暗擊)하는 암기로 활용하기에는 너무 큰 감이 없지
않아 있다.

암기로 사용할 경우, 사용 방법도 난해하다.

표창이 회전력을 가미하여 큰 타격을 가하는 반면, 오수창은 곧장
날아가 틀어박혀야 한다. 날아가는 도중 한 번이라도 비틀린다면 돌멩
이를 던진 것과 다를 바 없다.

그러면서도 타격은 표창을 능가한다고 보기 어렵다. 정통으로 맞는
다고 해봐야 손가락 길이의 소검(小劍)에 찔린 것과 다르지 않다.

이런 병기를 누가 암기로 사용하겠는가.

마단 무인은 오수창을 암기로 사용했다. 그것도 표창이 훑고 지나간
느낌이 아니라 예리한 도에 베인 것 같은 아픔과 상처를 남겼다.

이것이 오수창이 지닌 진면모이리라.

당문삼가나 엽수낭랑이라면 잘 알지도 모르겠다. 죽은 당진도가 원
래의 무공을 지니고 있었다면 이 정도로 사용할 수 있을지 모르겠다.

오수창은 완전히 틀어박히지 않았다. 중간 부분까지만 박혀 있다. 사내가 전력을 다하지 않았다는 결론이다. 그럼에도 보이지 않을 정도로 빨랐고, 상처를 입었다.

'죽음을 피할 수 없겠군.'

죽음을 결심하니 오히려 마음이 편해졌다. 그리고 듣지 못하던 소리도 듣게 되었다.

사사사삭……!

곁을 스쳐 가는 움직임.

적어도 서너 명이 곁을 스쳐 지나갔지만 모습은 전혀 보이지 않았다. 움직임들은 눈앞의 사내를 철저하게 믿는 듯 자신의 존재에는 아랑곳하지 않았다.

사내가 다시 오수창 하나를 꺼내 들었다.

왕가달은 비로소 오수창이 어디서 꺼내졌는지 볼 수 있었다. 사내의 옆구리 뒤에 비스듬히 메어져 있는 가죽 주머니에 기형암기가 담겨져 있다.

저항할 생각조차 일어나지 않았다. 도왕이나 일수일살에게 쫓기면서도 살 수 있다는 희망을 버리지 않았는데, 이자를 보면 실낱같은 희망조차도 사라져 버린다.

왕가달은 다시 한 번 자신의 처지를 절감했다. 자신은 인정이라든가 요행은 전혀 바랄 수 없는 냉혈한 앞에 서 있다.

휘익!

사내가 가볍게 손을 휘저었다. 순간, 왕가달은 번개처럼 신형을 놀려 옆으로 네 걸음이나 비켜섰다.

한데 바람 소리가 들리지 않는다. 오수창이든 무엇이든 암기를 던져 냈다면 가는 바람 소리라도 들리는 것이 당연한데…….

사내를 쳐다본 왕가달은 부아가 치밀어 올랐다.

사내는 웃고 있었다, 오른손으로 오수창을 빙글빙글 돌리면서.

그는 왕가달이 노려보자 또 한 번 던지는 시늉을 했다. 누가 봐도 던질 의사가 없다는 것을 알 것이다. 굼벵이도 피할 수 있을 정도로 느릿하게 행동했으니까.

스르룽……!

왕가달은 검을 뽑았다.

애초… 대항할 생각을 포기했지만, 이토록 조롱을 당한다면 이야기가 달라진다. 차라리 '악!' 소리라도 내지르고 죽는 것이 사내답기도 하고 편할 것 같기도 했다.

단전에 운집한 진기를 전신에 유포시키고 사내를 죽일 듯이 노려보면서 힘있게 발걸음을 내디뎠다.

사내는 산보라도 하듯이 유유자적 걸어왔다. 싸우러 오는 것이 아니라 동네 친구라도 만난 듯 태연하기만 했다.

두 사람의 거리는 순식간에 좁혀졌다.

이제 손만 내뻗으면 검으로 육신을 저밀 수 있을 정도.

사내가 오수창을 왼 손바닥 위에 반듯이 올려놓았다.

금방이라도 핏방울을 머금을 것같이 살기를 뚝뚝 흘려내는 표창날 다섯 개가 하늘을 노려보았다.

'오수창을 이렇게 사용하는군.'

사내는 손바닥에 모인 진기를 떨쳐 냄으로써 오수창을 발출시킨다. 팔 힘으로 던지는 것이 아니라 손바닥 진기로 던지는 것이다. 그러니 행동은 미약해도 속도는 가공할 수밖에.

‘이래 죽으나 저래 죽으나······.’

아무 생각도 나지 않았다. 진안에 있는 친인척들의 얼굴도 떠오르지 않았다. 생사고락(生死苦樂)을 같이할 것 같던 움막의 벗들도 이 순간만은 생각나지 않았다. 그의 머리 속에는 오직 하나, 이제 죽는구나 하는 생각만이 꽉 들어찼다.

쒜에엑!

그러잖아도 짧은 거리······ 오수창은 눈 깜짝할 틈도 주지 않고 득달같이 달려들었다. 검을 들어 막기에는 늦었다. 이럴 줄 알았으면 선제공격이라도 해보는 건데······ 이건 손 한 번 쓰지 못하고 죽게 되지 않았는가! 그때,

쒜에엑!

채 일 장도 떨어지지 않은 지척에서 푸른 섬광이 인다 싶은 순간 날카로운 파공음이 터져 나왔다.

쩡!

쇠와 쇠가 맞부딪치는 소리는 뒤늦게 들렸다. 무엇이 날아와 오수창과 맞부딪친 것은 알겠는데······.

“오수창은 사장(死藏)된 암기인데 정말 잘 사용하는군. 감탄이 절로 나와. 솔직히 박수라도 보내고 싶소. 어떻소. 우린 당문삼기, 당신의 오수창 상대로 모자라지 않소?”

왕가달은 당한이 나선 다음에야 오수창을 중도에서 떨군 것이 비수 모양의 뼛조각이란 것을 알았다.

사내가 웃으며 말했다.

“모자라지. 햇병아리들.”

‘들었어!’

왕가달은 한 가지 사실을 명확히 알았다.

통음이 들었는지 어땠는지는 모르지만 누군가가 자신이 나무를 가격한 소리, 혹은 뱃속이 터져라 내지른 고함 소리 중 하나를 들었다.

물론 나무를 두 발로 내지른 소리를 들었다는 것은 의심의 여지가 없다. 그렇지 않고서야 당문삼기가 이토록 시기적절하게 나타날 리가 없다. 그렇다면 역시 통음…… 통음이 목숨을 살려주었다.

그건 그렇고, 고래 싸움에 새우 등 터진다고 했던가?

왕가달은 연신 뒤로 물러서기에 여념없었다.

쉭! 쉭쉭쉭……! 쉭!

사방 오 장도 안 되는 좁은 공간에 눈에 보이지도 않는 암기들이 날아다녔다.

사내를 중심으로 삼방을 포위한 당문삼기는 당진도가 남겨놓은 뼛조각 암기를 무수히 던져 냈다. 십여 개를 하나씩 연이어 쏘아내는가 하면 한꺼번에 던져 내기도 했다.

그러나 얼음같이 차디찬 사내에게는 큰 효과를 보지 못했다.

사내는 가볍게 좌로 또는 우로 움직였고, 그럴 때마다 당문삼기가 삼방에서 던져 낸 암기들은 간발의 차이로 비켜가곤 했다.

사내는 아직 오수창을 쏘아내지 않았다. 그저 고양이가 쥐를 궁지에 몰아넣고 놀려대듯 유유하게 즐겼다.

‘어떻게 다른 방도가 없나…….’

왕가달이 보기에도 당문삼기는 사내의 적수가 되지 않았다. 사활근맥단의 영향 탓인지 내력을 한껏 토해내지 못했고, 결과는 암기에 힘을 싣지 못했다.

　왕가달이 당문삼기를 도울 방법이 없을까 골똘히 생각에 잠긴 사이, 전장에 변화가 일어났다.

　지금까지 피하기만 하던 사내가 불쑥 신형을 퉁겨 전장에서 벗어났다. 당문삼기가 포위한 삼방에서 빠져나와 당문삼기를 나란히 보고 섰는데, 그때까지 당문삼기는 아무런 제재도 가하지 못했다. 투법(投法)뿐만이 아니라 신법에서도 뒤진 것이다.

　이래서는 어른과 어린아이의 싸움이나 진배없다.

　사내가 차디찬 음성으로 말했다.

　"잘 봤어. 이게 당문의 천지귀로(天地歸路) 십수(十手)인가? 어린애 재롱이라니. 내가 기대한 것은 당문 최후의 비기라는 만천화우(滿天花雨). 아직까지 깨진 적이 없는 절대 암법(暗法)이라고 하지, 아마? 후후! 만천화우가 얼마나 허황된 암법인지 가르쳐 주려고 했는데, 어처구니없군. 겨우 천지귀로 십수라니."

　당문삼기가 서로 얼굴을 마주 봤다. 마주 보는 얼굴에 비장미가 서려 마지막 일격을 암중 타진하는 것이 명확했다.

　사내는 오수창을 꺼내 손바닥 위에 올려놨다.

　단 한 개의 오수창.

　사내는 단 한 개로 당문삼기를 맞이하려는가. 어떻게? 상대는 네 명이나 되는데, 한 개로 어떻게?

　당문삼기가 가죽 주머니를 꺼내더니 안에 든 뼛조각을 모두 꺼내 양손에 움켜쥐었다.

　"만천화우를 기대했다면 미안하오. 만천화우는 열 가지 암기, 백팔 개로 전개하는 것이라 지금은 전개할 수 없소. 짐작하다시피 암기가 없어서. 하지만 당문에 만천화우만 있는 건 아니오. 이번 일격은 결코 실망시키지 않을 것이오.”

“후후후!”

쐐에엑!

사내는 말이 필요없었다. 그는 싸움이란 입으로 하는 것이 아니라 무공으로 하는 것이라고 말하는 듯 다짜고짜 오수창을 쏘아냈다.

그런데 날아가는 방향이 이상하다. 암기로 누군가를 상하게 하려면 당연히 상대를 조준해야 하는데, 오수창은 오른쪽 숲을 향해 날아가고 있다.

아! 아니다! 오수창이 방향을 틀었다. 숲을 향해 날아가던 오수창이 방향을 확 틀어 당한을 노리고 짓쳐들어 간다.

‘끈이야! 오수창에 끈이 매달려 있어! 오수창을 비사(飛鉈)처럼 사용하고 있어!’

왕가달은 놀랐다.

사장 암기인 오수창을 투법이 아니라 연법(連法)으로 사용해서가 아니다. 물론 그 점도 놀랍기 이를 데 없지만, 정작 크게 놀란 것은 당한을 노리고 짓쳐드는 암기의 속도가 눈에 보이지 않을 정도로 빠르다는데 있다.

쐐에엑! 쐐앵! 파파팟!

당문삼기는 손에 들고 있던 암기를 일제히 내던졌다.

그들이 전개한 암기 수법도 놀랍기 이를 데 없다.

전과는 비교할 수 없는 속도인데다가 하늘이 온통 백색 암기로 가려져 버렸다. 빗방울을 피할 수 있는 인간이 있다면 당문삼기가 전개한 암기도 피할 수 있을 테지만…… 왕가달이 보기에 이번만은 귀신같은 사내도 피할 수 없을 것 같았다.

만천화우와 더불어 당문 이대절기 중 하나라는 천망지폭(天網地爆)이 전개된 것이다.

그러나 왕가달의 안면에 미소가 어리기도 전, 사내의 오른손에 또 하나의 오수창이 들려지더니 하늘을 향해 쏘아졌다.

당문삼기는 약속을 지켰다. 사내도 이번만은 신법으로 피하지 못했고, 암기로 마주쳤으니까.

페에에엥!

허공을 찢는 소리는 당문삼기의 가슴뿐만이 아니라 왕가달의 가슴마저 찢어놓았다.

그토록 완벽해 보이던 수법이었건만, 사내의 가벼운 일수에 백색 그물은 정중앙이 찢어져 버렸다. 그리고 남은 것은 힘을 잃고 후드득 떨어져 내리는 뼛조각들과 사내가 있는 곳과는 전혀 상관없는 곳에 힘차게 틀어박히는 암기 소리뿐.

상황은 그것으로 끝나지 않았다. 사내는 일면 하늘을 가린 백색 암기 그물을 찢으면서, 다른 한편으로는 공격을 늦추지 않았다.

먼저 쳐낸 오수창이 당한의 몸을 찢어놓는 듯했다.

생각만이 아니다. 실제로 오수창은 당한의 몸통에 틀어박혔다.

퍼억!

듣기에도 몹시 고통스러울 것 같은 둔탁한 소리가 터져 나왔고, 당한의 앙상하게 마른 몸은 충격으로 풀썩 튀어 올랐다.

사내의 손이 가볍게 움직였다.

당한의 몸에 틀어박힌 오수창을 회수하는 행동이란 것은 누구나 짐작할 수 있다. 단지 손가락 몇 개 꿈틀거린 행동에 지나지 않지만.

그때, 사내가 전혀 예상치 못한 상황이 벌어졌다.

암기를 모두 쏘아내고 빈손이 된 당문삼기. 그들이 움직였다. 당한은 오수창을 끌어안고 땅에 드러누웠으며, 당옥과 당호는 적수공권(赤手空拳)으로라도 결판을 내겠다는 듯 힘차게 도약하여 달려들었다.

사내의 얼굴에 비릿한 미소가 번졌다.

그의 오른손에는 백색 그물을 찢어놓은 오수창이 들려 있다. 당문삼기가 막바지에 몰려 이판사판이라는 심정으로 달려드는 겐가.

당옥과 당호의 행동은 뒤에서 지켜보던 왕가달까지 무모하다는 생각이 들게 만들었다.

마지막 이변은 당옥과 당호, 그리고 사내와의 거리가 일 장으로 좁혀졌을 때 일어났다.

쒜에엑! 쒜엑!

아무것도 없던 당옥과 당호의 몸에서 무엇인가가 번갯불처럼 튀어나갔다. 그것은 사내가 전개한 오수창처럼 눈에 보이지 않을 만큼 빠른 속도였고, 바위도 꿰뚫을 만큼 강력했다.

"엇!"

사내의 입에서 처음으로 경악성이 터져 나왔다.

반응은 빨랐다. 왼손에 들고 있던 오수창으로 당옥과 당호의 몸을 휩쓸어 버리면서 상반신을 땅에 닿을 정도로 뒤로 눕혔다.

퍼억!

이번에는 당옥의 몸이 꿈틀거렸다.

사내가 전개한 오수창이 당옥의 몸을 격타했고, 당옥은 당한이 그랬던 것처럼 몸에 틀어박힌 오수창을 두 손으로 움켜잡고 땅에 드러누웠다.

당호는 여전히 달려들었다. 뒤로 눕힌 상반신을 일으킴과 동시에 뒤로 두 걸음 물러서는 사내를 바짝 뒤쫓으며 연신 암기를 쏘아냈다.

그의 몸 어디에 이토록 많은 암기가 숨겨져 있었던가!

이토록 강한 암기를 왜 지금까지 사용하지 않았는가!

쒜에엑! 쒜엑!

뒤로 물러선 사내가 중심을 잡기도 전, 암기 하나가 사내의 허벅지에서 피를 쏟아내게 만들었다. 연이어 날아간 암기 하나는 사내로 하여금 두 손으로 배를 움켜잡게 만들었고, 또 하나의 암기는 사내의 이마 정중앙에 꽂혔다.

"화살!"

왕가달은 그제야 암기의 정체를 알아챘다.

암기는 겨우 한 뼘 정도밖에 되지 않는 작은 화살이다.

"이… 이게 무엇……."

사내는 궁금증조차 풀지 못하고 풀썩 고꾸라졌다.

"대형이…… 우릴 살렸군. 후후! 소궁이라니. 어린애 장난감 같은 소궁이 우리 목숨을 구했어. 후후!"

땅에 꼬꾸라져 있던 당한이 일어서며 중얼거렸다.

오수창은 그들의 몸통을 가격했지만 사지로 몰아넣지는 못했다.

사내는 간과한 점이 있다. 당문도는 암기를 잘 사용하느니만치 암기에 맞는 방법에도 도통하고 있다는 점. 암기의 특성에 따라 비껴 맞는 법을 안다는 점을 말이다.

왕가달은 주춤주춤 다가섰다.

그는 아직도 사내가 죽었다는 것을 믿지 못했다. 지금 눈앞에 벌어진 현실이 꼭 꿈만 같았다.

당호의 팔목에 작은 활이 매어져 있는 것을 보았다. 당한의 팔목에도, 당옥의 팔목에도 꼭 장난감 같은 작은 활이 매어져 있다.

무인들의 병기를 녹여서 만든 소궁.

소궁을 제일 먼저 사용한 사람은 독사였지만, 당문삼기의 손에서 화려한 꽃을 피웠다. 각종 암기 사용에 능숙한 당문삼기의 손은 신수(神手)나 다름없다. 하찮은 풀잎조차도 그들의 손에 들리면 신병이 되기 마련인데, 하물며 은밀하고 강력한 소궁임에야.

죽은 사내에게 눈길을 돌리던 왕가달이 퍼뜩 정신이 들어 말했다.

"빨리 가야 합니다. 지금 공격이 시작…….."

"대형이 준비하고 있어. 우린 우리 갈 길을 가면 돼."

"갈 길이라니?"

당한이 몸에 박힌 오수창을 빼내 죽은 사내 곁에 내던지며 말했다.

"빠져나가야지. 자, 가자고."

3

먼저 찾는 눈

오공사수는 수하들을 절대적으로 믿었다. 만무타배나 요지성녀는 믿지 못해도 수하들만은 믿는다. 그들은 세상이 두 쪽 난다고 해도 절대 배반하지 않을 사람들이다. 인간적인 신뢰뿐만이 아니라 일 처리도 완벽하게 믿을 수 있다.

공식적으로는 수하, 사적으로는 직제자인 네 명의 마신(魔神). 딱 한 번의 중원(中原) 외유(外遊)에서 고르고 골라 확신을 가진 다음에야 거둬들인 절대무골들. 강골들만 모인 마단에서도 만족할 수 없어서 직접 제자들을 고르고 다녔던 세월.

이들은 각기 한 분야에 중원 최고임을 자부한다.

이들 중 누구 한 명이라도 중원에 나간다면 당장 초절정고수의 반열에 당당히 끼게 될 것이다.

도를 가진 자는 도신(刀神)으로 불릴 만하고, 검을 든 자는 검신(劍

神)이 되기에 충분하다. 신신(身神)도 있다. 그는 너무 빨라서 공간만 있다면 아무도 잡을 수 없다. 또 한 명, 암신(暗神)이 있다. 천하에 산재한 모든 암기와 수법에 정통한 자다.

그들 네 명은 각기 한 분야의 신으로 군림할 수 있지만, 마단에 목숨을 바친 자들이라 마신으로 불린다.

가녀린 바람이 마른 풀잎을 건드리고 지나가는 쓸쓸한 수림.

오공사수는 지네 한 마리를 씹어 먹었다.

"철시(鐵矢)입니다. 크기로 보아 전에 독사가 사용하던 소궁 같습니다."

갑옷과 비슷하지만 갑옷은 아닌, 엄지손가락만한 비늘이 덕지덕지 붙어 있는 옷을 입은 자가 죽은 자의 몸에서 철시를 뽑아 들어 오공사수에게 내밀었다.

오공사수는 힐끔 쳐다봤을 뿐, 관심을 두지 않았다.

"독사가 아냐. 독사라면 충분히 피할 수 있었겠지. 이기(李麒)를 죽일 정도라면 암기에 능통해야 돼."

"당문삼기!"

철시를 손에 든 자가 이를 악물며 말했다.

"실망이군, 암신. 그렇게 자랑하던 오암마(五暗魔)가 겨우 이 정도였는가. 이제 이기가 죽었으니 사암마만 남았군. 오암마라면 당문주라도 죽일 수 있다고 들었는데?"

"……."

암신은 대답하지 못했다.

"이기는 암기에 당한 것이 아냐. 자신에게 당한 거지. 이런 걸 뭐라고 하는지 아는가?”

“…….”

사부의 다음 말은 듣지 않아도 뻔했다.

자살.

사부는 늘 말했다. 무공이 절정에 이른 고수를 죽일 수 있는 사람은 오직 자신뿐이라고. 터럭처럼 가느다란 방심이 삶과 죽음을 갈라놓는다고. 방심이 핏줄을 타고 심장에 흘러들 때는 사납기 이를 데 없는 고양이라도 쥐에게 먹힌다고.

십이시진(十二時辰) 심동유관(心動有觀).

하루 열두 시진, 잠자는 순간까지도 마음의 움직임을 관찰하라. 항상 경계하고 경계하라. 마음이 풀어지는 순간이 바로 삶이 종식되는 순간임을.

배사지례(拜師之禮)를 올리는 순간부터 지금까지 입버릇처럼 달고 사는 말이지 않은가.

오공사수가 말했다.

“자살. 자살이라고 하는 거야.”

“…….”

“방심이라니, 오암마라 불리던 자가…….”

오공사수는 이기의 시신을 거들떠보지도 않았다.

*   *   *

도왕은 반 토막으로 부러진 애병(愛兵)보다 월등히 뛰어나 보이는 대도를 얻었다.

“이걸 만드는 데 검 여덟 자루가 들어갔죠. 대단한 무게입니다. 부러진 도를 참조해서 만들었는데 성에 찰지 모르겠습니다.”

당호가 정중한 말과 함께 날이 파랗게 선 대도를 건넸을 때, 도왕은 마치 새색시를 맞은 듯 기분이 설레었다.

병기에 대한 욕심은 없었지만 새 도가 있으면 좋겠다는 생각을 하던 참이었다. 아직 미숙해서 그렇겠지만 반 토막 도로는 광풍삼도절을 완벽하게 시전하는 데 한계가 있었다.

“하하! 이걸 내가 받아도 되겠는가?”

“되고말고요. 우리 모두 같은 배를 탄 처지이지 않습니까.”

“좋네. 받지. 날이 잘 섰구만. 무게도 딱 알맞고. 눈짐작이 보통 아냐. 좋은 놈을 받았군.”

“마음에 드신다니 다행입니다.”

“하하핫! 좋은 놈을 받았으니 보답을 해야지. 이놈의 도가 언젠가 자네가 위태로울 때 목숨을 구해줄 거야. 됐나?”

“고맙습니다.”

당호는 정중히 머리까지 숙여 보였다.

도왕 같은 인물은 절대 허언을 하지 않는다. 우직한 성품이기 때문에 자신이 한 말은 꼭 지켜야 한다고 생각한다.

도왕은 평생 짐이 될 말을 한 것이다.

급조한 대장간은 환경이 열악했다.

제련한 도검은 극상품이었지만, 조금 아름답게 만들었어도 좋을 장식품들은 조악했다. 그중에서도 가장 마음에 들지 않는 것이 도검을 넣을 수 있는 집이 없다는 점이다.

도왕은 대감도(大砍刀) 형태로 만들어진 무게 서른 근의 대도를 어깨 위에 걸쳐 놓았다.

햇볕에 반사된 도광이 눈 시리게 반짝인다.

사사사삭……!

귀뚜라미가 풀잎 위를 기어갔다.

순간, 도왕의 굵직한 눈썹이 가늘게 꿈틀거렸다.

'쉽지 않은 싸움이 되겠어.'

흥분이 연기처럼 피어올라 전신을 휘감았다.

도왕에게는 남에게 말하지 않은 비밀 하나가 있다.

그는 어떤 싸움에서도 필승의 자신을 가져 본 적이 없다는 것이다.

지금까지 싸워왔던 많은 싸움들. 그중 어떤 싸움에서도 이길 것이라는 생각을 해본 적이 없다. 오히려 반대로 이번 싸움이 마지막이 될 것이라는 불길한 예감에 밤을 꼬박 밝히는 날이 많았다.

이번 싸움도 마찬가지다.

그는 자신을 갖지 못했다. 다른 싸움처럼 최선을 다하겠지만, 반드시 이긴다는 보장은 하지 못했다. 살아서 산을 걸어 내려갈 엄두는 꿈도 꾸지 못했다.

역발산기개세(力拔山氣蓋世)에 서른 근짜리 대도를 장난감처럼 휘두르는 거한이, 그것도 무인이 싸움이 시작되기도 전에 자신감부터 잃고 있다면 누가 믿겠는가.

그런 성격이 싫어서 무인이 되었지만, 반평생을 피바람 속에 견뎌온 지금까지도 가늘게 떨리는 심장은 어쩌지 못했다.

그렇다고 위축된 것은 아니다.

도왕은 자신의 성격을 역으로 이용할 줄 알았다.

자신감이 없으니 최후의 자리를 준비하는 쪽으로 생각을 돌렸다. 이곳이 내가 죽을 자리구나 하고 생각하면 마음껏 싸울 수 있었다. 또 그것이 그를 항상 이기게 만들었고, 광풍삼도절 같은 폭도(暴刀)를 탄생시켰다.

사사사삭……!

귀뚜라미가 제법 가까이 다가왔다.

"패싸움에는 기선 제압이 중요합니다. 적을 죽이는 것이 목적이 아닙니다. 당황하게 만들어야 합니다. 죽이지는 못하더라도 당황하게만 만들 수 있다면, 결국 그 싸움은 이기게 됩니다."

도왕은 무리 지어 싸움을 해본 적이 없다.

그는 언제나 외톨이 늑대처럼 혼자 무림을 떠돌았지, 문파라든가 조직 같은 곳에 얽매여 본 적이 없다.

갈운태라는 이름 앞에 도왕이라는 별호를 새겨준 섬서성(陝西省) 태무보(太武堡) 몰살 사건 때도 조력자 한 명 없이 단신으로 싸웠다.

그가 생각하는 싸움 방식이란 '죽이지 않으면 죽는다' 다.

독사가 말한 것처럼 죽이지 않더라도 당황하게 만든다는 싸움 방식은 이해하지 못했다. 한 명이라도 더 빨리, 더 신속하게 죽이는 것만이 싸움에서 이기는 방법인데.

하지만 독사의 말을 좇을 것이다.

혼자만의 싸움이라면 백 번이라도 자신의 뜻대로 움직였을 테지만, 이 싸움은 스물여섯 명의 싸움이니까.

'독사 그놈…….'

독사에게서는 묘한 매력이 풍긴다.

싸움에 이겼다고 해서가 아니라 사내가 사내를 봤을 때 흠씬 빨려들지 않고는 배길 수 없는 매력이 있다.

그는 조용한 가운데 강철 같은 투지를 불태운다.

그를 죽일 수 있는 사람은 있을지 몰라도 구부릴 수 있는 사람은 없어 보인다.

그는 싸움이 없는 평온한 나날 속에서도 매일 매시간 싸우는 인간이다. 상대가 없다면 본인 스스로하고라도 싸운다.

그야말로 타고난 전사(戰士)이니 무인의 입장에서 볼 때 매력덩어리로 보일 수밖에 없다.

도왕은 약속 비무에 져서 수하가 되었다.

그런 어처구니없는 약속을 왜 했을까?

다른 사람은 당시의 상황을 소상히 전해 들어도 이해하지 못할 터이지만 독사만은 알고 있었다, 도왕의 참담한 마음을.

현문 고수에 이어 두 번째 현문 고수에게도 졌다. 아니, 두 번째는 만무타배지. 당시에는 현문 고수로 알고 있었지만 말이다. 거기에 세 번째로 독사에게도 밀리는 상황이었다. 밀리는 정도가 심해서 봐주지만 않았다면 반드시 필패(必敗)할 처참한 지경이었다.

도왕은 그때 죽었다.

약속은 아무것도 아니다. 수하가 되면 어떻고 개돼지가 되면 어떤가. 싸움에서 진 무인이 갈 곳은 지옥밖에 더 있는가.

죽음을 각오한 도왕에게 약속 따위는 아무래도 상관없었다.

'싸움이 시작되면 동귀어진(同歸於盡)을 택하리라.'

정상적인 싸움을 벌여 승산이 없다면 목숨을 던지는 방법밖에 없다. 설혹 무위에 그치더라도 공격을 가하다 죽으면 그것으로 그만인 것을.

그런데 독사는 공격조차 못하게 만들었다.

그에게서는 어떠한 허점도 발견되지 않았다.

미련하게도…… 당시에는 약속 비무라는 사실을 망각했다. 오직 허점만을 노리고 있었기에, 공격이 불가능하다고 생각될 즈음 불쑥 '졌다' 는 말이 튀어나왔다.

고도의 심리전에서 완벽하게 제압당한 것이다.

뒤늦게 '따라와' 라는 말을 듣고야 약속 비무였다는 사실을 새삼 깨달았지만 후회는 아무리 빨라도 늦는 법.

마지막 자존심으로 반드시 진정한 광풍삼도절을 얻어 독사를 부러뜨리겠다고 공언했지만 사실 그럴 마음은 없었다. 철저하게 무너진 자신감이 그를 폐인으로 만들어가는 중이었으니, 언제 다시 도를 들게 될지 본인 자신도 자신하지 못했다.

몸을 만들라.

간단한 말 한마디에 그토록 쉽게 움직이게 될 줄이야.

나이로 따지든 배분으로 따지든 자식뻘밖에 되지 않는 독사를 대형으로 부르는 것이 민망하기 이를 데 없지만, 약속은 약속이다. 독사가 자신을 놓아주지 않는 한 도왕은 사라지고 독사 패거리의 수하만 남게 될 터이다.

도왕이 이번 싸움을 자신의 싸움으로 생각하지 않고 스물여섯 명의 싸움으로 생각하는 이유이기도 하다.

사사사삭……!

귀뚜라미가 방정맞기도 하다.

먹이를 찾을 요량이면 부지런히 움직일 것이지 쉬기는 왜 쉬는가. 먹이 사슬에 걸려 되려 먹잇감이 되면 되는 것이고, 잡아먹을 수 있으면 잡아먹으면 그만이지.

'오너라!'

대도를 어깨에 올려놓은 채 일어섰다.

귀뚜라미는 한두 마리가 아니다. 도왕이 감지해 낸 숫자만도 십여 마리는 훌쩍 넘는다.

만무타배나 요지성녀가 섞여 있을까? 그들이 섞여 있지 않다고 해도 감히 무시할 수 없는 적들인 것을.

이제 겨우 십여 년쯤 자란 소나무를 향해 뚜벅뚜벅 걸어간 도왕은 단숨에 소나무를 밑동부터 잘라 버렸다.

우르르…… 쾅!

소나무가 요란한 소리를 내며 쓰러졌다.

'시작이야!'

쓰러진 소나무는 귀뚜라미가 숨어 있는 곳을 강타했다.

파앗!

귀뚜라미가 튀어 올랐다.

정확히 어떤 귀뚜라미인지 종류를 판별할 시간은 없었다. 희끗한 무엇이 튀어 오른다 싶은 순간, 도왕의 신형도 따라 올랐고 거칠게 뻗어 나간 일도에 핏방울이 묻어 나왔다.

가가각……!

도왕은 대도에 전해지는 촉감으로 일도양단(一刀兩斷)을 감지했다.

싸움은 시작되었다. 귀뚜라미들은 더 이상 숨어서 움직이지 않았다. 동료 중 한 명이 처참하게 무너진 순간, 피보라가 채 가시기도 전에 수많은 병장기가 난자할 듯 짓쳐들었다.

"와랏!"

도왕의 일갈에 산천초목이 쩌렁 울렸다.

광풍삼도절의 뇌(雷). 벼락이 내리꽂히듯 단숨에 스치고 지나가는 일도(一刀).

"크윽!"

짧은 단말마가 터져 나왔다.

당문삼기는 과연 명장(明匠)이다. 이래서 당문도를 무시할 수 없는지도 모르겠다.

대도는 굵직한 뼈마디도 단숨에 잘라냈다.

내력으로 잘라내는 것과 병기의 효용으로 잘라내는 것은 느낌이 다르다. 대도의 날카로움이 이 정도라면 약간의 내력만으로도 뇌(雷)의 신묘함이 최대로 발휘될 터.

가각! 가가각……!

살점을 파고들어 가 뼈마디를 잘라내는 기음이 연속적으로 터져 나왔다.

'됐어! 이제는…….'

도왕은 좌측에서 짓쳐오는 자의 철추를 머리 위로 흘려낸 후, 일도로 그자의 두 다리를 잘라냈다.

대도의 흐름은 계속되었다. 다른 자를 노리고 퉁기듯 쏘아져 갔다.

도왕처럼 중병인 대부(大斧)를 들고 있는 자.

처음부터 마지막 노림수로 이자를 노리고 있던 터이다.

깡!

대도와 대부가 맞부딪치는 탄력을 빌어 비룡번신(飛龍翻身)을 전개했다. 그리고 곧바로 유성추월(流星追月)을 펼쳐 싸움 한복판에서 몸을 빼냈다.

　두 발이 땅에 착지하는 순간, 세 번째 신법인 금향타(礮響扡)까지 펼쳐 냈다.

　파아아앗!

　도왕의 신형은 강궁으로 쏘아낸 화살도 따라잡지 못할 속도로 빠르게 사라졌다.

　소나무를 베어내고 사라지기까지 걸린 시간은 불과 촌각.

　귀뚜라미들은 멍한 표정으로 도왕의 뒷모습만 쳐다봤다. 그들의 발 밑에는 무려 여섯 구의 시신이 놓여 있었다. 몸통이 반으로 갈라지고, 머리가 갈라지고, 팔다리가 잘린 처참한 모습으로.

　홍검쌍살은 도왕이 사라지기를 기다렸다.

　그들도 귀뚜라미 소리를 들었다. 도왕이 기미를 알아챈 것보다는 늦었지만 십여 장 안에 들어설 때는 확실히 알았다.

　도왕이 기습적으로 선제공격을 가하고 물러설 때까지, 홍검쌍살은 귀뚜라미들의 무공을 관찰하는 데 온 신경을 집중했다.

　"마단 무인들이 도왕의 뒤를 쫓는다면 도왕은 죽습니다. 그 정도의 무인들이라면 몸을 빼내기도 쉽지 않을 겁니다. 하하! 그렇다고 너무 염려할 필요는 없습니다. 철망이란 말에서 느껴지듯이 철망을 지키는 무인들은 그렇게 강하지 않습니다. 초절정고수들로 철망을 지킬 정도라면, 그런 문파라면 벌써 중원으로 뛰쳐나가 중원재패를 노렸을 겁니다. 무림 태산북두(泰山北斗)라는 소림사에도 초절정고수는 손가락을 헤아릴 정도죠."

　마천옥의 말이 옳았다.

　마단 고수들의 무공은 강하지만 충분히 상대할 수 있을 정도다. 이들을 이끄는 자만 만나지 않는다면.

"공격 시기는 스스로 느낄 겁니다."

그 말도 맞았다.

마단 고수들은 습격을 왔다가 불의의 습격을 당하자 흔들리고 있다. 흔들리는 모습이 너무도 뚜렷하게 보인다.

쉬익! 쉬익……!

홍검쌍살은 거의 동시에 신형을 솟구쳤다.

서로 상의할 필요도 느끼지 못했다. 이런 자들을 급습하는 것은 누워서 식은 죽 먹기다.

마단 고수의 눈빛이 긴장으로 물드는 순간,

쒜에엑……!

좌우 양쪽에서 전개된 홍검쌍살의 장검이 고수 한 명의 몸에 집중됐다.

쒜엑! 쒜에엑!

연이어진 오합신법은 마단 고수들의 정중앙을 파고들게 만들었고, 좌우 두 명의 고수가 급살 맞은 새처럼 부르르 떨더니 풀썩 널브러졌다.

홍검쌍살의 신형은 다시 앞으로 쏘아졌다. 아니다. 앞에 있는 적을 노리고 짓쳐드는가 싶더니 뒤로 훌쩍 물러섰다. 그리고 뒤도 안 돌아보고 사라져 버렸다.

'귀신같군. 마천옥…… 눈으로 보듯이 계획을 짰어. 한 치의 오차도 없이.'

일수일살은 당옥에게 받은 검을 옷자락에 쓱 문질렀다.

하얗게 빛나는 검신이 요악한 웃음을 짓고 있다.

이제 그의 차례다.

마단 고수들도 이번에는 전과 같은 실수를 되풀이하지 않는다. 그들은 홍검쌍살이 뒤로 몸을 빼는 순간 같이 뒤따라 신형을 띄울 것이다. 어쩌면 홍검쌍살의 공격이 그치는 순간, 도주의 기미를 눈치 챘을 수도 있겠지.

과연 그랬다. 홍검쌍살이 전면의 적을 노리는 척하다가 뒤로 물러서자마자 마단 고수들은 일제히 날아올랐다.

그사이를 노리고 일수일살이 뛰어들었다.

제일 먼저 그의 검에 닿은 자는 운 나쁘게도 홍검쌍살이 최후로 노리던 자다.

아마도 그자는 오늘 죽을 운명이었던 듯.

쐐액!

도왕도 빨랐다. 홍검쌍살도 빨랐다. 하지만 일수일살의 검은 그들의 공격과는 차원이 다른 빠름을 보여주었다.

검광이 번쩍인다 싶었는데, 마단 고수의 머리가 허공으로 둥실 떠올랐다.

마단 고수는 제 머리가 잘린 줄도 모르고 서너 걸음이나 내처 달려 나갔다.

그의 무릎에 힘이 빠져 풀썩 무너질 때, 일수일살은 벌써 다른 자의 등에 일검을 박아 넣었다.

마단 고수들이 방향을 바꾸기 위해 신형을 틀었다.

그러나 그들이 본 것은 벌써 멀찌감치 멀어져 가는 암습자의 뒷모습뿐이었다. 아차! 싶어 고개를 돌렸을 때는 홍검쌍살을 따라가기도 늦어버렸고.

＊　　　＊　　　＊

"허허! 영리한 놈들이군. 제법이야, 아주 제법."

오공사수는 피가 작은 내가 되어 흐르는 살육의 현장에 서서도 인상
한 번 찡그리지 않았다. 살아남은 수하들을 질타하지도 않았다. 하다
못해 어찌 된 영문인지도 묻지 않았다.

"귀주사괴가 있다더니, 이목 하나만은 감탄할 만합니다."

얼굴에 검흔이 그려져 있는 자, 일마도 오공사수처럼 벌어진 상황에
대해서는 신경 쓰지 않았다. 마단 고수들이 죽어 있건만, 그는 오히려
잔웃음을 입가에 매달았다.

기습이 발각당한 것은 의외였다.

적어도 천리검의 움막에 가까이 근접했을 때에나 발각당하리라 생
각했는데, 너무 빨리 발각당했다. 그리고 오히려 매복을 당해 오암마
중 이기가 죽고 자신의 수하들이 도륙당했다.

일마는 자존심이 상했다.

수하들의 죽음은 아깝지 않다.

그놈들은 애초부터 소모품으로 길들여진 놈들이니 제 역할을 다한
셈이다.

놈들을 잡지 못할까 하는 우려도 없다. 어차피 놈들은 포위망을 빠
져나가지 못하고, 결국은 죽게 되어 있다.

그것보다는 암행(暗行)이 발각당하고 기습까지 받았다는 게 자존심
상한다.

오공사수가 맛있게 지네를 씹어 먹으며 말했다.

"이목이 밝은 놈도 있고 똑똑한 놈도 있다는 증거겠지. 누굴까? 이만한 머리라면 제법 이름깨나 알려졌을 놈인데."

"……."

이번에는 일마도 대답하지 못했다.

"일마."

"네."

"다음은 어떻게 움직일까? 놈들 말야."

"생각하기 싫습니다."

"그런 말 할 줄 알았다. 그게 네 유일한 단점이야. 모래성을 무너뜨리는 데는 발로 짓밟는 방법도 있지만 물을 흘려보내서 붕괴시키는 방법도 있다는 걸 알아야 해."

"……."

"검신과 신신은 이쪽 사정을 모를 텐데…… 연락을 취하지 않아도 괜찮겠어?"

오공사수는 언제나 이렇게 끊임없이 시험을 한다.

한 달 두 달도 아니고 일이 년도 아니다. 무려 이십 년이 넘는 오랜 세월 동안 시험에 시험을 거듭한다. 그러다 그중 단 한 마디라도 잘못하는 날에는 생각만 해도 끔찍한 지옥 수련을 다시 겪어야 한다. 그것도 이제는 이골이 나서 끔찍하다는 생각조차 들지 않지만.

"그럴 필요 없다고 생각합니다."

일마는 자신있게 대답했다.

시험을 하도 많이 겪다 보니 이제는 사부가 원하는 대답이 어떤 것인지도 직감하게 되었다.

"자신(自身)이냐?"

광범위한 질문.

"네."

"어떤 자신이냐?"

세부적인 물음.

"사제들을 믿습니다. 사제들이 겨우 이따위 놈들에게 뚫린다고는 생각하지 않습니다."

"흠……! 그건 안 좋은데. 절대 무공에 자신을 가지면 안 되는 법인데. 사제들을 믿는 것은 좋지만 최종적인 점검은 네 책임이야. 포위를 하려면 물샐틈없이 하고, 그렇지 않을 바에는 차라리 놓아주고 뒤를 쫓는 게 나아. 도망갈 길이 있는 놈들은 제대로 저항을 못하니까."

"명심하고 있습니다."

"놈들이 이쪽으로 쏟아져 나올 때 대응책은?"

"사부님과 사숙님의 힘을 빌릴까 합니다."

"허허허! 아주 좋아. 가장 강한 사람들을 놀려서는 안 되지. 기꺼이 도와주지. 허허!"

오공사수는 지네 한 마리를 으적 씹어 먹었다.

알마의 눈꼬리가 가늘게 경련했다.

시험이 끝났다고 여겨지는 순간 자신도 모르게 눈꼬리가 떨린다. 고치려고 해봤지만 고쳐지지 않으니. 아니, 고쳐서는 안 되는 습관이니. 고쳤다면… 그래서 사부가 원하는 대로 속을 전혀 알 수 없는 완벽한 무인이 되었다면, 사부 곁에 머물지도 못했을 터.

알마는 손을 들어 무공이 변변치 않은 일진(一陣)을 뒤로 물렸다.

그들이 물러선 자리를 보이지 않는 그림자들이 채워갔다.

　호랑이는 토끼를 잡을 때도 최선을 다한다. 이미 궁지에 몰린 쥐새끼에 불과하지만 최선을 다해야 한다. 자신이 동원할 수 있는 모든 것을 동원해서 잡아채야 한다.

　사부가 원하는 것이므로.

第三十八章

결사(決死)를 각오하면

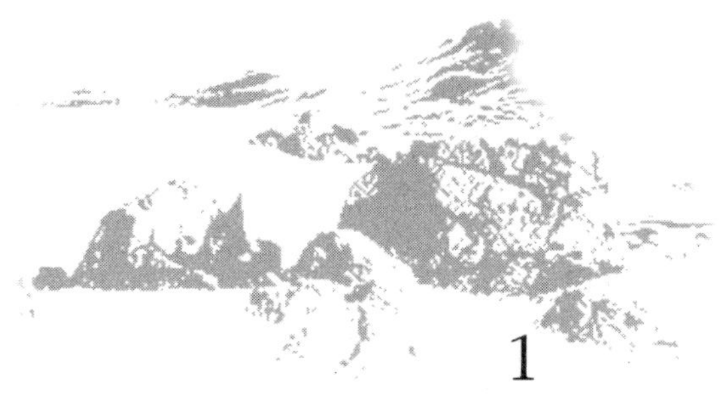

쇠로 만든 철망이라면 잘라서 구멍을 만들어야 한다. 그것이 사람의 벽으로 둘러쳐진 인망(人網)이라면 심적 동요를 일으켜 제자리에 서 있지 못하게 만들어야 한다.

도주를 시도할 때 가장 기본적으로 염두에 두어야 할 사항이다.

"상상 이상으로 강합니다. 쉽게 빠져나가기 어렵겠습니다."

마천옥은 흔들리지 않는 인벽을 보며 답답하게 말했다.

살갗에 상처가 생기면 혈의 흐름에 변화가 생긴다. 상처 난 부분을 치료하기 위해 병균을 죽이는 자체 치유력이 상처 부위에 집중하면서 나타나는 변화다.

마천옥이 생각한 도주 방법은 성동격서(聲東擊西)에 이은 등하불명(燈下不明).

한쪽을 공격하면 다른 쪽에 있는 무인들이 몰려들게 되어 있다.

이 시점에서 철망은 해체된다. 포위가 흩어진 다른 쪽으로 쉽게 탈출할 수 있다.

조금 머리가 있는 자라면 성동격서의 계획을 알아차리고 현 위치를 고수할 수도 있다. 그럴 경우에도 탈출은 쉽다. 한 번 공격한 곳을 두 번 공격하리란 생각은 못할 터이고, 먼저 공격한 곳에 전력을 집중하면 된다.

마단 고수들은 움직이지 않았다.

성동격서의 계(計)를 알아차린 두 번째 경우인데, 공격했던 부위를 뚫고 나가기도 쉽지 않다. 지금 같아서는 전과 같은 방법으로 도왕 등을 동원하여 공격해도 오히려 손해를 볼 것만 같다.

"무림문파들…… 전부 이렇게 강한가?"

독사가 무천문을 떠올리며 물었다.

독사처럼 무림문파의 실정에 둔감한 사람이 또 있을까?

무림에 몸을 담고 있으면서 독사처럼 무림문파에 대한 지식이 거의 없는 사람도 드물 것이다.

"어느 문파든 비기(秘技)는 있습니다. 무공이든 사람이든 비기가 없다면 하루도 견디기 힘들 겁니다."

마천옥이 조용히 대답했다.

독사의 눈빛이 반짝거렸다.

"그럼 우리의 비기는 뭐라고 생각하지?"

"……."

모두들 꿀 먹은 벙어리가 되었다.

문파라고 하기보다는 급조된 조직이라고 해야 할 사람들.

그들에게 비기란 것이 있을 리 없다.

“도왕. 단신으로 태무보를 초토화시켰다고 했지?”

물음을 받은 도왕이 고개를 끄덕였다.

“일수일살. 일수가 피어날 때 한 생명이 스러진다. 맞나?”

“맞소.”

일수일살이 싸늘하게 굳은 표정으로 말했다.

일수일살은 표정 변화가 거의 없다. 쾌검을 지닌 사람들은 전부 성격이 냉혹한 편인가? 그렇다고 말할 수는 없지만, 혹 말할 수 있다면 그 속에 포함되는 전형적인 인물이 일수일살이다.

조용하지만 생각을 굳히면 아무도 말릴 수 없는 사람.

독사의 눈길이 지천도에게 향했다.

“도문의 도법은 명실 공히 절학으로 소문난 터. 그중에서도 하늘을 잡는다는 지천도의 무공은 어느 정도죠?”

많은 사람이 놀란 표정으로 허름한 늙은이를 쳐다봤다.

사실 도왕 등은 골인들을 안중에 두지 않았다. 뼈마디가 환히 드러난 골인들 정도는 일수에 베어 넘길 수 있으니, 지금 상황에서는 큰 짐에 불과했다.

온갖 지혜를 짜내고 있는 마천옥과 그나마 신법이 뛰어난 왕가달, 그리고 당문 사람이라는 이유만으로 당문삼기 정도를 걸물로 인정하고 있을 뿐이다.

그런 연유로 다른 사람들에 대해서는 신경도 쓰지 않았다. 그들의 내력(來歷)이 어떻게 되는지도 궁금해하지 않았다.

도문의 지천도. 한때는 불패무적(不敗無敵)으로까지 불렸던 도의 제왕.

그가 금방이라도 각혈을 쏟아낼 것 같은 허름한 늙은이로 변해 있을 줄이야.

"허허! 다 늙은 금방 숨넘어갈 늙은이는 왜 끼워 넣누. 대형이 물었으니 대답을 해야 도린가? 내력만 온전하다면 팔팔 뛰어볼 수 있으련만…… 틀렸어. 지금은 도를 들기도 힘겨워."

지천도는 그렇게 말했지만 그 말을 믿는 사람은 아무도 없다.

그의 별호가 지천도라는 사실만으로도 존경받기에 충분하다.

"몰랐군요, 여기 진정의 도왕이 계실 줄은. 모두 앞으로 날 부를 때 도왕이라고 부르지 마라. 대형이 말한 대로 난 도군이야. 그것도 벅차다는 느낌이 들어."

"허허! 그럼 안 되지. 무림 형제들이 지어준 별호는 그렇게 함부로 버리는 것이 아닐세. 감당하지 못할 별호를 받았다면 거기에 맞추면 되는 거지. 자넨 영원한 도왕일세."

지천도의 말은 우울했던 분위기를 훈훈하게 만들어주었다. 더불어서 한 가지 사실을 깨닫게 해주었다.

독사가 왜 이런 물음을 던지는가에 대한 해답.

독사 패거리……. 그들이 지닌 비기는 바로 강(强)이다.

좌중에 있는 사람들 그 누구도 무시당할 사람이 없다. 도왕이 도왕의 이름 값을 해주고, 지천도가 지천도의 이름 값을 해줄 때 독사 패거리는 중원 어느 문파도 무시할 수 없는 강한 문파가 되리라.

"마천옥, 비시문에서도 궁즉통(窮即通)이라는 말을 사용하나?"

"하하! 사용하다마다요. 모든 병법은 궁즉통입니다. 방법이 없는 곳에서 방법을 찾아내는 것이니까요."

"나는 정면으로 뚫고 나가려고 하는데, 자네 생각을 말해 보지."

"무모하죠. 계란으로 바위를 깨는 격인데……."

"깰 수 없다고 생각하나?"

"왜 없겠습니까. 깰 수 있죠."

마천옥은 궁즉통의 묘법(妙法)을 찾는 사람답지 않게 웃는 얼굴로 대답했다.

짐작하고 있었다. 포위망이 좁혀오기 전에 다른 움직임을 보일 수도 있었다. 만무타배가 말한 대로 철망을 벗어나지는 못하더라도 하다못해 시도라도 해볼 수 있었다.

그러나 거기에는 큰 약점이 도사리고 있다. 철망을 무사히 빠져나간다면 몰라도, 중간에 가로막힌다면 움막에 모인 사람들은 힘 한 번 제대로 써보지 못하고 도륙당한다. 설혹 철망을 벗어난다고 해도 패배감에 젖은 사람들을 모아서 패거리로 만들기에는 상당한 어려움이 있다.

파락호 패거리 정도는 충분히 만들겠지만 독사가 말한 대로 '촉' 이라는 나라를 세우기에는 터무니없이 부족하다.

그래서 독사는 움직이지 않고 몸을 만들었다.

잃었던 투지를 되살려, 패배한 무공에 자신감을 불어넣었다.

그는 싸움을 통해 잃었던 자신감을 되살리려는 게다. 철망에 갇혀 죽으면 죽는 것이고, 빠져나간다면 단번에 '촉' 이라는 나라를 만들 수 있는 거력을 얻는 쪽으로.

당진도가 비밀리에 만들어놓은 움막에서 십이추시를 맞을 때만 해도 정면으로 마단 고수들과 부딪칠 생각은 없었던 듯하다. 누가 생각해도 무리수에 불과한 일을 독사라고 모를 리 없었으니까.

독사의 생각은 십이추시와 부딪친 다음에 바뀐 것이 틀림없다.

그는 천리검의 초옥에 들어선 즉시 몸을 만들라고 말했다.

그것이 무엇을 의미하는가. 정면으로 부딪치겠다는 뜻이지 않은가.

말이야 투지를 되살려 언제든지 자신있게 병기를 들 수 있는 무인으로 되살리겠다고 했지만, 그때부터 속뜻은 정면 돌파에 있었으리라.

만무타배는 독사가, 그러면 요지성녀는? 다른 마단 고수들은? 분명히 이쪽 저력을 환히 알고 있고, 그에 맞춰서 준비했을 고수들인데?

누구나 무모하다고밖에 생각할 수 없는 일.

그러나 독사의 마음을 짐작한 마천옥은 이미 방법에 대해서도 생각해 둔 것이 있다. 그리고 시행에 옮겼다.

왕가달이 움직일 때, 당문삼기도 움직였다. 왕가달이 움막을 떠나 산 위로 올라갈 때 귀주사괴도 다른 방향을 탐지하러 나섰다.

등하불명의 계를 완성하기 위해 엽수낭랑도 움직였다.

사시와 삼화, 잔심마도가 엽수낭랑을 도와 일을 마무리했다.

적이 움직일 것이라고 짐작되는 시점에서 마천옥은 움직일 수 있는 모든 사람을 움직였다.

단, 몇 사람만은 예외로 남겨두었다.

그들은 독사의 마음을 최종에서야 짐작할 터이고, 독사가 생각했던 효과를 가장 최고로 끌어올리게 될 것이다.

바로 투지(鬪志)!

마천옥이 말했다.

"가장 움직임이 빠른 곳은 동남쪽입니다. 광안이 아니었다면 접근해 오는 것조차 알아채지 못했을 겁니다. 다른 쪽보다 빠르다는 것은 둘 중에 하나겠지요. 무공이 탁월하거나 신법이 뛰어난 것. 아마도 후자일 겁니다."

뛰어난 신법을 구사하는 사람들은 공격하기 힘들다.

그들을 공격한다면 단번에 철망이 좁혀지고 만다, 옴짝달싹할 수 없을 만큼 좁게.

"당문삼기가 서남쪽을 깼지만 벽이 더욱 두터워졌죠. 그쪽은 단단한
바위입니다. 동북. 깬다면 동북을 깨야 합니다."

"가지."

독사가 일어섰다. 일어서는 그의 옷자락을 엽수낭랑이 살며시 움켜
잡았다.

"조심해야 돼요."

독사는 씩 웃었다.

등하불명(燈下不明).

이 계책은 위험천만하다.

적에게 발각되면 앉아서 죽을 수밖에 없고 발각되지 않으면 편하게
산다.

마천옥은 등하불명의 계를 시행하기 위해 왕가달과 당문삼기를 먹
잇감으로 내던졌다.

그들은 천리검의 초옥으로 돌아오지 않는다.

지금쯤 죽었을 수도 있지만, 잘만 숨는다면 그들 또한 무사할 수 있
다. 절대 움직이려고 해서는 안 된다. 오직 하나, 숨는 데 주력해야 한
다.

당문삼기를 먹잇감으로 내던진 것은 그들이 기관진학(機關陣學)에
능통하기 때문이다.

마단을 상대로 싸울 수는 없어도 깨닫고 있는 지식을 십분 활용하면
숨을 수는 있으리라. 오직 무공만을 알고 있는 사람들을 내던지면 십
중십 죽겠지만 그들이라면……

마천옥과 엽수낭랑, 사시와 삼화, 그리고 귀주사괴와 잔심마도는 천리검의 움막에서 십 장 떨어진 토굴로 갔다.

"나흘이면 충분할 텐데…… 무사히 숨을 수 있을지 모르겠군."

"여긴 걱정 없어요. 당문의 위장술은 뛰어난 편이에요. 만무타배 같은 사람이 직접 온다면 몰라도 다른 사람들의 눈은 속일 수 있을 거예요. 그보다는 나간 사람들이 문제죠. 같이 숨으면 될 텐데 왜 사지로 가는지……."

"하하! 소저, 죽음보다 못한 삶이라는 말을 들어본 적 있소?"

"네?"

"이번 싸움은 큰 고비요. 마단이 우릴 이 지경으로 몰아넣었지만, 그들이 또 큰 힘을 주게 될 거요. 대형이 이번 싸움만 견디면 정말 큰 힘을 얻을 수 있다는 예감이 드는데……."

"알아요. 알지만 불안한 걸요. 그 사람은 언제나 상처투성이에요. 싸움만 벌어졌다 하면 상처를 입죠. 상처투성이에 말썽꾸러기. 이해는 하지만 불안불안한 사람이에요."

"하하하! 그러니 파락호잖소."

엽수낭랑이 신령에게 물었다.

"느낌이 어때요?"

"그게… 팔다리가 저려서 말야."

"좀 말이라도 곱게 하지. 그렇게 말하면 백 살까지 살기라도 하나."

통음이 핀잔을 주었다.

모두 토굴 안으로 들어간 후 엽수낭랑은 최종적으로 위장 상태를 점검했다.

위장의 요체는 숨는 데 있지 않다. 그보다는 애초에 자세히 관찰하고픈 마음 자체가 생기지 않도록 하는 데 있다.

자잘한 바위로 겉을 에워싸 안에 아무도 없는 것처럼 꾸몄다.

인위적인 느낌이 들지 않도록 흙벽으로 쌓아놓은 토굴 위에서 부서진 바위를 굴렸다.

사시와 삼화에 잔심마도까지 힘을 합쳐 만들어놓은 암석 더미.

토굴은 사라지고 암석 더미만 가득했다.

지나가는 사람들에게는 단지 암석이 무너진 것처럼 보일 것이다.

은밀한 곳이 있어서는 안 된다. 조금이라도 그늘진 곳이 있어서는 안 된다. 암석 더미만 환히 드러나 있어야 한다. 그러면서도 사람의 손이 닿았다고 느껴져서는 안 된다.

수색을 할 때 환히 드러난 곳을 뒤지는 사람은 없다. 사람을 찾으면서 조약돌 밑을 뒤져 보는 사람도 없다. 환히 트인 평야는 땅 밑에 숨었나 살펴보기라도 하지만, 자잘한 조약돌이나 부서진 암석 더미를 뒤져 보는 사람은 드물다. 아무리 꼼꼼한 사람이라고 할지라도.

세상에 존재하는 모든 지형지물은 시간이 경과함에 따라 모양과 색깔이 달라 보인다. 낮에는 갈색으로 보이던 것이 깜깜한 밤에는 흑색으로 보이는 것과 같은 이치다.

엽수낭랑은 그런 점까지 염두에 두었다.

낮이나 밤이나, 오전이나 오후에나 항시 같은 지형지물로 보이도록 만드는 것. 낮에는 그냥 지나쳤는데, 밤에 둘러보니 뒤져 보고 싶은 마음이 생겨서는 안 된다.

'됐어. 이 정도면 만무타배가 직접 온다고 해도 쉽게 찾아내지는 못할 거야.'

엽수낭랑은 다시 한 번 위장 상태를 꼼꼼히 점검해 본 후, 작은 구멍 속으로 몸을 들이밀었다. 그리고 마지막으로 자신이 들어간 후 구멍을 바위로 막았다.

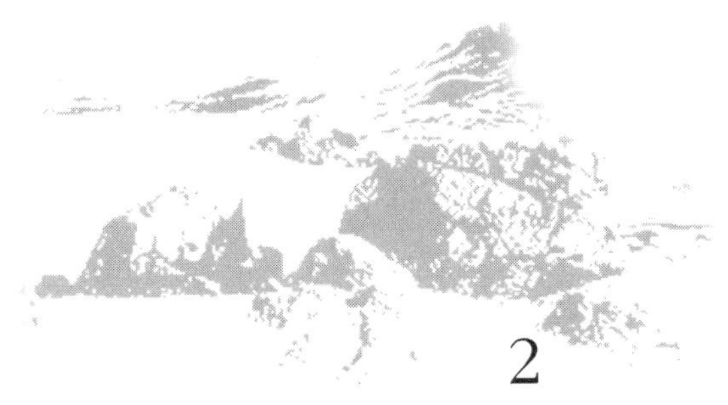

마천옥은 계란으로 바위 치기가 가능하다고 말했다.

여기에는 두 가지 전제 조건이 필요하다. 하나는 계란이 쇠로 만든 계란이어야 하며, 두 번째로는 바위라 돌로 만들어진 것이 아니라 송판이나 종이로 만들어졌어야 한다는 것이다.

독사가 할 일은 명확해진다.

계란을 쇠로 만들 것이며, 돌로 된 바위를 종이 바위로 만드는 것.

독사는 패거리를 돌아보았다.

도왕, 일수일살, 홍검쌍살, 신검서생.

이들은 싸울 수 있다. 마단 고수의 무공이 얼마나 강한지 짐작이 되지 않지만 최선을 다해 싸울 수 있다.

독사가 염려하는 사람은 지천도와 섭혼살호다.

이들의 무공은 한두 명쯤 급습하는 데는 적합하지만 환히 트인 공간에서 다수를 상대로 싸우기에는 역부족이다.

"지금이라도 돌아가는 게 어떻습니까?"

섭혼살호가 인상부터 찡그렸다.

"섭섭한 말은 그리하는 게 아니오. 이래 뵈도 한때는 사천무림을 휘젓던 몸이오. 전에 말하지 않았소, 마계지존은 되지 못한다 해도 다섯 손가락 안에 꼽히던 마인이라고. 난 섭혼살호요."

이름 값을 하겠다는 말이다.

의지는 좋다. 하지만 싸움이란 의지만으로 이루어지지 않는다.

유화신공을 극성으로 연성하거나 엽수낭랑이 음경지의로 영단을 만들어내지 않는 한, 이들이 실전에 임하는 것은 무리다.

그런 점을 잘 알지만, 같이 싸우겠다는 뜻을 꺾지 않았다.

패거리를 이루다 보면 약한 자도 있고 강한 자도 있는 법이다. 싸움이 벌어졌을 때 항상 강한 자만 데리고 나가 싸울 수도 없는 일이고, 어떤 때는 약한 자가 뜻밖의 도움을 주기도 한다.

패거리란 어디서 무엇을 하고 있든 간에 싸움이 벌어졌다는 소리가 들리면 한달음에 달려와 주먹질을 할 줄 알아야 한다. 약한 자나 강한 자나, 싸움을 즐기는 자나 싸움이 무서운 자나 모두 생사고락(生死苦樂)을 같이해야 한다.

사람들이 파락호보고 무위도식(無爲徒食)하는 기생충이라고 멸시하면서도 맞대놓고 질타하지 못하는 이유가 바로 거기에 있다.

끈끈한 형제애(兄弟愛).

무림문파의 형태에 대해서는 잘 알지 못한다. 문파라는 현판을 걸기 위해서 구비해야 할 조건이 무엇인지도 모른다. 체계적인 조직 형태와는 애당초 거리가 멀다.

하지만 패거리에 대해서는 잘 안다.

패거리에게 신의(信義)는 처음이자 끝이다. 유불리에 따라서 이합집산(離合集散)하는 무리가 태반이지만 독사처럼 신의로 패거리를 형성한 무리도 심심찮게 찾아볼 수 있다. 그리고 그런 무리일수록 결속력이 강해서 좀처럼 무너뜨릴 수 없다.

약한 자든 강한 자든 같이 가야 한다.

독사도 병법은 안다. 마천옥만큼 뛰어나지는 않지만 영은촌에서 읽은 병서가 아직도 머리 속에 차곡차곡 쌓여 있다.

병서에 원앙진(鴛鴦陣)이라는 것이 있다.

원앙(鴛鴦)이 무엇인가. 떨어져서는 살 수 없는 금슬 좋은 새이지 않은가.

열두 명이 한 조로 이루어진 원앙진은 서로 한 몸이라도 된 듯 조화를 이루어 싸운다.

원앙진의 무서움은 진법 자체에 있지 않다. 처벌에 있다.

원앙진을 구성한 열두 명 중 한 명이라도 죽게 되면 나머지 살아남은 사람들은 모두 죽음이라는 처벌을 당한다. 원앙처럼 동생동사(同生同死)하라는 의미에서.

그래서 원앙진이라는 이름이 붙었으며, 진의 이름은 아름답지만 살기가 팽팽하게 부푼 진이 바로 원앙진이다.

원앙진이라는 이름 하에 한 조가 된 사람들은 서로의 안위를 내 몸처럼 보살펴야 한다. 싸움에서 최선의 방어란 최고의 공격. 곧 원앙진을 구성한 사람들은 처절하리만큼 악착같이 싸우게 되어 있다.

지금은 독사 패거리도 원앙진만큼이나 서로를 살피며 목숨을 아끼지 않을 때다.

그런 경험을 겪고 나면 친혈육보다도 깊은 유대감이 생기리라.

"도왕은 나와 함께 앞장서고, 일수일살이 중앙, 신검서생과 홍검쌍
살이 후미를 맡아. 지천도께서는 좌측, 섭혼살호께서는 우측을 맡아주
시오."

"알겠소."

"그럼세."

동북방을 지키고 있는 무인들이 누군지 알 턱이 없다. 알고 있는 것
은 그들만의 힘으로도 독사 일행 모두를 죽일 수 있다는 것뿐. 그리고
그들은 점점 거리를 좁혀오고 있다.

쒜에엑!

도왕이 앞장서서 다가오는 무인을 향해 일도를 내뻗었다.

철추든 무엇이든 가로막는 것은 단숨에 박살 내고 몸통마저 저며 버
리겠다는 듯 강맹하기 이를 데 없는 공격이다.

마주 선 무인이 싱긋 웃었다.

눈 깜짝할 사이에 떠올랐다 사라져 버린 웃음이지만 그는 분명히 웃
었다.

하지만 웃음 다음에 이어지는 행동은 죽음을 자초하는 것으로밖에
는 보이지 않았다.

까아앙!

도왕의 대도가 느릿하게 들어 올린 검의 정중앙을 내려쳤다.

검은 단숨에 두 토막으로 부러졌다. 대도의 묵직함 때문이기도 했지
만 손속에 사정을 남기지 않은 도왕의 무지막지함 때문이기도 했다.

퍼억!

검을 부러뜨리고 내쳐 휘달려 간 대도가 사내의 몸통을 가르고 지나갔다.

여기까지는 여느 싸움과 다를 바 없었다. 마단 고수치고는 조금 싱겁다는 생각까지 들었다. 꼭 옛날, 태무보 무인들과 싸우는 느낌이었다. 인원은 많았지만 무공으로는 상대가 되지 않았던 자들.

도왕은 다음 상대를 고르기 위해 눈길을 돌렸다.

대도가 훑고 지나간 자는 서 있어도 살아 있는 것이 아니다. 그가 땅에 드러눕는 것은 시간문제일 뿐, 전신 감각이 마비되어 손가락 하나 움직일 힘조차 남아 있지 않다.

그런데 이자는 달랐다. 분명히 대도가 훑고 지나갔는데…… 피를 흘리지 않았다. 충격을 받은 듯 잠시 비틀거리더니 부러진 반 토막 검으로 도왕의 옆구리를 찔러왔다.

"엇!"

깜짝 놀란 도왕이 황급히 대도를 들어 막아갔다.

깡!

다시 한 번 쇳소리가 터져 나왔다.

도왕의 이번 일수는 현묘한 점이 있었다. 단순하게 공격해 오는 검을 막아낸 것이 아니라 검과 도가 부딪치는 순간 손목 관절을 살짝 굽혀 도선(刀先) 방향을 바꿔 버렸다.

사각!

대도가 무인의 손목을 그어버렸다.

무인은 당연히 손목이 잘려져 나가야 한다. 그러나 이변은 이번에도 일어났다. 손목이 잘려 나가지도 않았을 뿐 아니라 오히려 더욱 집중된 내력으로 공격을 가해왔다.

"뭐 이런……."

부아가 치민 도왕은 신형을 틀어 검을 흘려보내고 왼손으로 사내의 목줄기를 움켜잡았다.

"네놈이 어디까지 버티나 볼까?"

사내는 도왕에게 붙잡혀 허공에 대롱대롱 떠올라 있으면서도 놀라거나 질린 표정을 짓지 않았다. 굳이 표정을 말하라면 반쯤 웃는 얼굴이라고나 할까?

도왕은 사내의 목줄기를 움켜잡고 허공에 치켜 올림과 동시에 대도로 배를 가로 그었다. 사내의 반응도 빨랐다. 목이 잡힌 순간 손에 든 검을 도왕의 가슴에 찔러 넣었다.

목이 잡혔다는 것은 거리도 가깝다는 것이다. 가까울 정도가 아니라 상대의 얼굴에 난 땀구멍까지 헤아릴 수 있다.

도왕의 가슴은 금방 피로 얼룩졌다. 반면에 사내는 날카로움이 번뜩이는 대도에 가로 그이고도 멀쩡했다.

"네놈이!"

도왕은 사태가 심상치 않게 돌아가자 번개같이 대도를 휘둘러 머리를 갈랐다.

퍼억!

그제야 피분수가 솟구쳤다.

일 대 일의 싸움이라면 이것으로 끝이다. 도왕이 이긴 것이고 상대가 졌다. 그러나 불행히도 상대의 죽음은 시작에 불과하다.

"이거 완전히 인간 말종들이네."

도왕은 생명이라든가 주관(主觀) 같은 것이 전혀 없는 시신과 싸우는 기분이었다.

상대는 죽으면서 비명조차 지르지 않았다. 비명은커녕 웃는 것같이 보였다.

"갑옷을 입고 있는 것 아냐?"

뒤따르던 일수일살이 답답한 마음으로 말했다.

도왕의 대도에 그렇게 격중당하고도 멀쩡할 수는 없다. 적어도 인간의 살과 뼈를 가진 사람이라면 모두가 죽거나 상처를 입을 수밖에 없다.

외공(外功)을 익혔을 수도 있다. 철포삼(鐵布衫)이나 육신갑(肉身甲) 같은. 하지만 그것도 아니다. 죽은 사내의 피부는 여느 사람이나 다를 바 없다.

"네 눈에는 이게 갑옷 입고 있는 것으로 보이나?"

도왕이 가슴에 박힌 검을 뽑아내며 질책하듯 말했다.

"답답해서 하는 말이지. 상처는?"

이까짓 것…… 괜찮아. 내 살가죽이 좀 두꺼워야지."

도왕이 지혈을 하며 말했다.

도왕의 상처는 심한 편이었다. 그러나 다행히도 심장이나 폐를 건드리지는 않았다. 그랬다면 지금 말을 주고받을 수조차 없었을 게다.

그들이 말을 주고받을 때 독사는 소검을 꺼내 죽은 사내의 살점을 도려냈다.

쓰윽!

소검이 쑥 들어간다.

여느 사람이나 다름없는 살갗을 지녔다.

외공을 수련하지 않았다면 영약 같은 것에 힘입어 피부를 단단하게 만들지 않았을까 하는 생각이 치밀었다. 그래서 살점을 베어냈는데,

쑥 들어간다.

'피부가 아냐! 그렇다면…….'

내력이다.

도가 닿는 부위에 진기를 집중해서 살갗의 손상을 막았다.

그게 가능한가? 도대체 마단의 무공은 어디까지가 한계란 말인가. 보아하니 중요한 위치에 있는 자도 아닌 것 같은데.

독사는 베어낸 살점을 가죽 주머니에 넣은 다음 일어섰다.

파악! 따악……! 스으윽!

벌 떼처럼 달려드는 무인들 앞에 도왕이 쉴 새 없이 대도를 휘두르고 있다. 한 번 경험이 있어서인지 그가 노리는 부위는 한결같이 머리뿐이다.

도왕을 제치고 들어선 자는 일수일살이 막아냈다.

그의 검도 오직 머리만을 노렸다.

뒤에서 짓쳐드는 자는 홍검쌍살과 신검서생이, 좌우에서 달려드는 자는 지천도와 섭혼살호가…….

머리만을 노리는 싸움은 피곤하기 짝이 없다. 어디를 공격하겠다고 선전포고를 해놓고 싸우는 것과 진배없다.

까앙! 파앗!

일수일살이 짓쳐드는 무인의 검을 날려 버렸다. 머리를 노리기에는 적의 공격이 너무 신랄하여 우선 검부터 쳐냈다. 그러나 그사이 그의 옆구리에 한 자루의 검이 스치고 지나갔다.

섭혼살호와 지천도의 상태는 더욱 나빴다.

좌충우돌 닥치는 대로 검과 도를 뻗어내고 있지만 그들의 현재 무공으로는 일 대 일의 승부도 난감한 처지였다.

모두 독사가 살 한 점을 도려내는 사이에 벌어진 일이다.

독사는 즉시 싸움에 가담했다. 머리를 두 조각으로 갈라 버릴 듯 내려쳐 오는 검을 슬쩍 피한 후 상대의 팔을 따라 겨드랑이 사이를 파고들며 일권을 내질렀다.

퍼억!

겨드랑이 바로 밑 부분을 격타당한 무인은 움찔거렸다. 그러나 이내 중심을 잡고 다시 검초를 전개해 왔다.

이번 일권에는 진기를 절반만 실었다. 언제든 권을 내뻗을 때는 내공일초의 진결이 가미되지만, 애써서 내공일초마저 거뒀다. 도왕의 대도가 어떤 탄력 때문에 베지 못했는지 직접 알아보자는 심산이었다.

'이건!'

독사는 가볍게 일권을 내뻗은 후 크게 놀랐다.

겨드랑이 밑 부분을 강타하는 순간 마치 물 먹은 솜을 두들기는 느낌을 받았다. 주먹에 살갗이 휘감겨 빨아들이는 느낌이랄까?

자신이 수련한 내공일초와는 정반대의 진기다.

내공일초가 전신 진기를 한 점에 집중시켜 강한 폭발력으로 쏘아내는 것이라면, 상대는 타격을 흡수해 버린다.

이런 종류의 진기도 있었던가.

권각이라면 어느 정도 이해할 수 있다. 하지만 도왕같이 쇠붙이로 된 병기를 휘두르는 데 살로 된 육신이 베어지지 않는다는 것은 이해할 수 없다.

쒜엑! 파악!

독사는 지체없이 튀어 올라 오른 다리를 차올렸고, 상대의 턱과 귀 사이에 정확히 틀어박혔다.

상대가 줄 끊어진 연처럼 날아가 처박혔다.

이번 각법에는 사정을 남기지 않았다. 내공일초가 튀어 나가는 대로 내버려 두었다. 결과는 즉사다. 귀와 코로 가는 피를 흘리며 잠자듯 조용히 누워버렸다.

퍽! 퍼엉!

다른 자의 가슴에 일장을 틀어박았다.

귀궁 무공인 칠채기문보법을 밟고 소수천라변을 쳐냈다. 그 사이사이에 고의로 허점을 드러내 상대로 하여금 공격하게 만드는, 혹은 반대로 허점인데도 공격할 수 없게 만드는 방위나이도 펼쳐졌다.

꼭 귀궁 무공만 시전한 것은 아니다. 마해추룡의 월사창법도 권각에 섞여 나왔다.

독사는 자신이 익힌 모든 무공을 하나로 소화해 냈고, 어떤 무공이라고 굳이 말할 수도 없을 만큼 하나로 버무려져 나왔다.

초식이란 무엇인가.

결국 상대를 공격하는 최적의 방법이지 않은가.

발경(發勁)을 하든 무엇을 하든 적을 칠 수 있으면 뛰어난 초식인 것을.

벽력도제의 사리일잠도는 대도세(帶刀勢)로 시작하여 수도세(收刀勢)로 끝난다. 십이세(十二勢) 어쩌구 하지만 도를 뽑고 적을 친 후 거둬들이기까지 일련의 행동에 지나지 않는다.

초식에 연연할 필요가 없다.

할 수만 있다면 사리일잠도의 사삭도세(斜削刀勢)에서 월사창법의 붕(崩)을 펼쳐도 상관없다.

독사는 치고 또 쳤다.

옛날 파락호들 간에 패싸움을 할 때처럼 눈에 보이는 자는 무조건 처댔고, 자기 편이 위험하면 도와줬다.

하지만 상황은 점점 불리해졌다.

무공은 독사 쪽이 유리한데, 머리만 가격해야 한다는 단점은 그들의 무공을 절반이나 깎아먹었다.

지천도와 섭혼살호의 행동은 눈에 띄게 둔해졌다.

간혹 초식이 엉키는 것으로 보아 내력이 바닥을 드러낸 것 같다.

'역시 무리였나……'

수림 곳곳이 피로 얼룩져 있다. 시신들의 숫자도 무려 삼십여 명을 헤아린다. 하나같이 머리를 맞거나 잘렸기 때문에 한 폭의 지옥도(地獄圖)를 그려내고 있다.

'잠시 쉬어야 해.'

그러나 생각을 바꿨다.

한 번도 싸움에서 물러서 본 적이 없다. 싸움이 붙으면 이쪽이든 저쪽이든 어느 한쪽이 완전히 무릎을 꿇을 때까지 격전을 벌였다. 항복만 하면 죽을 염려가 없다는 점이 크게 작용한 탓이기도 했지만.

지금도 마찬가지다. 아니, 그때보다 더 절박하다. 또한 이 정도의 무공을 지닌 자들이라면 충분히 상대할 수 있다.

독사 패거리에게는 무공보다는 독기로 똘똘 뭉친 자들이 더 필요하다. 앞으로 나아가야 할 길이 처참한 혈로가 될 것이니.

이 싸움은 시작에 불과하다.

"재(再)!"

버럭 고함을 내질렀다.

맨 후미에 있던 홍검쌍살과 신검서생의 검이 갑작스럽게 날카로워졌다. 날카롭다기보다는 흉포하다 싶을 만큼 난폭해졌다.

'재'의 명령이 떨어진 이상 무자비한 살육전을 벌여야 한다. 죽이는 것이 능사가 아니라지만 지금은 최선이다.

홍검쌍살은 기력이 달린 듯하는 섭혼살호를 가운데로 밀쳐 버리고 그 자리로 들어서며 살검을 휘둘렀다.

일수일살도 약간의 변화를 보였다. 여러 군데 상처를 입고 있는 지천도를 자신이 있던 자리로 끌어 넣었다. 그리고 자신이 대신 지천도의 자리를 맡았다.

홍검쌍살과 함께 후미에 있던 신검서생이 일수일살 옆으로 왔다.

마천옥은 이런 형태를 일컬어 학익진(鶴翼陣)이라고 했다. 겨우 사람 여덟 명 가지고 학익진 운운하는 것이 우습고, 난전에서 좌우로 넓게 벌리는 것이 더 불리할 수도 있지만 마천옥은 힘에 부칠 때 이런 형태를 취하라고 했다.

좌우나 뒤에서 오는 적은 받아치기만 한다. 주적(主敵)은 전면에 있는 자들이다. 그들이 짓쳐올 때 좌우에 있는 사람들이 한두 걸음만 앞으로 내디디면 반원 형태로 포위하는 형국을 만들 수 있다.

다 대 일의 싸움에서 일 대 다의 싸움 형태를 만드는 것이다. 물론 순간적인 형세가 될 것이고, 일 수유에 불과한 시간을 놓치면 안 되겠지만.

쉬익! 쉬이익!

맨 끝 가장자리에 있던 홍검쌍살과 신검서생이 제일 먼저 신형을 띄웠다.

전진이라도 마음대로 할 수 있는 것은 아니다. 어느새 사방을 에워싼 마단 무인들은 여덟 명의 움직임을 완전히 차단했다. 그만큼 나아가고자 하는 자의 무공은 신랄하고 잔인해야 한다.

"비켓!"

홍검쌍살의 검에서 푸른 청광이 피어났다.

한줄기 물결이 밀려가고 뒤이어 곧바로 다른 물결이 쳐가고… 물결이 일고 일고 일고…… 끊임없이 이어지는 검초의 물결. 검초가 빗나갔다고 생각하면 즉시 내력을 회수하여 다른 검초를 밀어내 결국은 목숨을 취하고 마는 초식.

말은 쉽다. 하지만 이미 내뻗은 초식을 중도에서 회수하고 다시 다른 초식을 전개하려면 내력의 출수와 회수가 지극히 빨라야 한다. 내력을 자유자재로 운용하는 경지가 아니면 전개할 수 없는 검초다.

독사의 검미가 꿈틀거렸다.

들은 적이 있다, 홍검쌍살이 바로 청성파의 비밀 무원인 칠백무원의 무인들일 것이라고.

지금 홍검쌍살이 전개하는 검초는 무림을 알지 못하는 독사조차도 알고 있다. 독사뿐만이 아니라 사천성에서 싸움질깨나 한다는 사람치고 홍검쌍살의 검초를 모르는 사람이 없으리라.

사천오주 청성파의 칠십이파검(七十二波劍).

파락호들 간에는 삼연각(三連脚)만 전개해도 놀랍다고 박수들을 쳐댄다. 첫 번째 발길질을 피하고, 두 번째까지 피해내도 눈이라도 달린 듯 끈질기게 쫓아오는 세 번째 발길질을 당하고는 놀라지 않는 사람이 없다.

하물며 청성파의 칠십이파검은 무려 일흔두 번이나 쫓아온다.

기가 막힐 노릇이지만 무림과 인연이 없어 다행이라며 입으로만 떠들던 검공.

독사는 칠십이파검의 실체를 처음으로 보았다. 홍검쌍살이 칠백무원의 무인이라는 사실을 확증하는 순간이기도 했다.

신검서생의 검은 홍검쌍살과는 다르게 붉은색으로 물결쳤다.

별호대로라면 홍검쌍살이 붉은색 검광을 터뜨려야 하는데…….

앞을 가로막던 무인들이 추풍낙엽처럼 나뒹굴며 길을 열어주었다.

바로 그 순간, 찰나에 불과하지만 독사나 도왕, 그리고 일수일살 등을 노리던 무인들이 반원 안에 갇히는 형국이 되었다.

쒜에엑! 퍼억! 빠악!

도왕의 대도가 무인의 목을 뎅겅 쳐냈다. 번개같이 뛰어오른 독사는 주춤 옆 걸음을 친 무인의 머리를 정통으로 들이받았다. 섬전처럼 빠른 일수일살의 검도 빛을 토해냈다.

말만 들었지 손발을 맞춰본 적은 없는데, 수십 번 수련을 거듭한 사람들처럼 일사불란했다.

무인 여섯 명이 순식간에 쓰러졌다.

지천도와 섭혼살호도 바빴다.

그들의 역할은 뒤에서 쳐오는 무인들의 공격을 밀어내는 것.

죽자 사자 싸우는 것과 비교해서 결코 수월하다고 볼 수 없다. 그러나 진력이 고갈되다시피 한 그들을 뒤에 내세운 것은 경험 때문이다. 멸혼촌에 들어온 지 오래되었다고는 하지만 크고 작은 싸움을 수십 번은 경험한 사람들. 밀어내는 것은 무공보다는 경험이 낫다는 판단이었는데… 들어맞았다. 그런데,

"음……!"

다시 한 발 앞으로 떼어놓으려던 신검서생이 미미한 신음을 토해냈다.

"좋지 않은데."

조가상도 인상을 찡그리며 말했다.

어느덧 싸움은 중지되었다.

악귀처럼 달려들던 무인들이 뒤로 쑥 빠져 포위망만 구축한 채 덤벼들지 않았다.

독사도 도왕도…… 모두들 싸움을 멈췄다.

마단 무인들은 독사 패거리를 잡아먹을 듯 노려보고 있었지만, 독사 패거리는 오직 한 사람만 쳐다보았다.

신검서생 앞의 무인.

번들거리는 대머리에 송충이처럼 굵은 눈썹, 부리부리한 호목(虎目), 금방이라도 터져 버릴 듯 팽팽하게 부풀어 오른 근육. 칠 척 장신으로 도왕과 힘으로 겨뤄도 승부를 점칠 수 없을 것 같은 자. 검을 가슴에 품은 채 팔짱을 끼고 유유히 싸움 구경을 하고 있는 자.

그가 말했다.

"중원 무공이 이 정도였군. 어느 정도인지 항상 궁금했지. 신검서생인가?"

그가 신검서생을 가리켰다.

"당신 둘은 홍검쌍살일 테고 저자는 일수일살이군. 저긴 도왕? 모두 허명만 가득해. 이게 도대체 뭔가? 무림에서 난다 긴다 하는 자들이 겨우 몇 년 무공을 익힌 풋내기만도 못하지 않은가. 그래도 독사…… 넌 제법이야. 내 검을 받을 수 있는 유일한 자가 되겠군."

사내가 거침없이 걸어오기 시작했다.

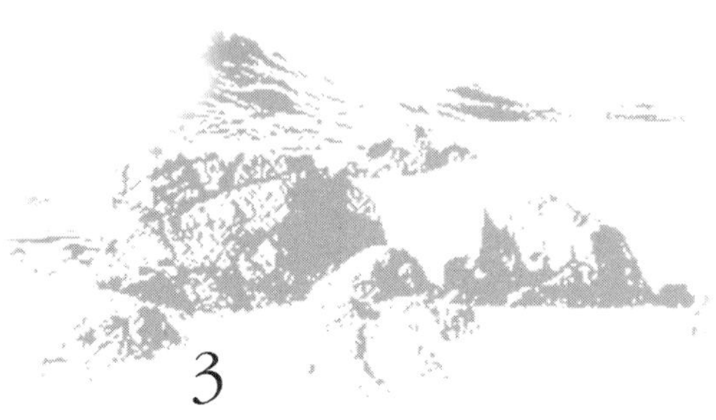

3

"어디 한번 볼까? 네놈 검도 입심만큼이나 강했으면 좋겠군."

조가상이 부드럽게 검을 휘저으며 앞으로 나섰다.

냉설도 행동을 같이했다.

상승 검법을 지닌 자라는 것은 한눈에 알아봤지만, 검이란 대봐야 승부가 결정되는 법.

"청성파 제일공은 청명심법(淸明心法)을 바탕으로 펼치는 청운적하검(靑雲赤霞劍). 청운(靑雲)을 베었는가?"

홍검쌍살은 대답하지 못했다.

"베지 못했군. 청운을 베지 못했으니 적하는 꿈도 꾸지 못했을 테고. 이제 알겠나? 하찮은 검이라고 말하는 이유를?"

"후후! 정말 입심 한번 대단하군. 자! 말은 그만큼 들었으면 됐어. 이제는 검으로 말해 보지."

홍검쌍살의 검은 많은 무인을 도륙했음에도 혈흔(血痕) 한 방울 묻어 있지 않았다.

당문삼기의 솜씨를 다시 한 번 절감할 수 있다.

그 검이 칠 척 장신 사내를 향해 겨눠졌다. 그때,

"홍검쌍살…… 물러서."

독사가 딱딱하게 굳은 표정으로 말하며 나섰다.

'만무타배와 버금가는 자.'

독사는 단숨에 사내의 기도를 읽었다. 겉으로 풍기는 검기(劍氣)뿐만이 아니라 내면에 흐르는 정기(精氣)까지도 낱낱이 파악했다.

사내는 기도(氣道)를 드러내지 않는다.

홍검쌍살이 느낀 것은 단지 겉으로 드러난 검기뿐.

사내의 진기는 흐름이 너무 미약해서 아예 흐르는 것 같지도 않다. 금방 숨이 끊어질 노인과 같다고나 할까? 다른 점이 있다면 숨넘어가는 노인의 경우에는 기도가 불규칙한 데 반해 사내의 기도는 일정한 흐름을 유지한다는 것.

노자(老子)가 말했다.

천하막유약어수이공견강자(天下莫柔弱於水而攻堅强者), 막지능승(莫之能勝). 약지승강(弱之勝强), 유지승강(柔之勝剛). 천하막불지(天下莫不知), 막능행(莫能行).

세상에 물처럼 약하고 부드러운 것이 없으니 굳세고 강한 것을 이기는 데 물보다 나은 것은 없다. 약한 것이 강한 것을, 부드러운 것이 단단한 것을 이긴다. 이는 세상에서 모르는 사람이 없으나 실행하는 사람이 아무도 없다.

사내는 물과 같다.

겉모습과는 달리 약하고 부드럽지만, 그의 검은 한 치의 틈도 용납지 않고 육신을 베어낼 것이다.

사내가 암혼사를 익혔다면 자신과 같은 이성, 혹은 그 이상의 진전을 이뤘을 것 같다.

최선을 다하지 않으면 안 될 상대와 만났다.

순간적으로 많은 무공들이 스쳐 지나갔다. 귀궁의 무공부터 벽력대제, 마해추룡, 광무신승의 무공까지 알고 있는 무공들은 한 번씩 머릿속을 휘저었다.

그중에 사내를 상대할 만한 무공이 짚어지지 않았다.

어떤 무공도 사내 앞에서는 미약하게만 여겨졌다.

한날한시도 무공 수련을 게을리 한 적이 없다. 빙굴에서 암혼사를 깨우친 다음에는 무공을 보는 눈도 높아졌다. 같은 초식이라고 해도 한결 정심해졌고 응용폭도 넓어졌다.

감히 단언하건대 무림 그 누구라도 상대할 수 있다.

한때는 꿈만 같게 여겨지던 청성파 칠십이파검마저 충분히 상대할 수 있다는 자신감이 들지 않았던가.

무인들은 흔히 말한다. 뛰는 자 위에 나는 자 있는 법이니 항시 자중하라고. 스스로 천하제일인임을 자처할 때 더 이상 무공 진전은 기대하기 어렵고, 패배라는 아픈 상처를 안게 될 것이라고.

독사의 생각은 달랐다.

냉정하게 분석해 보면 겨우 삼류무인에 불과할지라도 스스로는 자신을 천하제일인으로 간주해야 한다.

그런 생각이 없었다면 기루에서 무천문 문도가 된 한림과 부딪쳤을 때 싸워보지도 않고 무릎을 꿇었을 게다. 그런 마음이 없었다면 요빙도 죽지 않았다. 무천문 고수에게 무릎을 꿇고 살려달라고 애원했을 테니까. 감히 싸울 생각 같은 것은 엄두도 내지 못했을 테니까.

'나는 천하제일인이다' 라는 자부심은 어떤 상대와도 싸울 수 있게 만들어준다.

그런데 지금 모든 것이 무너지고 있다.

만무타배 앞에서도 주눅이 들지 않았는데 이 사내 앞에서는 발걸음조차 떼어놓지 못하겠다.

"홍검쌍살."

"네."

조가상이 즉시 대답했다.

"소검, 가지고 있지."

"네."

"줘."

조가상이 소검을 꺼내 건네주었다.

독사는 소검을 몇 번 고쳐 잡아본 후 느닷없이 손바닥을 길게 그었다.

빨간 핏물이 주르륵 흘러내렸다.

"엇! 대형!"

조가상이 독사를 만류하려 했지만 그보다 더 빠른 사람이 있었다.

지천도, 그가 불쑥 나서며 움직이려는 조가상을 제지했다.

조가상이 지천도를 쳐다보자, 지천도는 말없이 고개만 가로저었다.

독사는 조가상이 어떤 표정을 짓는지, 지천도가 왜 조가상을 만류했는지 신경 쓰지 않았다. 사실 주변에서 일어나는 일에 신경 쓸 여유조차 없었다.

그의 모든 신경은 눈앞에 있는 사내에게 집중되었다.

지금까지 수련했던 모든 무공을 잊었다. 상대를 제압할 자신이 없는 무공이라면 차라리 버리는 것이 낫다. 언제 무공을 알고 싸웠던가. 무공을 그렇게 잘 알아서 무천문 고수와 싸우려고 했던가.

모두 버리고 감각으로 싸우련다.

검이 날아오면 피하고, 틈이 있으면 헤집어 들어가고…….

지금까지 그렇게 싸워왔듯이 이자하고도 그렇게 싸우련다.

단 하나, 버리지 못할 것이 있다.

몸속에 흐르는 진기다.

진기는 곧 생명. 진기가 끊어진 인간은 죽은 인간밖에 없기에 버릴 수 없다.

독사의 눈빛이 굶주린 호랑이처럼 활활 타올랐다.

사내의 눈에서도 맑은 빛이 반짝였다.

"무공을 수련한 지 몇 년 되지 않았다고 해서 무시했다. 겨우 몇 년 수련한 무공이 얼마나 대단하랴 싶기도 했고. 사숙께서 무시할 수 없는 놈이라고 극찬했지만 믿지 않았지."

"……."

독사는 대꾸하지 않았다. 대신 천천히 걸어 사내의 일 장 거리 앞에 섰다.

"넌 타고난 놈이구나."

"……."

"지금 네 기수식(起手式)은 처음 보는 것. 창안한 무공인가?"

독사는 핏물이 뚝뚝 흐르는 왼손을 허리춤에 바짝 붙여놓은 상태였다. 소검을 든 오른팔은 밑으로 축 늘어뜨렸고, 발은 어깨 넓이로 천천히 떼어놓으며 사내의 주변을 돌고 있었다.

사내에게는 어떤 무공의 기수식쯤으로 보였던 것 같다.

독사가 대답하지 않자 사내는 피식 웃었다.

"그런데…… 싸움이란 종종 병기의 우열에서 판가름나기도 하지. 날 상대로 소검을 사용한다는 것은 어리석다고 생각하지 않나? 아! 물론 대답을 하지 않겠군. 그렇지?"

서로 모르는 사이.

신분이나 무공은커녕 이름조차 알지 못하는 초면이다.

그러나 두 사람은 서로 상대가 절대고수라는 점을 인식했다. 독사가 손바닥까지 그어가며 투지를 다진 반면, 사내도 입으로는 말을 하고 있지만 차디차게 굳은 눈동자는 독사의 일거수일투족에 집중된 채 떨어지지 않았다.

"소검으로 어떤 무공을 펼칠지 상당히 기대가 되는군. 후후후! 난 운이 좋은 편인가? 마단 아닌 사람들은 너희가 처음인데, 처음부터 검을 뽑기에 부족함이 없는 자를 만났으니 말야."

독사는 그의 말을 듣고 있지 않았다.

싸움에 임하면서, 그것도 목숨을 걸고 싸우는 마당에 말이란 아무 가치도 없는 것이다. 격장지계(激將之計)의 일환으로 말을 할 수도 있다. 하지만 독사나 사내가 격장지계에 당할 만큼 성미가 급하거나 흥분하지 않으면 안 될 약점을 지닌 사람들도 아니고, 둘 다 촌철살인(寸鐵殺人)을 할 만큼 입심이 세지도 않다.

독사는 사내의 말을 귓가로 흘려들으며 주위를 맴돌았다.

사내는 가만히 서 있었다. 의미없는 말을 토해내며 온 신경을 독사에게 집중시켰다.

독사가 세 번째 맴을 돌고 사내의 전면에 섰을 때,

"공격하기가 쉽지 않나?"

사내가 빙긋 웃음을 지으며 말했다. 그 순간,

쒜에에엑……!

독사의 신형이 질풍처럼 치달렸다.

둘 사이의 거리는 겨우 삼 장. 삼 장의 거리를 좁히는 데는 숨 한 번 들이쉬는 시간조차도 남는다. 그러나 그 짧은 순간에 질풍처럼 치달렸는데도 사내의 손에는 벌써 검이 들려 있었다.

파앗! 쒜엑! 쉬이익!

바람 소리가 허공을 갈랐다.

사내의 검은 길고 독사의 소검은 짧다. 독사가 공격하기 위해서는 사내보다 조금 더 짧은 거리 안으로 파고들어 가야 한다.

사내는 거리를 주지 않았다.

독사가 한 발 앞으로 내디디면 좌로 우로, 혹은 뒤로 한 걸음 물러서며 자신에게 가장 유리한 거리를 유지시켰다.

파파팟! 까앙! 쒜에엑……!

거친 검풍과 함께 검광이 비산했다.

쫓는 사람은 독사였으나 공격을 퍼붓는 사람은 사내였다.

독사는 오직 상반신의 움직임만으로 검광을 피해냈다. 중간중간 검이 부딪치기도 했다.

장검과 소검이 부딪치며 만들어낸 불똥.

그럴 때마다 사내의 검은 기묘하게 비틀렸고, 소검을 밀어젖힌 검신이 독사의 육신을 난자했다.

독사는 늘 간발의 차이로 피해냈다. 그러나 완전히 피할 수는 없어서 몸 여기저기에 피가 배어 나오기 시작했다.

한 번 두 번 이어질수록 피가 나오는 부위도 많아졌다.

이런 식으로 시간이 지체된다면 결정적인 일격을 당하지 않아도 스스로 무너져 버릴 것만 같았다.

독사가 검을 피해내면 사내는 다시 일정한 거리로 옮긴 후 검을 쳐내고…….

'이거야! 이 싸움이야!'

독사는 쾌감을 맛봤다.

피가 튀고 살점이 떨어져 나가는 싸움에서 무슨 쾌감이냐고 말할 사람이 있겠지만, 싸움을 해보지 않았기에 하는 소리다.

물론 결정적인 일격을 당하면 쓰러질 수밖에 없다.

쓰러지는 자에게는 쾌감 따위가 있을 리 없다. 세상이 노랗게 물든다 싶은 순간, 그의 혼과 넋은 깜깜한 지저에 떨어져 아무 생각도 들지 않게 마련이다.

쾌감은 싸우는 과정에서 우러나온다.

독사는 참 많은 싸움을 해봤지만 싸움 중간에 진한 쾌감을 느껴보기는 처음이다.

늘 싸움이 끝난 다음에 느껴왔다. 쓰러져 본 적이 없으니 당연할지도 모른다. 땅에 쓰러져 누운 사내를 보면서 '이겼구나' 하는 느낌을 가질 때…… 전신이 짜릿해지는 쾌감을 맛보게 된다.

싸움을 즐기는 사람은 그런 맛에 한다.

그랬는데… 정말 이런 느낌은 처음이다. 검날이 등줄기를 스쳐 지날 때 솜털이 곤두서는 긴장감. 그것이 쾌감으로 다가온다. 일격을 정통으로 맞지 않고, 단지 옆구리에서 칼부림 한 번 당한 정도의 아픔만 느껴지는 것… 그것도 쾌감이 되어 전신을 짜릿하게 울린다.

아니다. 진정한 쾌감은 사내의 공격을 피해냈다고 해서 온 것이 아니다.

독사는 한 마리 새가 된 기분이었다.

속박과 굴레를 벗어나 창천을 훨훨 나는 자유로운 새.

뭐랄까? 뇌옥에 갇혔던 자가 금제에서 풀려나 세상을 자유롭게 활보하는 기분이랄까?

그것은 자유였다.

독사는 자유를 느꼈다. 구속됨이 없고, 세상 공기를 전부 다 들이쉴 수 있는 진정한 자유.

왜 그런 느낌이 드는지는 모르지만, 손과 발이 날듯이 가볍다. 검이 스쳐 지나가며 상처를 내도 즐겁기만 하다. 무인과 무인의 싸움이 아니라, 초식과 초식의 싸움이 아니라, 장검과 소검을 들고 드잡이질을 치는 것 같은 싸움인데…… 이게 진정한 싸움이라는 생각이 든다.

'마음껏 즐겨보자. 즐길 수 있는 상대를 만났으니 손발을 마음껏 놀려보자. 마음껏… 후회없이 마음껏……'

쒜에엑……!

사내의 검초가 돌변했다.

마구잡이로 허점을 후려치는 듯하던 검초에서 일정한 형식을 띠어가기 시작했다.

독사는 점차 뒤로 밀렸다.

사내의 검초가 형식을 더해갈수록, 일정한 규칙대로 움직일수록 독사는 항거하지 못할 법칙에 따라 뒤로 한 발 한 발 물러섰다.

이제 쫓는 사람은 독사가 아니라 사내다.

사내는 완전히 초식이라는 법칙 아래 들어섰고, 독사는 여전히 마구잡이로 소검을 휘둘러 댔다.

무인과 무인의 싸움이 아니다.

누가 보더라도 무인과 파락호의 싸움이다. 무공 대 마구잡이 주먹질의 싸움이다. 도왕을 상대하면서, 일수일살을 상대하면서 보여주었던 정교하고 빠르고 강하며 막아내기 난감하던 초식을 전혀 사용하지 않고 있다.

독사의 얼굴이 미미하게 찌부러지더니 끝내는 미간에 내천 자를 그려냈다.

싸움이 어렵게 꼬이기 때문은 아니다.

'자유를 잃었다!'

싸우는 와중에도 허탈한 심정이 들었다.

정말 이상한 일이다. 싸울 때는 오로지 싸움에만 전념한다는 것은 기본 중의 기본이다. 그 정도는 콧물을 질질 흘릴 때부터 이미 깨우쳐 몸에 붙어 있다시피 했다.

쾌감을 즐긴다거나 허탈한 심정이 된다거나…… 이런 것은 싸움의 기본조차 되어 있지 않은 자들이 듣기 좋으라고 하는 말장난에 지나지 않는다.

그런데 그런 감정이 느껴진다.

사내가 감각적인 검 놀림에서 일정한 형식이 배어 있는 검초로 전환함에 따라 자유가 사라져 버렸다.

이제는 어떠한 쾌감도 느껴지지 않았다. 남은 것은 오직 삶과 죽음을 갈라놓는 싸움뿐이다.

독사는 자유롭고 싶었다.

파라라라……!

사내의 검초가 돌변했다.

변화가 난무하여 공격해 오는 방향을 종잡을 수 없는 환검(幻劍).

분명히 강철로 만든 장검인데 연검(軟劍)이라도 되는 듯 파르르 떨린다. 매미가 날갯짓을 하듯 가볍게 붕붕 울어댔다가는 사라지고, 사라졌다가는 다시 나타난다.

사내에게는 검보다는 철추나 철퇴가 어울린다. 그만한 중병기를 사용해야 덩칫값을 한다고 할 수 있다. 그런 사내가 검을 사용하니 가느다란 나뭇가지를 휘두르는 것 같다.

검을 사용하는 것까지는 좋다.

거한이 검을 사용할 경우, 누구나 도왕처럼 중검(重劍)을 사용할 것이라 생각할 것이다. 그러나 뜻밖에도 환검이다. 덩치 큰 흑곰이 변화를 추구한다고나 할까?

사내의 검은 현묘했다. 사내가 전개한 환검은 변화의 극치를 보여주었다.

쓰윽! 쓰스슥……!

독사는 눈 깜짝할 사이에 오 검(五劍)이나 격타당했다.

실낱같은 차이로 몸속 깊이 틀어박히지 못하고 흘러갔지만 뼈가 환히 드러나는 깊은 상처를 남겼다.

그 순간, 사라졌던 쾌감이 다시 찾아왔다.

상처가 전신을 저리는 느낌이 아니다. 이건 분명히 다르다. 온몸이 달달 떨리면서 최고의 쾌감이 전신을 관통한다.

우우우웅……!

대화산 무생곡을 벗어나기 직전에 사형이 물었었다. 검이 우는 소리를 들었냐고. 들었다고 대답했다. 이번에 또 말할 수 있다. 지금 소검이 울고 있는데 들리지 않느냐고.

독사는 사내의 눈을 뚫어지게 응시하며 황소가 돌진하듯 사내의 가슴팍을 향해 뛰어들어 갔다.

파라라락……!

검광, 검기가 소나기처럼 작렬했다.

무의식적으로 왼팔을 들어 올려 머리를 가렸다.

무엇인가 번쩍 하고 눈앞을 스쳐 갔다. 무엇인지 파악할 틈도 없었다. 파악하지 않아도 사내가 내뻗은 검에서 일어난 현상이란 것쯤은 즉각 짐작된다.

독사는 반사적으로 허리를 굽혔다. 그러면서도 앞으로 치달리는 질주는 멈추지 않았다.

그의 눈은 여전히 사내의 눈에서 떨어지지 않았다. 이글이글 타오르는 눈빛으로 태워 버릴 듯 노려보았다.

턱!

사내의 가슴팍이 와 닿았다.

'이런 거야! 이런 싸움이야!'

머리와 가슴이 부딪치는 순간 상반신을 쳐든 독사는 질주하던 탄력을 빌어 어깨로 가슴을 밀쳐 냈다. 질주를 시작할 때부터.

그러나 뜻대로 밀쳐지지 않았다.

파락호들과 싸울 때는 백이면 백 통하던 수법이었는데 사내에게는 통하지 않았다. 그가 어깨로 가슴을 때릴 때, 사내는 벌써 왼발을 오른발 뒤로 빼며 몸을 비틀어 버렸다.

그것뿐이 아니다. 독사도 건장한 육신을 지녔지만 사내는 더욱 건장했다. 도왕과 힘으로 겨뤄도 밀리지 않을 것 같은 장사에 키도 독사보다 커서 눈을 쳐다보려면 고개를 들어 올려야 한다.

그 순간이다. 독사의 소검이 사내의 아랫배에 깊숙이 틀어박혔다.

"헉!"

지극히 짧은 단말마가 새어 나왔다.

그때에서야 독사는 사내의 음성을 들었다. 눈을 쳐다보느라 입을 보지 못했는데 입술이 달싹거리는 것을 그제야 보았다.

독사의 눈빛은 아직도 승냥이처럼 이글거렸다.

소검으로 찌르긴 찔렀어도 방심할 수가 없다. 일격이 성공했는지 진위조차 판가름할 수 없다.

방금 싸웠던 무인들은 피부가 강철 같아서 도검으로 손상시킬 수 없었다. 사내도 그런 무공을 익혔다면…….

모험은 불가피했다. 사내 같은 검공의 고수와 싸우면서 머리만 노린다는 것은 죽음에 직면하는 지름길이다. 모험이 통하지 않더라도 소검으로 찌를 수밖에.

암혼사를 믿었다. 소검이 피부에 닿는 순간 폭발적으로 찔러 들어가는 속도를 믿었다. 사내의 몸속에 흐르는 진기가 채 반응하기도 전에 소검이 창자를 헤집어놔야 하는데…….

소검을 잡은 손끝에 미지근한 피가 묻어났다.

처음에는 무엇인가 묻는 느낌이었는데, 곧 끈적끈적한 핏물이 소검을 꼭 잡고 있는 손아귀를 타고 땅으로 흘러내렸다.

'이겼어.'

승리감보다는 허탈감이 찾아왔다. 이만한 고수를 평생에 또다시 만날 수 있을까? 이런 고수를 이렇게 죽여야 하는 것인가.

"잘 싸웠다. 덕분에 싸우는 방법을 알게 됐어."

비로소 말을 했다. 사내에게 던진 첫 말이다.

"당… 했군. 내가… 바, 방심한… 것은 아니고…… 사숙님이 옳았나……. 승부를… 장담할 수… 없다더니……."

사내는 뜻밖에도 현실을 순순히 받아들였다.

사실 아직 싸움은 끝나지 않았다.

독사의 일격이 창자를 토막토막 내서 회생이 불가능한 상태지만, 그는 천하역사다. 아직도 힘이 남아 넘친다. 반격을 하려면 충분히 할 수 있다.

옛날 불곰이 무천문 무인에게 그랬던 것처럼 독사의 허리를 부둥켜안고 사력을 다해 비틀어 버릴 수도 있다. 척추를 끊어놓으려고 할 수도 있고. 굳이 그럴 것까지도 없을 것 같다. 사내의 검공이라면 검으로도 충분히 반격을 취할 수 있다. 더군다나 몸이 밀착된 상태이니 독사는 완벽하게 피해낼 수 없다.

사내는 반격하지 않았다. 뚫어지게 노려보는 독사의 눈을 마주 노려보았다.

독사는 행동을 결정해야 했다.

힘이 남아 있는 상대를 어떻게 할 것인가. 승기를 끝까지 밀어붙일 것인가.

당연히 그래야 한다. 그러나 왠지 반격을 하지 않고 있는 사내가 마음에 걸렸고, 승기를 놓치더라도 그래서 반격을 당하는 한이 있더라도 사내의 의사를 타진하기로 작정했다.

"반격은?"

"졌는데 반격은… 무슨……."

승패.

사내는 승패를 구분할 줄 안다. 지금까지 싸워왔던 사람들이 승패와는 상관없이 무조건 죽이는 것을 목적으로 삼았다면, 사내는 생사보다는 승패를 더 중요시한다.

마단에 이런 자가 있었다니.

갑자기 마단이 너무나 커 보였다.

사내가 독사를 노려보며 말했다.

"네놈… 무공은 참… 특이하던데……?"

"방금 말했는데 흘러들었군. 덕분에 싸우는 방법을 알았다고 말했지."

"그래… 그랬군. 들었는데… 흘려들었어……. 하하! 그랬군. 무초(無招)… 무초에 이르렀군. 하하! 하하하!"

원론적인 이야기에 불과하지만 무초에서 유초가 탄생했다는 것은 누구나 안다. 마구잡이로 싸우던 것에서 자신이 지닌 힘과 감각을 최고조로 펼칠 수 있는 방법을 찾기 시작했고, 일정한 형태의 투로(套路)가 생겨났다.

유초란 인간이 지닌 잠재력을 최고조로 이끌어 올려주는 역할을 한다. 그러니 무초가 유초를 이기기란 하늘의 별을 따오는 것만큼이나 힘들다. 그것은 의심할 여지가 없다. 지금까지 무림에 존재한 무수한 무인들이 무공으로 증명해 왔으니까.

무인들은 좀 더 강하고 다양한 유초를 창안하는 데 전심전력을 기울였다. 남이 생각하지 못한 유초를 창안해 내고, 위력이 감탄할 만큼 강하면 절학(絶學)이라는 소리를 들었다.

그러나 모든 인간이 결국은 흙으로 돌아가듯이 유초를 버리고 무초로 돌아가는 사람들이 있다.

유초의 속박에서 답답함을 느낀 사람들. 유초의 한계를 벗어나 자유롭게 비상하고 싶은 사람들.

아무나 유초를 버릴 수는 없다. 그것은 본래의 무초로 돌아가는 것을 의미하니까. 이미 유초의 극성을 경험했을 때만 가능한, 유초 다음에 찾아오는 무초.

독사가 사내의 말을 받았다.

"너도 무초였지."

"그래… 그랬지. 짜릿했는데……."

독사만 쾌감을 느낀 것이 아니다. 사내도 그 당시 쾌감을 같이 느끼고 있었다.

"바보같이 유초로… 돌아섰어……. 그게 이… 기는 길처럼 보여…서. 천고의 기연을… 놓쳤군……. 백만 명 중 한 명이나… 얻을 수 있다는… 천고의 기연을……."

사내의 음성 속에 아픔이 배어 나왔다.

"회복도… 틀린… 것 같고……. 이제 그만… 좋은 상대였다고… 생각하면… 나에 대한 도리… 를……."

독사는 고개를 끄덕이면서 조용히 왼손을 돌려 사내의 허리를 부

여잡았다. 그리고 복부에 틀어박힌 소검을 힘껏 심장까지 끌어 올렸
다.

"네… 놈… 강하…… 좋군… 이것도……."

사내가 부르르 떨었다.

뚫어지게 독사를 응시하던 까만 눈동자가 희번덕거리더니 위로 올
라가 흰자위만 드러냈다.

그때까지 독사는 사내의 눈을 노려보고 있었다.

第三十九章

닭 쫒던 개

1

많은 사람이 말을 잃었다. 사내 세 명은 무릎을 꿇은 채 머리를 조아렸다.

그들 앞에는 건장한 체구의 대머리사내가 갈라진 복부를 환히 드러내 놓고 누워 있었다.

휘이이잉……!

싸늘한 바람이 흙먼지를 휘날리며 지나갔다.

침묵은 좀처럼 깨어지지 않았다. 모두들 석상이라도 된 양 딱딱하게 굳은 몸을 풀지 못했다.

"속하들은 악착같이 덤볐습니다만 역부족이었습니다."

주변은 피비린내가 물씬 풍겼다. 뱃속의 것을 게워내고 싶을 만큼 역겨웠다. 마치 전쟁의 한 단면을 고스란히 옮겨놓은 것 같았다.

한눈에 쓸어보기만 해도 회생 불가능할 정도로 극심한 타격을 입었다고 판단할 수 있을 만큼 처참했다.

많은 사람들이 죽어 있다.

그들 모두 황색 무복을 입은 검신 휘하의 수하들이다.

"……."

오공사수는 장내에 처음 발을 디딘 순간부터 한마디도 하지 않았다. 도신, 신신, 암신은 물론 만무타배나 요지성녀도 입을 다문 채 열지 못했다.

"사제."

보고가 끝난 다음에도 한참이 지난 다음에야 오공사수가 침통한 안색으로 말을 꺼냈다.

"네, 사형."

"잘했다."

"그게 무슨 말씀……?"

"독사란 놈과 부딪치지 않기를 잘했어."

"……!"

"부딪쳤다면 사제도 잃을 뻔하지 않았나. 후후후! 독사란 놈…… 정말 추측이 난해한 놈이군."

"사형, 제가 반드시……."

"아직도 짐작하지 못하겠나? 자넬 탓하는 것이 아니야. 현실을 똑바로 볼 줄 알아야 난제도 타개할 수 있는 법이니, 이제 그만 독사를 인정하세. 검신을 죽였다고 해서 그런 게 아냐. 독사를 관찰한 사람은 자네와 일마, 고수 두 사람이 한결같이 손아래라고 판단했다면…… 나는 이렇게 생각하네. 그건 판단이 잘못된 게 아니라 독사가 자신을 드러내지 않은 것이라고."

만무타배는 할 말을 잃고 말았다. 얼굴에 긴 검흔이 있는 일마도 고개를 떨군 채 들지 못했다.

독사는 분명히 손아래였다.

네 명의 마신들 중 그 누구라도 독사를 죽일 수 있다. 강하기는 하지만 손쉽게 요리할 수 있는 자였다.

확실하다. 아니, 확실했다.

하지만 결과는 검신의 죽음이다. 시신이 증명하고 있으니 입이 열 개라도 할 말이 없다.

"현실을 바로 봐야 해. 이제 독사에 대한 생각을 수정해야겠지. 독사는 혼자서 상대할 수 없는 고수라고. 놈을 죽이기 위해서는 적어도 두 명 이상이 연수(聯手)해야 해."

오공사수의 말은 혼잣말이 아니다. 그것은 항명을 거부하는 절대적인 명령이다.

"수하들을 돌려보내. 이들은 희생만 있을 뿐 아무 도움이 안 돼. 우리가 직접 손을 걷어붙여야 돼."

"……."

"놈이 열흘을 벌었군."

일마는 반사적으로 고개를 쳐들었다. 사부의 뜻을 짐작할 수 있으나 따르기는 싫다.

"사부님, 그럼……?"

"사제, 본단에 전서를 넣게. 십이추시 사 개 조를 보내달라고."

"사형!"

"사부님!"

만무타배와 일마가 동시에 입을 열었다.

"하하! 철망을 찢고 탈출했는데 어디서 찾겠나. 철망 안에 갇혔을 때나 밥을 만들든 죽을 만들든 요릴 할 수 있는 거지, 우리가 텅 비었는데 무엇으로 요리해. 찾을 수 없는 자를 찾겠다고 발버둥 치는 것은 만용이야."

"저희도 추적은 할 수 있습니다."

"그럼 해."

"네?"

"어차피 열흘이란 날을 기다려야 하는 것. 가만히 앉아 있는 것보다는 움직이는 것이 낫겠지. 할 수 있는 데까지 해봐라."

"꼭 사제의 복수를 하겠습니다. 놈의 머리를 갖고 오겠습니다."

"……."

이번에는 오공사수가 입을 다물었다.

그는 눈을 부릅뜬 채 빨갛게 충혈된 눈으로 검신의 시신을 노려볼 뿐이다.

지네조차 씹어 먹지 않았다.

그의 얼굴은 공허해 보였다.

"별것 아닌 놈들을 죽이려고 달려온 것도 마음에 들지 않는데, 검신까지 죽어버렸어. 이래서 독초는 자라기 전에 뿌리 뽑아야 한다는 것인데…… 소주(小主)는 너무 신중해. 노주(老主)였다면 몽환소에 중독되지 않은 것을 안 순간 죽여 버렸을 거야."

"사형! 아이들이 듣습니다!"

만무타배가 깜짝 놀라 주위를 둘러보았다.

"유화신공으로 해결됐다면 끝난 일이 아닌가. 유화신공을 완벽하게 얻었는데 뭘 더 망설여. 아니면 아닌 것이고 기면 긴 것이지. 안 그런가?"

"사형! 말씀이……."

"사람이란 말야, 얻으려면 완벽하게 얻고 버리려면 확실하게 버려야
하는 것일세. 절대 어중간하게 처리해서는 안 되는 것이 사람을 얻고
버리는 일이야. 만일에 대비해 독사를 살려둔다? 유화신공이 실패할
경우에 대비해 독사를 살려둔다? 이런 어정쩡한 결정이 어디 있는가.
그럴 양이면 사람을 얻었어야지. 이제 와서 유화신공이 확실시되니까
필요없다, 죽여라? 덕분에 검신이 죽었네."

"……."

만무타배는 말릴 수가 없었다.

수하들이 듣는 앞에서 주공의 잘잘못을 말한다는 것은 하극상(下剋
上)이 분명하니 말려야 하는데, 말릴 수가 없었다. 말린다고 들을 오공
사수도 아니니까.

"멸혼촌과 유심동은 지금 정리하는 게 아니었어. 무려 팔십 년이나
지속되어 온 곳이야. 괜히 그랬겠나? 하나둘, 확실하다 싶은 신공들이
계속 실패를 하니 그럴 수밖에 없었던 거지. 이번 일은… 현문의 도발
은 예전처럼 대충 받아주고, 멸혼촌과 유심동을 존속시켰어야 해. 필
요없어진 것을 버릴 때는 얻을 것을 완벽하게 얻은 다음에 버려야 하
는데…… 소주는 지금 무엇을 얻었나. 빈손, 빈손이야. 겨우 유화신공
을 수련한 놈들이 몇 놈 있는 정도야."

'도가 지나쳐.'

주공의 한마디는 법(法)이다. 그 누구도 위법해서는 안 되며 이의를
달아서도 안 된다.

오공사수는 법을 질타하고 있다.

이런 사실이 주공의 귀에 들어가기라도 하는 날에는……

만무타배는 몸을 부르르 떨었다.

오공사수는 하얗게 질린 만무타배와 요지성녀의 안색 따위는 아랑곳하지 않았다.

"소주는 다리를 반쯤 건넌 다음에 지나온 다리를 끊어버렸어. 필요 없다고. 노주였다면 다리를 다 건넌 다음에도 한동안은 끊지 않았을 텐데. 이제 현문과 마단은 정면으로 충돌할 양상이고, 독사는 눈엣가시가 되었지. 후후! 소주의 결단이 어떤 결과를 불러올지 모르겠군."

"사형! 사형답지 않아요. 헐!"

"그런가?"

"이쯤 하는 게 좋을 것 같습니다. 아이들도 듣고 있는데."

"허허! 손바닥으로 하늘을 가릴 수는 없는 법. 그러지. 얼마나 가릴 수 있을지 모르지만 가려보지. 너흰 열흘 동안 하고 싶은 대로 해. 열흘 후 요곡(凹谷)에서 보자."

오공사수가 무릎을 꿇고 있는 제자들에게 명했다.

일마 도신이 즉시 말했다.

"반드시 독사의 머리를 가져오겠습니다."

"그럴 리 없지. 그럴 리 없어. 그럴 놈이라면 검신이 죽지도 않았겠지. 추적만 전문적으로 수련한 십이추시가 아니라면 불가능해. 혹 찾으면 가져오도록 하고. 자, 우리는 먼저 요곡으로 가세."

오공사수가 만무타배와 요지성녀에게 손짓했다.

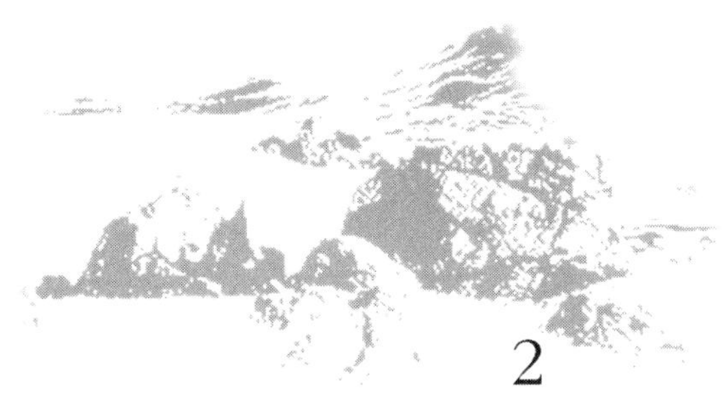

2

옛날… 그리 오래되지도 않았는데 까마득히 멀게만 느껴지는 옛날, 무공을 배우고자 현문을 찾아간 적이 있다.

요빙의 생명을 갉아먹는 느낌이 들어서 돈을 쓸 수 없었다.

겨울 추위가 맹위를 떨치는 가운데, 바위 틈바귀에서 모닥불을 피워 놓고 몸을 녹였다.

독사는 그때 생각이 나서 피식 웃었다.

바람이 들지 않는 바위틈에 몸을 웅크리고 누워서, 혹여 적에게 발각될까 우려하여 불도 피우지 못하고 있는 지금 신세가 그때보다 훨씬 더 나빴다.

현문만 찾아가면 다 끝나는 줄 알았는데…… 그때 그 일만 없었다면 지금쯤 현문도가 되어 무공 수련에 몰두하고 있을 터이다. 어쩌면 일정한 수준에 올라 요빙이 바라는 장례를 치러줬을지도.

무공은 확실히 강해졌다.

현문에 입문한 것보다 훨씬 강해졌다고 생각한다.

그래서 어쨌단 말인가. 지금 가는 길은 현문으로 갈 때에 생각했던 길과는 전혀 다른데. 원하지 않더라도 무림인으로 밤낮 손에 피를 묻히며 살아야 하는데.

파락호 시절에는 평온이라는 것이 있었다.

이마에 혹이 생기고 얼굴이 멍으로 얼룩져도 싸움이 끝나면 편안하게 쉴 수 있었다. 그리고 싸우는 날보다는 편안한 날이 훨씬 많았다. 독사 패거리라는 이름이 알려지면서부터는 싸우는 일도 거의 없었지만.

지금은 한시도 마음을 편하게 가질 수가 없다.

싸움이 끝났지만 후련한 마음보다는 앞으로 벌일 싸움에 대한 불안감이 더 크다.

"아까운 사람을 죽였어."

독사는 검신에 대한 미련을 버리지 못했다.

그는 진정한 무인이었다. 아니다. 그렇게 말하지 못한다. 무인이 무엇인지조차 모르는 입장에서 무인 운운할 수는 없다. 사내. 사내라고 말해야 한다. 그는 진정한 사내였다.

"무모한 싸움이었소."

도왕이 상처 부위를 헝겊으로 싸매며 말했다.

"나도 동감이네. 정말 손에 땀이 나서 지켜볼 수가 있어야지. 앞으로는 그런 싸움을 하지 말게. 좋은 무공 놔두고 그게 뭐 하는 짓인가."

지천도가 도왕의 말을 거들었다.

독사는 피식 웃고 말았다.

자신이 익힌 무공으로는 상대가 되지 않았다는 말을 한다면…… 믿을 수 있을까?

무공이란 별것 아니다. 내 장점을 최대한 키우는 것이 바로 무공이다. 적의 장점을 펼치지 못하게 하고, 내 장점을 부각시킨다면 그 싸움은 승리한다. 반대의 경우가 되면 두말할 필요도 없이 필패.

초식이 먹힌다면 상대의 손발이 둔해진다. 방어에만 급급하게 되며, 결국 일방적으로 끌려 다니다가 지고 만다.

일수일살같이 쾌검을 소유한 사람은 순식간에 승부를 낼 것이며, 도왕처럼 중도를 지닌 사람은 무지막지하게 몰아치다가 끝장낼 것이다.

그 싸움은 장점으로 싸웠다.

서로 간에 장점을 내세웠고, 검신이 조금 더 우위를 점하고자 초식을 전개했다가 졌다. 만약 그가 계속 독사와 같이 감각적으로 싸웠다면 승부가 어떻게 끝났을지 모른다.

감각 싸움이란 싸운 사람은 이해하지만 곁에서 지켜본 사람들은 이해하지 못할 행동임이 분명하다.

하지만 독사는 비로소 무인들의 싸움에 눈을 뜬 느낌이 들었다.

무림에서 싸워야 할 일이 많겠지만, 지금과 같아서는 하루가 멀다 하고 싸우게 되겠지만 많은 싸움에서 자신이 싸워야 할 방법을 깨달은 느낌이었다.

무인들의 말을 빌리자면 자신만의 초식을 창안했다고 할 수 있다.

그러나 엄격히 말하면 감각 싸움이란 초식이 없기에 초식을 창안했다고는 할 수 없다. 말 그대로 싸우는 방법을 찾아냈다는 편이 옳다.

도왕은 무모했다고, 지천도는 다시는 그렇게 싸우지 말라고 했지만 앞으로 벌어질 모든 싸움을 그렇게 치를 것이다. 또 다른 획기적인 싸움 방식이 깨달아질 때까지는.

그런 의미에서 독사는 검신의 죽음이 안타까웠다.

그는 적어도 자신과 같은 방식으로 싸울 수 있는 사람이었다.

"이제 어떡할 텐가? 저놈들… 쉽게 물러설 것 같지는 않은데."

섭혼살호가 '끙!' 하고 신음을 토해내며 말했다.

그는 움직이기도 곤란할 만큼 중상을 입었다.

대머리사내가 죽은 후, 마단 무인들은 같이 죽기라도 하겠다는 양 악착같이 달려들었다. 죽이고 또 죽이고…… 피곤해서 더 죽이지 못할 지경이 될 때까지 죽였다.

결국 독사 패거리는 길을 뚫기는 했지만 도망치듯 빠져나와야만 했다.

몇 명이나 죽였는지, 몇 명이나 남아 있는지.

섭혼살호는 싸움이라면 한 치도 물러서지 않으려는 오기를 가졌기에 누구보다도 치열하게 싸웠다. 과거 무림에서 활약할 때 얻은 섭혼 살호의 명성을 되찾기라도 하려는 양.

덕분에 눈에 띄는 큰 상처만 여섯 군데나 입었다.

"움직일 수 있겠습니까?"

"움직일 수야 있지. 이까짓 상처쯤이야."

"그럼 갑시다."

섭혼살호는 움직일 수 없는 상태였다.

사람이란 기이한 동물이라서 싸움 중에는 큰 상처를 입고도 범처럼 펄펄 난다. 그러다 싸움이 끝나면 파김치처럼 축 늘어져 움직일 생각 을 못한다. 상처의 아픔이 전해져 오는 것도 그때고.

뼈가 쑤시고 내장이 쏟아지는 것 같아서 한 걸음도 떼어놓을 수 없는 상태. 하지만 섭혼살호는 '갑시다' 라는 말 한마디에 이를 악물고 일어섰다.

'좀 더 강하게 몰아쳐야 돼.'

독사는 힘들면 쉬었다 가자는 말이 목구멍까지 치솟았지만 꾹 눌러 참았다.

독사는 천리검의 움막을 벗어나는 순간부터, 아니, 훨씬 전⋯ 이들을 만나는 순간부터 세세한 변화를 놓치지 않고 관찰했다. 지금도 관찰하는 상태이고.

이들에게는 변화가 생겼다.

본인들이 자각하고 있는지는 모르지만 방금 전 섭혼살호는 온말을 사용했다. 절대 존칭에서 자신도 모르게 온말을 사용하고 만 것. 자신이 말을 높여준 것도 의식하지 못하고 있다.

그것은 패거리가 결성되어 하나로 뭉쳐지는 두 번째 단계에 들어섰다는 것을 의미한다.

절대적인 명령 체계는 사람을 일사불란하게 만든다. 무천문 같은 큰 문파에서는 당연히 그런 방식을 채택하고 있다. 또한 청성파나 아미파 같이 역사가 깊은 문파에서는 자연스럽게 사용된다.

사부와 제자로 맺어진 인연에서는 명령이니 지시니 따질 필요가 없는 것이다.

독사 패거리처럼 사람 수도 적고, 나이도 천차만별, 성격이나 행동도 십인십색(十人十色)인 패거리는 제일 먼저 강한 명령 체계부터 가져야 한다.

우의(友誼)로 시작할 수도 있지만 패거리로 발전하는 속도가 늦다. 그런 쪽은 지인들의 뭉침에 불과하지 결코 패거리는 아니다.

두 명이 모였든 세 명이 모였든 지시하는 자가 있고 따르는 자가 있어야 한다.

그것이 패거리다.

우의와 신뢰는 두 번째로 자리매김한다.

명령으로 이루어진 관계는 자발적으로 상관에게 목숨을 내놓지 않는다. 명령 이외에 인간적으로 끈끈한 관계가 맺어질 때만 타인을 위해 목숨을 내놓을 수 있다.

지금 그런 관계로 발전하고 있다.

여기서 한 걸음 더 나아가 눈빛만으로도 상대의 심정을 읽을 수 있는 지경이 되면 독사 패거리는 완성된다.

그때가 되면 적어도 이런 무모한 싸움은 하지 않아도 되리라.

'정면 돌파하기를 잘했어. 모옥에 가만히 머물며 이 상태가 되기를 기다렸다면 일 년은 걸렸을 거야. 오랜 세월, 서로 부대껴야만 가능했던 일을 단 며칠 만에 해냈어.'

힘들게 일어서는 섭혼살호를 신검서생이 부축했다.

"자네도 힘들 텐데."

"괜찮습니다. 끙! 노인네치고는 꽤 무겁네요."

"노인네라니! 아직 환갑 되려면 멀었어!"

"알았소. 알았으니 갑시다."

신검서생은 섭혼살호의 한쪽 팔을 어깨 위에 걸쳤다.

사실 섭혼살호와 도왕은 연배가 비슷했다. 하지만 바짝 말라 뼈만 남은 몰골에 검게 변색된 피부는 섭혼살호를 이십 년은 늙어 보이게 만들었다.

"끄응! 내력만 잃지 않았어도…… 그나저나 이런 식으로 얼마나 더

쫓겨야 하는 것인지."

섭혼살호의 암울한 소리가 모두의 가슴에 촉촉이 젖어들었다.

마천옥의 뛰어난 머리도 여기까지가 한계였다.

마단 무인들과 부딪쳤을 경우, 독사 패거리가 뚫고 나갈 가능성은 매우 희박하다고 판단했으니 차후의 일까지 생각할 수는 없었다.

마천옥이 할 수 있는 말은 빠져나가고 살아남는다면 칠 일 후에 천리검의 모옥에서 오 리 정도 떨어진 조수(鳥水)에서 만나자는 게 고작이었다.

조수는 이름 모를 강을 거슬러 올라가다 보면 나타난다.

강의 한 부분으로, 강의 모습이 꼭 새의 주둥이처럼 생겼다고 해서 붙여놓은 지형 이름이다.

자신들이 어디에 있는지, 어떤 산 어떤 강과 어울려 있는지 모르니 이런 식으로 지형지물의 명칭을 지을 수밖에 없었다.

조수는 말 그대로 새 주둥이처럼 생겼다.

부리 끝 부분에 해당되는 곳은 강폭이 무척 좁다. 물살도 황소쯤은 간단하게 집어삼킬 만큼 거세다.

마천옥이 착안한 것은 윗부리와 아랫부리가 맞닿는 부분, 길게 늘어진 섬이다.

섬이긴 하지만 인간이 살 수는 없을 것 같고, 사람이 있다면 강안에서도 한눈에 파악할 수 있는 탁 트인 황무지에 불과하다. 결코 천연의 요새라고는 할 수 없는 곳이다.

"물살이 세다는 것은 큰 강점이죠. 조수처럼 배로 건너도 쉽게 건널 수 없는 곳이면 웅거하기가 더욱 좋습니다. 불가피하게 도피를 할 경우에도 물살을 이용하면 쉽습니다. 도피의 경우 요건은 준비죠. 어느 쪽에서 더 완벽한 준비를 했느냐에 따라 도피를 할 수 있는 경우와 없는 경우로 나눠집니다."

마천옥은 그런 말을 하면서도 독사 패거리가 철망을 뚫고 조수까지 도달하리라고는 보지 않았다.

철망과 부딪치는 순간 독사 패거리는 죽는다. 철망과 부딪치기 위해 떠나는 사람들의 뒷모습을 보는 것이 이승에서의 마지막 만남이다.

말은 하지 않았지만 마천옥도 독사도 서로 그렇게 생각했다.

그래서 마천옥은 정면 돌파의 불가함을 역설했다. '촉'을 만들려는 대의(大意)를 가지고 있으니 천천히 준비하자. 지금은 무조건 도주를 할 때다. 그렇지만 이미 마음속으로 결정을 내려 버린 독사를 되돌릴 수는 없었다.

"이게 가능하겠나? 물살이 너무 센데……."

신검서생은 조수의 물살을 보고 미간부터 찡그렸다.

'우르릉……!' 천둥 소리를 내며 흘러가는 강물은 물고기의 근접도 거부하는 듯했다.

검신의 수하는 모두 칠십 명, 그중 살아남은 사람은 네댓 명에 불과하다.

많이도 죽었다.

자신의 수하들이 그만큼 죽었다면 눈살조차 찌푸리지 않겠지만 검신의 수하가 죽은 것은 다르다. 눈살 정도가 아니라 두통이 일어날 만큼 골머리를 싸매야 할 중대 사안이다.

일마는 시신들을 차분히 살펴봤다.

"머리만 노렸군. 약점을 단번에 파악해 냈어."

"쉽게 봐서는 안 될 놈들이야."

일마의 말을 받아 신신이 말했다.

보통 사람들보다 머리 하나는 더 크지만 골인들처럼 뼈만 앙상하게 남은 사내. 그의 눈빛은 매보다도 날카로워서 폐부를 찌르는 듯했다.

"여기야. 이놈이 처음으로 죽었어."

시신을 뒤적이던 암신이 시신 한 구를 찾아냈다.

일마와 신신이 암신 곁으로 갔을 때, 암신은 시신의 옷을 벗겨내 알몸으로 만든 후였다.

알몸에는 붉게 그어진 흔적이 뚜렷하게 자리했다.

"도(刀). 그럼 도왕이 제일 먼저 부딪쳤군."

전신이 비늘로 덮여져 있는 암신이 말했다.

"베고 찌르고 할 짓은 다 했어. 멍청한 놈들. 그러는 동안 손 놓고 뭐 했던 거야. 하여간 대단한 놈들인 것은 분명해. 상처로 보면 촌각만에 허점을 발견해 냈다는 말인데…… 놈들을 무시할 수만은 없겠어."

일마는 신신의 말을 듣지 않았다.

그는 죽은 자의 머리를 찾아 얼굴 표정을 살펴봤다.

웃고 있다. 죽으면서 웃는다? 아니다. 그는 필살의 기회를 잡았기에 웃었다. 그렇다면 그의 검도 말을 했다는 것이고…… 놈들이 빠져나갔지만 상처가 가볍지 않으리라.

'부상당했어. 후후! 그럼 찾기가 쉽지.'

"주위를 샅샅이 뒤져 혈흔을 찾아라. 혈흔이 이어진 곳을 찾는 즉시 돌아와 보고해! 서툰 영웅심에 뒤쫓아가는 놈이 있다면 앉은뱅이 될 각오햇!"

"존명!"

수하들이 우렁차게 대답한 후 주위를 뒤지기 시작했다.

일마는 부지런히 시신을 뒤지고 있는 암신과 신신의 뒷모습을 보면서 상념에 젖어들었다.

'검신…… 생각할수록 어처구니없구나. 네가 그렇게 속절없이 죽어버리다니.'

검신은 산중군자(山中君子)였다. 인적이 끊긴 산속에서 몇 해 동안 사람 그림자도 구경하지 못하는 저주받은 처지를 비관하는 사람들이 많았으나 검신만은 오히려 즐거워했다.

"잔뜩 움츠린 개구리가 멀리 뛰는 법이지. 살아생전에 무림에 나가는 날이 있을지 없을지 모르지만, 나간다면 단숨에 천하제일인의 자리를 움켜쥐겠어. 나중에 정작 기회가 주어졌는데 무공이 약해 밀려난다면 얼마나 비참한가. 수련이나 해."

오로지 수련, 수련, 수련…… 수련에 미친 귀신이 따로 없었다. 그런 자이니 오공사수의 눈에 들어 선택을 받을 수 있었겠지만.

그는 수하들에게도 남달리 애정을 쏟았다.

자신이나 신신, 암신이 수하들 중 일부를 골라 특훈(特訓)을 시킨 것에 비해 검신은 수하들 모두를 수련시켰다.

그는 수하들을 위해 마단까지 찾아가 사장(死藏)된 무공을 골라오기도 했다.

"무공 중 가장 강력한 무공은 불사(不死). 불사신공이 존재한다면 좋지만, 이 정도만 해도 충분해. 병기에 맞아도 손상되지 않는 피부라면 능히 무공을 열 곱은 끌어올릴 수 있어."

그의 말대로 검신의 수하들은 도검에 상하지 않는 피부를 지니게 됐다.

그게 어떤 무공인지는 검신과 그의 수하들밖에는 모른다. 하지만 오공사수의 한마디는.

"치명적인 약점을 지닌 무공이야. 그래서 사장된 거지. 열 곱은 너무 했고 두 곱쯤은 되겠군."

그게 어떤 무공이었든 검신의 수하들은 강했다. 일인생자귀환(一人生者歸還)이라는 생사박투(生死搏鬪)에서 유일하게 살아 돌아온 자는 늘 검신의 수하였다.

그런 자들이 독사에게 속절없이 무너졌다는 것은 정말 골머리를 싸맬 일이다. 하기야 검신이 당할 정도라면…….

'소검에 찔리는 순간 삶을 포기했다? 후후! 검신, 너다운 결정이지만 미련했어. 싸움이란 무공으로 하는 게 아닌 것을 몰랐던가. 치명적인 일격을 당했다면 동귀어진(同歸於盡)이라도 택했어야지. 그게 무인이야.'

일마와 검신은 늘 무리(武理)가 달랐다. 그것 때문에 많이 다투기도 했는데.

"흔적을 발견했습니다."

일마는 상념에서 깨어났다.

'놈…… 반드시 죽여준다. 검신, 두고 봐라. 싸움이란 어떤 것이란 것을 보여줄 테니.'

지천도와 섭혼살호는 상처가 중해 강안에 남았다. 신검서생은 두 사람을 호위하느라 남았다.

다른 사람들은 숲 여기저기를 뒤져 넝쿨이며 칡 줄기며 밧줄 대용으로 쓸 수 있는 것은 모두 거둬왔다.

"이게 견뎌내 줄까?"

도왕이 줄기들을 엮으며 말했다.

"견뎌내야죠. 견디지 못하면 사면초가(四面楚歌) 아닙니까."

냉설이 눈빛을 차게 굳히며 대꾸했다. 그도 부지런히 줄기들을 엮어 댔다.

검신과의 싸움은 많은 사람들을 변화시켰다.

섭혼살호는 독사가 멸혼촌에서 처음 봤을 때의 그로 돌아갔다. 투지로 전신을 불태우는, 멸혼촌의 주도권을 잡기 위해 지천도와 겨루던 패기있는 모습으로.

일수일살과 냉설은 인정이라고는 한 톨도 없는 냉혈한처럼 차디찬 기운을 뿜어냈고 신검서생은 말이 없어졌다.

그게 본래의 그들 모습일 게다.

"대형, 다 끝났습니다."

길이가 무려 삼십여 장에 달하는 긴 줄기가 만들어지자 조가상이 독사를 불렀다.

"도왕, 수고해 주셔야겠습니다."

"뭘 이까짓 걸 가지고……."

도왕이 줄기 한 끝에 자신의 대도를 매달았다.

장장 삼십 장 거리, 돌팔매질을 해도 닿지 않을 거리다.

붕붕……!

도왕이 줄기를 잡고 힘차게 머리 위로 휘돌리다가 힘껏 쏘아냈다.

허공을 가르며 하늘 높이 솟구친 대도가 한 자루 화살처럼 날아가

섬 저쪽 끝에 떨어졌다.

"제대로 박혔는지는 나도 모르겠는데."

"하하! 도왕님도 참…… 그거야 당겨보면 되는 것 아닙니까."

조가상이 밝게 웃으며 줄기를 힘껏 잡아당겼다.

탁!

줄기가 어느 순간에서 무엇에 딱 걸린 듯 움직이지 않았다.

"걸리긴 제대로 걸린 것 같은데……."

"그럼 건너가 보죠. 제가 먼저 건너가 보겠습니다."

조가상은 말이 끝나기 무섭게 줄기를 잡고 강 속에 몸을 던졌다.

그런 그를 보고 모두들 피식 실소를 터뜨렸다.

아무리 고쳐 생각해도 이해가 되지 않는 것이, 조가상의 성격은 밝은 편이고 냉설은 얼음이다. 그런 두 사람이 홍검쌍살이라는 이름 하에 뭉칠 수 있었다는 것이 이해되지 않는다. 성격이 다르면 다툼도 잦을 텐데.

섭혼살호가 궁금증을 참지 못하고 물었다.

"냉설, 칠백무원에는 사람도 많을 텐데 조가상과 한 짝이 된 이유가 뭔가?"

"……."

"둘이 너무 어울리지 않는 것 같아서 말야."

"잘 어울립니다."

"그렇지 않은 것 같은데?"

"싸울 때 보셨잖습니까. 조가상 저 친구, 싸울 때는 독사가 됩니다. 틈을 노리고 달려들면 단번에 숨통을 끊어놓죠."

"독… 사? 하하하!"

“흐흐! 그럼 독사가 둘인가? 아냐. 일수일살 저 친구도 점점 독사가 되어가던데, 그럼 셋? 이러다 이거 뱀굴이 되는 것 아냐?”

“하하하!”

모두들 웃었다. 독 오른 독사처럼 틈을 잡으면 대번에 달려들어 숨을 끊어놓을 마단 무리가 쫓아오고 있지만, 지금은 마음 놓고 웃어도 좋다.

잘 가던 조가상의 신형이 물살에 휩쓸려 떠내려가는 듯했다. 다행히도 단단하게 옭아놓은 넝쿨 줄기가 그의 몸을 지탱해 주었고, 한동안 바동거리던 조가상이 다시 움직임을 보였다.

“섭혼살호, 듣자 하니 우리 연배가 비슷한 듯한데 말을 놓지. 넌 내 등에 업혀.”

“허! 말을 놔? 네가 내게? 이놈아, 내가 무림에서 피바람을 일으킬 때 넌 산에서 나무나 자르고 있었어. 나이만 비슷하면 배분(輩分)은 무시해도 좋다는 거냐?”

“그놈 참 되게 말 많네.”

도왕은 섭혼살호를 한 손으로 들어 올려 등 뒤로 패대기치듯 업었다.

“아프다. 살살 업어라.”

“물귀신 되기 싫으면 단단히 붙잡고 있기나 해. 성질나면 중간에 콱 놓아버릴 테니까.”

조가상이 땅 위로 올라서는 것을 확인하자 도왕이 뛰어들어 갔다.

한 번에 한 명씩…… 물살은 굳센 줄기에 몸을 의지해도 두 사람이 한 번에 뛰어드는 것은 용납하지 않았다.

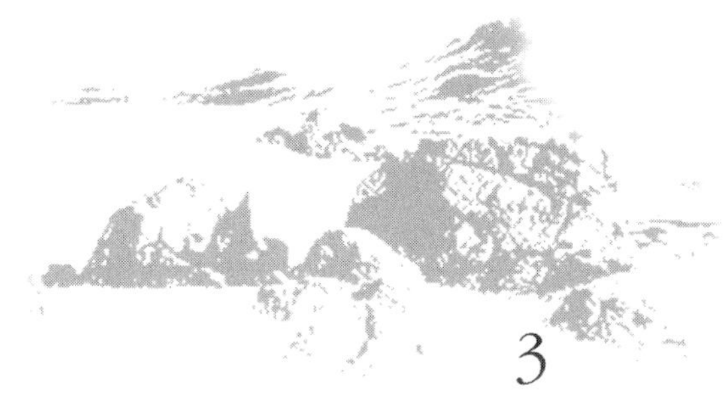

3

일선도(一線島)라는 말도 독사 패거리가 지었다.

무어라 딱히 말할 수가 없으나 지형을 호칭하는 말은 있어야겠기에 땅의 형태를 본따서 일선도라고 명명했다. 섬이 일직선으로 쭉 그어놓은 듯이 생겼다고 해서.

일선도는 뜻밖에도 넓었다.

섬의 폭은 강안에서 봤을 때는 기껏해야 일이 장 정도밖에 되지 않으리라 싶었는데 십여 장이나 되었다. 길이는 대충 짐작했던 대로 백여 장을 훨씬 넘었다.

땅에는 마른풀이 누워 있다. 나무도 듬성듬성 자라고 있어서 완전한 황무지는 아니다.

"대형, 그럭저럭 지낼 만하겠는데요."

맨 마지막으로 독사가 섬에 올라서자 벌써 섬을 한 바퀴 돌고 온 조가상이 환한 얼굴로 맞이했다.

독사는 다른 사람들보다 훨씬 힘들게 건너왔다.

마단 무인들에게 흔적을 남길 수 없어서 강안 쪽 줄기를 풀어버린 다음, 둥둥 떠내려가는 줄기를 잡고 거친 물살을 거슬러 올라왔기 때문이다.

싸움을 하는 것보다 훨씬 힘들었다.

사람의 무공이 무섭고 강하다고는 해도 대자연의 힘 앞에는 한낱 필부의 위용에 지나지 않는 것을.

독사는 숨도 가누지 않고 말했다.

"줄을 끊어."

도왕은 미련없이 땅에 박혀 있는 대도를 뽑은 다음 넝쿨 줄기를 싹둑 잘라 버렸다.

이제 탈출로는 없다.

마단 무인들이 일선도에 들어선다면 목숨을 하늘에 맡기고 거센 물살에 몸을 맡기던가, 아니면 죽기를 각오하고 싸우는 수밖에.

'여긴…… 기분이 좋지 않아.'

독사는 아주 천천히 한 걸음씩 걸음을 떼었다. 오물을 뿌려놓은 밭 한가운데를 걷는 듯 조심스럽게.

기분이 아주 좋지 않았다.

신령처럼 어떤 느낌을 받는 것은 아니고, 신령과 같은 재주를 갖지도 못했지만 왠지 께름칙한 기분을 떨칠 수 없었다.

뭐랄까? 교수형 당하는 사람처럼 목에 올가미에 메어져 숨을 쉴 수 없다고 할까?

자신이 섬을 돌아보기 전에 조가상이 먼저 돌아봤다. 당장 먹을 것을 구해야 하기 때문에 토끼 한 마리라도 있으면 다행이다 싶어서.

일선도에는 동물이 살지 않는다. 세상에 살지 못하는 곳이 없다는 쥐조차도 구경할 수 없다. 가끔 날아와 날개를 접고 잠시 쉬는 새들이 고작이다.

먹을 것은 구할 수 없었지만 섬은 자세히 파악할 수 있었다.

위험 요소는 없었다.

일선도는 버려진 황무지처럼 인간의 발길을 거부한 태고의 모습을 고스란히 간직했다.

한 걸음 한 걸음 나아가던 독사의 발길이 뚝 멈췄다.

그의 눈길을 강하게 끌어당기는 돌 조각 하나.

독사는 주저앉아 돌 조각을 들고 한참 동안 들여다보았다.

풍화로 침식한 돌이 아니다. 끝 부분이 뾰족하게 다듬어진 모습은 인위적으로 가공한 흔적이 역력하다.

유심동 골인들이 옥을 다듬어 병기며 생활 집기를 만들었듯이, 멸혼촌 골인들이 석검(石劍)과 석창(石槍)을 만들어 사용하였듯이.

'이건 창이군.'

놀라운 일이지 않은가.

아무도 발길을 들여놓은 적이 없는 일선도에 석창이라니.

주변을 둘러보자 다른 돌 조각들도 쉽게 찾을 수 있었다. 한두 개가 아니라 수십 개에 이르는 석창, 석기(石器)가 여기저기 널브러져 있었다.

독사가 주워 든 것처럼 완전히 땅 위에 드러난 것은 거의 없었다. 반쯤 드러난 것도 몇 개 되지 않았고, 거의 대부분이 아주 적은 일부분만 흔적을 비쳤다.

가장 가까이에 있는 돌 조각 부근을 파헤쳐 보았다.

푸석한 흙더미는 쉽게 파헤쳐졌다. 그러나 석검으로 짐작되는 돌이 반쯤 드러났을 때부터 돌연 흙더미가 돌멩이처럼 단단해졌다. 단단하기가 이를 데 없어서 손가락으로는 쉽게 파헤칠 수 없었다.

'사람이 만든 석검…… 이건 자연에 파묻힌 게 아니야. 인위적으로 파묻은 거야. 여기 흙을 굳게 만드는 무엇인가를 부었어.'

독사는 제일 처음 집어 들었던 석창으로 흙을 파헤쳐 갔다.

석검의 원형이 고스란히 드러났다.

길이는 일 척 정도밖에 되지 않는 석검이지만 날을 아주 매끄럽게 갈아놓아 벨 수도 있을 것 같은 석검이었다.

'사람이 살았어.'

석검은 중요하지 않다. 도저히 사람이 살 수 없을 것 같은 곳에 사람이 살았다는 게 중요하다. 또한 자신들 외에는 아무도 발길을 들여놓지 않았으리라고 생각했던 오지(奧地)에 누군가 살았었다는 게 중요하다.

독사는 꾸준히 파헤쳐 갔다.

섬으로 올라가 잠시 한가함을 즐기던 사람들이 이상한 기미를 눈치채고 모여들었다.

그들도 뛰어난 무인들, 독사가 한쪽에 치워놓은 석검과 석창을 보고 상황을 파악하는 데는 오랜 시간이 필요치 않았다.

"사람이 살았군."

"한두 명이 아닌 것 같은데? 이 정도면 거의 마을 수준이야. 이런 척박한 곳에 마을이라니?"

"마을이 되려면 먹을 것이 풍족해야 되는데, 이곳은 전혀 사정이 달라. 먹을 것이 전혀 없는 곳에 마을이라니 이해할 수 없는데. 그럼 이 사람들은 강 건너를 자유자재로 오갔다는 말이 되잖아."

"다리가 있었을까?"

"다리가 있었다면 강안에 흔적이 남아 있어야 되는데, 전혀 없었어. 이곳도 마찬가지고. 봐. 이곳은 강이 범람이라도 하면 당장 물속에 잠길 판이야. 아무리 살 곳이 없어도 이런 곳에서 살 수는 없지."

가장 마지막으로 말한 섭혼살호의 말이 가장 타당했다.

일선도는 비라도 많이 와서 강에 물이 많아지면 단숨에 잠길 곳이다. 마천옥도 늦가을이 아니라 한여름이었다면 일선도로 숨을 생각은 하지 못했을 게다.

"지금이야 지형이 이렇지만 아주 옛날에는 안 그랬을 수도 있지. 석검을 사용한 시기는 아무리 늦게 잡아도 이천 년 전이니까."

지천도의 말도 옳았다.

멸혼촌 골인들이 석검을 사용했기에 근래로 착각하는 것은 오산이다. 이곳에 사람이 살았다고 해도 몇십 년 전, 혹은 몇천 년 전일 수도 있다.

어쨌든 그들은 독사가 하는 대로 주변을 파헤쳐 갔다.

어차피 땅을 팔 필요는 있었다. 밤이슬을 피해야 했고, 추적하는 마단 무리들을 피해 몸도 숨겨야 했다.

운신이 불편한 섭혼살호는 하늘에 떠가는 구름만 쳐다봤고, 지천도는 무인들이 파낸 흙을 곱게 펴서 흔적을 제거했다. 적어도 강안에서 봤을 때, 흙더미가 쌓아 있는 형국이 되어서는 안 된다.

일각이란 시간이 무심히 흐르자 커다란 구덩이가 만들어졌다. 키가 가장 큰 도왕이 반듯하게 서 있어도 밖에서 모습을 볼 수 없을 만큼 깊고 넓게 판 구덩이다.

"대형, 이제 그만 파도 되지 않을까요?"

조가상이 독사를 향해 말했다.

독사는 조가상의 말을 듣지 않았다. 그는 신이라도 들린 듯 계속 파 들어갔다.

일선도에 올라설 때부터 기분이 좋지 않았다.

자연이 내뿜는 기운은 생기(生氣)다. 생기가 몸속으로 흘러 들어와 진기를 북돋아주고 탁기(濁氣)를 거두어 빠져나간다.

암혼사가 강력한 이유는 본인이 의식하지 않는 동안에도 끊임없이 생기를 받아들이고 탁기를 쏟아내기 때문이다.

암혼사를 연성하면 시간이 흐를수록 진기가 정순해진다. 일정한 경지에 오르고 나면 내공 수련을 따로 할 필요조차 없어진다. 숨을 쉬고 있으면 곧 그것이 내공 수련인 것이다.

때문에 암혼사는 주변의 기운에 민감하다.

은신해 있는 자를 느낌으로 알아내는 것 정도는 암혼사의 부산물에 불과하다.

독사는 섬에 올라서는 순간 극심한 요기(妖氣)를 느꼈다.

그것이 심기를 불편하게 했다. 암혼사가 받아들이는 생기 속에 요기가 섞여들기에 숨이 막힌 듯 답답했다.

이런 종류의 요기…… 전에 느낀 적이 있다.

빙굴에 들어섰을 때, 도왕 무리에게 죽은 멸혼촌 골인들의 시신을 보았을 때, 만무타배에게 죽은 무인들의 시신을 접했을 때…….

이건 요기라고 말할 수 없다. 시기(屍氣)! 시기다!

딱!

계속 땅을 파헤쳐 가는 석창 부리에 무엇인가 딱딱한 것이 걸렸다.

'여기야!'

딱딱한 흙을 옆으로 치우자 회색 빛 석판이 나타났다.

정확히 말하면 석판이 아니라 석회를 부어놓은 커다란 웅덩이였다.

딱! 따악! 딱!

석창으로 석회를 깨기 시작했다.

"대형, 내가 하지."

도왕이 다가와 대도로 석회를 부수기 시작했다.

모두 눈을 크게 뜨고 석회를 지켜보았다.

한 길 넘는 땅속에 석회로 만들어진 웅덩이가 있다는 것은 심상치 않았다.

"엇!"

한참 동안 석회를 부숴가던 도왕이 깜짝 놀라 한 걸음 뒤로 물러섰다. 그러나 다른 사람들은 도왕과는 반대로 한달음에 달려와 뻥 뚫린 석회 안을 들여다보았다.

"골… 인!"

지천도가 나지막이 중얼거렸다.

죽어도 시신조차 썩을 수 없는 골인.

이들은 멸혼촌 골인들과는 다른 부류다.

멸혼촌 골인들은 죽으면 썩는다. 평소에도 뼈만 남은 앙상한 모습이지만 그래도 썩을 살가죽과 피가 있다. 그래서 멸혼촌 골인들은 시신을 빙굴에 안치해 썩는 것을 막아왔다.

　석회 안에서 나온 골인들은 생전의 모습을 고스란히 간직하고 있었다. 생전에 받았을 상처 자국도 너무나 뚜렷해서 마치 엊그제 입은 것 같다. 눈을 뜨고 입을 벌려 말을 한다면 섭혼살호나 지천도와 다를 것이 없는 골인들이다.

　"멸혼촌 말고 이곳에도 골인들이 있었다니 믿을 수 없군."

　지천도가 골인들의 시신을 만져 보며 중얼거렸다.

　"아는 사람들입니까?"

　독사가 물었다.

　"아니, 처음 보는 사람들이네."

　도왕 등은 독사와 지천도가 나누는 말을 이해하지 못했다. 그들이 보기에는 키만 다를 뿐 그 골인이 그 골인이었다. 하나같이 똑같아서 마치 백골을 보고 아는 사람이냐고 묻는 것으로 들렸다.

　골인들의 비애를 모르기 때문이다.

　골인들은 서로를 구분할 수 있다. 웃는 얼굴도, 우는 얼굴도 파악할 수 있다.

　"그럼 분명해졌군요. 멸혼촌 말고 이곳에도 골인들이 있었다는 것. 그럼 다른 곳에도 골인들이 있을지 모르겠군요."

　"모르지. 휴우! 천인공노할 작자들. 어! 대형, 이리 와보게."

　시신을 만지작거리던 지천도가 놀란 눈으로 독사를 쳐다봤다.

　"이 사람들…… 내장이 모두 썩었어. 겉모습만 말짱할 뿐 속은 다 썩은 거지."

　그 점은 독사도 파악하고 있었다. 독사는 다른 점도 파악했다.

　"외상이 전혀 없습니다. 살해당했다면 내가중수법(內家重手法)에 당했을 것이고, 그렇지 않았다면 자연사라고 말할 수 있겠죠. 나이는 어떻게 보입니까?"

"서른은 넘었고… 마흔은 안 돼 보이네만."

"저도 그렇게 봤습니다."

그 후로도 한 시진 동안이나 시신을 꼼꼼히 살펴봤지만 다른 흔적은 찾을 수 없었다. 계속 시신을 뒤적거릴 여유도 없었다. 냉설이 강 건너에 사람이 어른거리는 모습을 제일 먼저 보았고, 재빨리 섭혼살호를 잡아채 구덩이 안으로 끌어넣었다.

"흔적은?"

일수일살이 긴장해서 말했다.

"깨끗이 지웠지. 대형이 마지막으로 점검했고."

냉설이 강 건너를 예의 주시하며 대답했다.

"그런데 저놈들이 어떻게 알고 찾아왔을까? 좌우지간 기가 막힌 놈들이군."

"조용히 햇!"

"건방진 놈! 네놈이 감히 내게…… 이제는 간이 배 밖으로 튀어나왔군."

"조용히 하라고 했다."

냉설과 일수일살의 차디찬이 아무것도 아닌 일에서 부딪쳤다.

홍검쌍살 같은 정도인과 일수일살 같은 마도인이 독사 패거리라는 한 울타리에 섞여 있다는 모순에서 시작된 충돌이다.

홍검쌍살은 도왕이나 일수일살 같은 살검(殺劍)을 경멸하는 편이다. 일수일살이나 도왕 등은 홍검쌍살의 검을 우습게 여긴다.

목적한 바가 있어서 현문에 이끌려 멸혼촌에 들어왔고 도왕의 명령을 받았지만, 언젠가는 서로 부딪칠 모양새였다.

독사는 쓴웃음을 지었다.

무인들이나 파락호들이나 똑같다.

영은촌 독사 패거리를 만들 때 가장 힘들었던 점이 바로 서열이다.

서열 다툼은 싸움 잘하는 놈을 영입하는 경우에 특히 치열해진다.

처음에 뜻을 같이했다고 해서 싸움도 못하는데 윗자리에 둘 수는 없다. 그렇다고 싸움을 잘하는 순으로 서열을 매길 수도 없고, 나이 순으로 매기기도 어렵다.

처음에는 무척 어렵게 생각되었는데…… 나중에는 너무 쉬웠다.

가만히 내버려 두면 된다.

자신들끼리 치고 받고 싸우는 경우도 있고, 나이나 인격을 존중해 주는 경우도 있다.

냉설이 같은 마인인데도 도왕에게는 아무 소리도 하지 않고 연배가 비슷한 일수일살과 부딪치는 것도 같은 이치다. 도왕의 경우에는 연배가 너무 차이가 나니 한 수 접어준 것이다.

시간이 지나면 서열은 자연스럽게 매겨진다.

독사가 할 일은 서로 원수가 되지 않게끔 조율해 주는 일뿐이다.

독사가 말했다.

"조금만 더 소리 높이지."

"……?"

"서른 장이나 떨어져 있으니 거리도 적당하고, 물살 소리가 귀를 멍멍하게 만드니 고함을 질러도 상관없어. 싸울 바에는 우리 모두 들을 수 있도록 소리를 좀 더 높여."

냉설과 일수일살은 서로를 쏘아보았다.

"넌 언젠가는……."

"그 말은 도왕에게도 한 것 같은데?"

"칠십이파검 따월 믿고……."

"나중에… 나중에 검으로 말해."

두 사람이 부딪칠 기회는 뜻밖에도 빨리 찾아왔다.

강안에서 어른거리는 사람은 잠시 주변을 뒤적이더니 물살을 따라 강 아래로 사라져 갔다.

"말 난 김에 지금 하는 게 어때?"

"좋지."

"홍검쌍살은 비겁하기로 소문난 작자들이잖아. 만 명이 덤벼도 둘, 한 명에게도 둘. 둘이 같이 할 텐가?"

"난 빼줘."

조가상이 손을 휘휘 내저으며 뒤로 빠졌다.

일수일살이 홍검쌍살을 무시했는데도 아무렇지도 않은 기색이었다. 홍검쌍살을 무시한 것이 아니라 냉설과의 기 싸움이라는 것을 알고 있기 때문이다.

냉설과 일수일살의 싸움은 모두의 예상과는 전혀 다른 방향으로 흘러갔다.

모두들 막상막하의 결전을 예상했는데, 결과는 냉설의 일방적인 공격이었다.

일수일살은 검을 뽑을 엄두조차 내지 못했다.

칠십이파검의 도도한 물결 앞에 중심조차 잡지 못하고 쩔쩔매는 가랑잎 신세였다.

'검이 바뀌었다!

독사는 일수일살의 모습을 주시했다.

일수일살은 독사가 싸웠던 때의 일수일살이 아니었다. 천리검의 모옥에서 어떤 심득을 얻었는지, 검을 뽑을 생각도 하지 않은 채 시종일관 피하기에만 급급했다.

하지만 피하는 것도 곧 한계에 부딪쳤다.

칠십이파검은 순간적인 동작을 뒤쫓는다. 한 걸음 물러서면 바로 뒤를 쫓는 것은 물론이고 그보다 한 걸음 더 나아가 아예 물러설 곳까지 차단해 버린다.

굉장한 쾌검이며 무척 난해하여 방비가 곤란한 검공이다.

칠십이파검에 직면한 무인들은 한두 걸음 정도는 물러설 수 있어도 그 후에는 맞받아야 된다는 점을 자각하게 된다. 한두 번 검을 맞대다 보면 '너무 빠르다'는 점을 느끼게 되고, '속도로는 안 된다. 검초를 바꿔야 한다', 혹은 '일단 사정권을 벗어나 다시 시작해야 된다'고 생각할 즈음 칠십이파검은 육신에 작렬한다.

변화와 속도를 한 검에 몰아넣기는 쉽지 않다. 그렇기에 칠십이파검은 무림 대문파인 청성파에서도 절기에 속하는 검법이다.

사악! 사가각!

일수일살은 칠십이파검에 밀려 정신없이 뒷걸음쳤다. 신법, 보법…… 펼칠 수 있는 것은 모두 펼쳤지만 검의 그늘에서 완전히 빠져나가지는 못하고 쩔쩔맸다.

"일수일살이 모험을 하고 있군."

도왕이 중얼거렸다.

일수일살은 지독하게 쫓기는 입장에서도 검을 뽑지 않았다. 차디차게 굳은 눈빛으로 검이 날아오는 모습을 정확히 꿰뚫어 봤다.

무림인들은 흔히 칠십이파검 하면 칠십이 초식으로 이루어진 검초로 생각한다. 틀린 생각이다. 칠십이파검은 인간이 뻗어낼 수 있는 모든 방향에서 검을 뻗어낼 수 있기에 상징적으로 '칠십이' 라는 숫자를 붙인 것에 불과하다.

무조건 상징적이지는 않다. 칠십이파검을 수련한 사람은 적어도 칠십이 초식을 단숨에 쏟아낼 수 있어야 한다. 그때에서야 간신히 칠십이파검을 얻었다고 말한다.

칠십이파검에 능통한 고수는 칠십이 초식이 아니라 천 초식이라도 내력이 뒷받침되는 한도까지 끊임없이 쏟아낼 수 있다. 상대의 공격은 허용하지 않고 오로지 자신만 공격하면서. 중간에 숨을 들이켜 초식을 정비할 틈도 주지 않고.

결국 칠십이파검을 깨는 길은 아예 전개하지 못하게 하거나 칠십이파검보다 빨라야 한다는 것뿐이다.

쉭! 쉬쉭! 쉭쉭쉭……!

검초가 끊임없이 이어졌다.

막 짓쳐오는 검초를 피하면, 어느새 돌변한 검초가 다시 쏟아져 들어왔다.

일수일살이 검을 뽑을 시간조차 없다는 것은 맞는 말이다.

검을 뽑으려면 일격을 감수해야 한다. 감수하지 않고서는 검을 뽑을 여유가 없다. 당장 상반신을 돌리거나 뒤로 물러서야 한다. 그러는 와중에 검을 뽑을 수 있으면 좋으련만, 그가 물러서는 사이 냉설의 검초는 다시 돌변하여 움직이는 육신을 쫓아온다.

'지독하게 빠르다!'

냉설과 일수일살의 비무(比武)를 지켜보는 사람들의 한결같은 심정이었다.

일수일살이 다른 모습을 보이고 있다면 냉설도 다른 모습을 보이고 있다.

냉설의 무공이 이 정도라면 조가상의 무공 또한 지금까지 알려진 것보다 훨씬 강할 터이고, 두 사람이 한 조로 짝을 이뤄 공격한다면 독사조차도 방심하지 못할 터였다.

독사가 조가상을 힐끔 쳐다본 후, 두 사람의 싸움으로 눈을 돌리며 말했다.

"조가상."

"네, 대형."

"말할 게 있을 것 같은데."

"할 말 없는데요."

"냉설의 무공이 무척 뛰어나군."

"사부님께서 이런 말씀을 하셨죠. 칠십이파검은 거의 무적이다. 거의. 무적이 아니란 말이죠. 사부님께서는 이런 말씀도 주셨습니다. 칠십이파검이 공식적으로 패배를 인정한 게 딱 한 번 있다고. 칠십이파검을 절정으로 끌어올리셨다는 노운(蘆澐) 진인(眞人)께서 광무신승에게 패배했을 때. 칠십이파검은 방위나이를 깨지 못했답니다."

"그런가……."

"칠십이파검과 방위나이가 어울리면 초절정검공이 탄생할 것이란 말씀도 주셨죠. 칠십이파검은 청성파의 제일신법인 암향표(暗香飄)에 맞춰서 창안된 절공인데, 어찌 된 게 암향표보다는 방위나이가 더 어울릴 것 같다고."

"그거였군, 나와 겨룰 때 칠십이파검을 사용하지 않은 이유가."

"지레 겁을 먹은 거죠. 전수해 주시겠습니까?"

"무공이란 필요한 사람이 써야 진가가 드러나는 법이지."

"고맙… 습니다."

조가상은 흥분에 들떠 말까지 더듬었다.

절세기공을 전수받는다는 것은 천고의 기연을 얻는 것과 진배없다.

무림에 절기는 많으나 전수하는 사람은 드물다. 비인부전(秘人不傳)이라 하여 일맥(一脈)에게만 전수하는 것이 상례다. 자신과 아무 상관도 없는 타인에게 무공을 전수받는 일은 낙타가 바늘구멍을 통과하는 것보다 어렵다.

상관이 있다고 해도 보통 상관으로는 어림도 없다.

오죽하면 한 사부를 모시고 있어도 전수받는 절기가 각기 다른 경우까지 있다. 전수받은 제자들이 서로 무공을 교환하면 더욱 많은 절기를 알 수 있겠지만, 그런 경우조차 찾아볼 수 없다.

방위나이같이 삼류무인을 일약 일류무인으로 도약시키는 초절정절기일 경우에는 감히 전수해 달라는 말조차도 꺼낼 수 없다. 친분 관계를 내세워 말을 꺼낸다면 미친놈 취급받기 십상이다.

조가상이 전수해 달라고 말을 꺼낸 것은 지나가는 빈말이었다.

독사는 골인들에게 유화신공을 전수했다. 골인들의 처지가 동정을 자아낼 만큼 비참한 것은 사실이지만 무인이 내공심법을 전수할 정도는 아니다. 그것이 비록 주된 내공심법이 아니라 할지라도.

청성파 무공이 외인에게 유출되는 것은 목숨과도 맞바꿀 수 있는 중대사라고 알고 있는 조가상에게는 큰 충격이었다.

무공 수련하는 모습을 몰래 훔쳐보기만 해도 비밀 유지를 위해 목숨을 거둬 버리는 세상이지 않은가.

기대를 했다면 도둑놈이다. 입장을 바꿔 독사가 칠십이파검을 전수해 달라고 하면 한마디로 거절했을 게다. 무인의 예의조차도 모르는 파렴치한이라고 생각했을 게다. 단지 골인들의 일이 생각나서 불쑥 해 본 말에 지나지 않았는데.

독사가 말했다.

"누가 이길 것 같은가?"

"네? 아! 네… 현재는 냉 사형이 밀어붙이고 있지만 일수일살도 일검이 있는 것 같고…… 솔직히 모르겠습니다."

"이 싸움은 냉설이 이겨."

"네?"

"일수일살은 조만간 크게 물러설 거야."

"제 눈에는…….

"일수일살이 검을 뽑으면 양패구상(兩敗俱傷). 잘하면 이길 수도 있지. 자존심을 지키느냐 참고 마느냐. 고민이 심각하겠지만 검을 뽑지 않을 거야."

독사가 싸움을 보는 눈은 정확했다.

쒜에엑! 쒜에에엑!

날카로운 검풍이 도를 더해갈 때, 일수일살은 어깨 살점 한 점을 내주며 뒤로 훌쩍 물러섰다.

'검을 뽑을 기회!'

독사에게 말을 들은 조가상은 싸움을 남다른 눈으로 보았고, 사태를 즉시 파악했다.

일수일살이 물러설 때 그는 검을 뽑을 수 있었다. 제삼자의 눈으로 냉철히 보아야만 볼 수 있는 찰나간의 기회다.

일수일살은 살점이 뭉텅 베어 나가는 아픔을 참아가며, 그런 아픔보다 더욱 지독하게 가슴을 쓰리게 할 패배의 아픔을 각오하며 물러섰다.

일수일살이 검을 뽑은 후, 어떤 공격을 펼쳤을지는 모른다. 정말 양패구상이 될지, 그가 질지, 냉설이 질지…… 그건 모르지만 서로 상하는 행동을 참았다는 것만도 훌륭하다.

쒜에엑!

냉설의 검이 물러서는 일수일살을 바짝 뒤쫓았다.

이번에는 일수일살도 피하지 않았다. 흘러오는 검에 몸을 맡기고 우두커니 서버렸다.

냉설의 검이 일수일살의 목에 닿았을 때,

"졌다."

일수일살의 입에서 신음과도 같은 소리가 새어 나왔다.

"찰칵!"

냉설은 차디차게 굳은 눈으로 일수일살을 무섭게 노려보며 이상한 소리를 냈다.

"……?"

"들었지."

"뭘?"

"찰칵!"

"……."

"이젠 무공으로 안 되니까 얄팍한 수까지 쓰는군."

"말 다 했으면 그만 상처를 치료해도 되겠나?"

"진짜 적이었으면 좋겠군. 그럼 죽어도 형(兄) 소리는 안 해도 되니까. 살인이나 일삼던 자에게 형이라니."

“훗! 후후! 푸하하핫!”

일수일살이 승자다.

그는 통쾌하게 웃어 젖혔고, 냉설은 검을 ‘찰칵!’ 소리나게 거둔 후 찬바람 나게 돌아섰다.

第四十章

물과 불로 흔적을 지우며

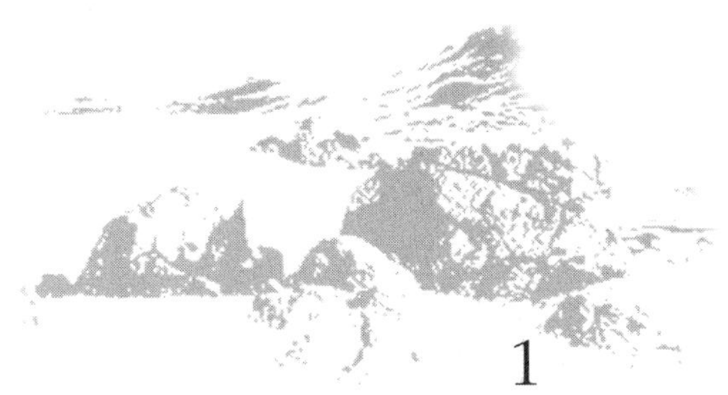

1

독사가 일선도에 들어선 지 이틀이란 날이 흘렀을 때, 상류에서 잘려진 나무 한 개가 물살을 따라 흘러내려 왔다.

"거리가 너무 먼데, 괜찮겠나?"

"저 정도쯤이야. 섭혼살호, 넌 도대체 도왕을 뭐로 보는 거야!"

도왕은 대뜸 면박을 준 후 일선도로 들어올 때처럼 넝쿨 줄기로 대도의 손잡이를 묶은 다음 힘껏 내던졌다.

탁!

대도는 정확히 나무 기둥 한가운데 틀어박혔다.

그 다음은 일사천리였다. 거센 물살에 이리저리 휩쓸려 떠내려가던 나무 기둥은 억센 힘에 이끌려 일선도로 끌려 올라왔다.

"시작이군."

시작이다. 나무는 정확히 반 각 간격으로 하나씩 떠내려왔고, 도왕은 정확하게 건져 냈다.

일선도로 끌어 올려진 나무들을 가지런히 늘어놓고 넝쿨 줄기로 엮었다. 떠내려오던 원형 그대로 다섯 개씩 묶으니 장정 서너 명은 거뜬히 지탱할 만한 뗏목이 되었다.

하나, 둘…… 시간이 흐를수록 뗏목은 늘어갔다.

숨길 생각은 하지 않았다. 큰 뗏목이니 강안에서도 확연하게 볼 수 있고 추적자라도 있는 날에는 여지없이 들키고 말겠지만, 볼 테면 보라는 식으로 대놓고 일을 했다.

숨어 있는 자도 없었다. 도왕이 처음 나무를 건져 올리는 순간, 숨어 있는 사람들이 모두 나와 구슬땀을 흘렸다.

"저놈들 뭐 하는 거지?"

신신이 인상을 찡그리며 말했다.

도저히 납득할 수 없는 행동을 백주대낮에 환히 드러내 놓고 하니 고개를 갸웃거리지 않을 수 없다.

"뗏목이라…… 폭포가 있다는 걸 모를 리는 없고."

암신이 신신의 말을 받았다.

사도(死島)는 물살이 세다. 갑작스럽게 강폭이 좁아졌기 때문만은 아니다. 사도에서 이 리쯤 흘러 내려가면 천장폭(千丈瀑)이라고 일컬어도 부족함이 없을 폭포가 있다. 일선도의 물살이 거센 것은 천장폭포에서 강물을 빨아들이기 때문이다.

이런 곳에서는 뗏목을 탈 수 없다. 그랬다가는 뼈도 못 추린다. 그럼에도 뗏목을 만드는 의도는 무엇인가.

일마는 대화에 끼어들지 않았다.

독사 등을 사도에서 발견했다는 보고를 받은 일마는 난색을 감추지 못했다.

일마를 비롯한 마신들에게 사도는 금역(禁域)이다.

사숙인 만무타배와 요지성녀는 들어갈 수 있을지 모르지만 마신들에게는 절대 들어가지 말라는 엄명이 내려져 있다.

독사가 그런 사실을 알고 사도에 발을 들여놓지는 않았을 테고…… 참으로 억세게 운수 좋은 놈이다.

그는 도왕이 모습을 드러냈을 때에서야 독사 일행을 발견한 수하들에게 애꿎은 질책을 퍼부었다.

"쓸모없는 놈들!"

그러나 정작 사도가 보이는 강안에 도착한 일마는 아무것도 할 것이 없었다. 그저 독사가 무슨 짓을 하는지 지켜보는 것 외에는.

지금쯤 사부님도 독사가 사도에 있다는 사실을 전해 들었을 게다.

사부님은 어떤 행동을 취할까? 단숨에 달려올까? 아니면 전처럼 사도 근처에는 얼씬도 하지 말라고 엄명을 내릴까. 아마도… 시도에 마단 고수들이 들어가서는 안 될 무엇이 있다면 금족령(禁足令)을 내릴 게 틀림없다.

마음이 편할 리 없었다. 독사가 이해하지 못할 행동을 하고 있지만 신신이나 암신과 더불어 희희낙락 농을 주고받을 기분도 아니었다.

"십팔귀(十八鬼)."

"……."

그의 말에 대답하는 사람은 없었다.

"한 사람당 열 명씩 데려가라. 여기서부터 천장폭까지 뗏목을 댈 만한 곳은 빠짐없이 선점해라. 강안으로 올라서는 놈들이 있으면 연통(煙

筒)만 쏘아 올려라. 절대 선공(先攻)하지 마라.”

“…….”

역시 대답은 없었다. 그러나 숲 안쪽에서 사람 그림자가 어른거린다 싶더니 곧 사라져 버렸다.

“사암마!”

이번에는 암신이 명을 내렸다.

그의 등 뒤로 청년 네 명이 다가섰다.

“너흰 역수(逆水)가 환히 내려다보이는 지점을 점거해라. 물줄기 어느 한 군데도 빠뜨려서는 안 돼.”

“존명!”

“가라!”

청년 고수 네 명이 바람처럼 사라져 갔다.

신신도 명령을 내렸다.

“칠절풍(七絶風), 너희도 움직여라. 너흰 위로 올라가 봐. 벌목하는 놈을 찾아내서 끝내라. 무공 좀 익힌 놈들은 모두 여기 모여 있으니 큰 곤란은 없다 생각된다만, 혹여 조금이라도 심상치 않으면 즉시 연통을 쏘아 올려라.”

“걱정 마십시오.”

각기 체형이 다른 일곱 명의 사내가 포효 소리에 놀라 하늘로 솟구치는 새 떼들처럼 파라락 날아올랐다.

십팔귀, 오암마, 칠절풍.

이들은 마신들이 최정예로 양성한 수하이자 제자들이다.

검신이 수하들을 고루 양성했다면 다른 마신들은 오공사수가 그랬듯 쓱수있는 자들만 골라서 양성했다.

자신들 외에 사람이라고는 그림자조차 찾아볼 수 없는 오지에서 미치지 않고 살아남는 방법은 오직 무공 수련뿐. 눈을 뜨면서부터 눈을 붙이기까지 무공 수련에만 몰두한 사람들이다. 더군다나 무공을 전수할 마음이 생길 만큼 자질이 우수한 자들이다.

오암마가 죽은 것은, 그것도 암기에 당해 죽은 것은 어처구니없지만 두 번 다시 같은 일이 반복되지는 않으리라.

"놈들이 빠져나갈 곳은 없어."

일마는 확신했다.

뗏목이 일곱 개나 만들어졌다. 그래도 도왕은 흘러오는 나무들을 건져 올렸고, 남은 사람들은 유유자적 뗏목을 만들었다.

해가 뉘엿뉘엿 넘어감에 따라 주위도 어둑해졌다.

건져 올린 나무들도 엮을 넝쿨이 없어서 한쪽에 쌓아놓는 지경이 되었다.

그래도 사람들은 부지런히 나무들을 엮었다.

빈손, 그들은 빈손이었다. 그들이 엮는 것은 허공이었고, 힘껏 잡아당기는 것은 공기였다.

그렇게 만들어진 뗏목은 나무들을 가지런히 옮겨놓은 것에 불과했지만, 강안에서는 뗏목처럼 보일 게다.

쉬익!

도왕이 대도를 던졌고, 어김없이 나무 하나가 끌려왔다.

늦가을은 밤도 빨리 오는가. 주위가 어둑해진다 싶었는데 어느새 새까만 어둠이 고요히 내려앉았다.

도왕은 홍검쌍살, 신검서생과 더불어 건져 올린 나무를 번쩍 들어

땅 위로 끌어 올렸다. 그때,

사사사삭……!

통나무가 두 개로 분리된다 싶더니 그중 한 개가 눈 깜짝할 사이에 커다란 구덩이 안으로 스며들었다.

"고생 많았습니다."

"고생은 무슨……. 괜찮나?"

"우린 모두 괜찮습니다. 그쪽은 어떻습니까?"

"우리도 모두 괜찮네. 형님께서 부상이 심하지만 견딜 수는 있네."

"다행이군요. 왕가달은 어떻습니까?"

"오히려 우리보다 생생하지."

나무에서 분리되어 구덩이 안으로 빨려들듯 미끄러져 들어선 사람은 당호였다.

당호와 독사는 간략하게 서로 안부를 물었다.

'됐어. 두 번째 단계를 넘어섰어. 이제는 생사를 걸고 모험을 할 필요가 없다. 생사를 걸 때는 정말 귀중한 일에 걸어야 한다.'

독사는 당호와의 대화에서 독사 패거리가 완성되었음을 확인했다.

당호는 말을 내렸고 독사는 존칭을 써줬다. 그럼에도 서로 아무런 부담을 느끼지 않았다.

명령이 아닌 일반적인 대화는 이런 식으로도 충분하다.

이것이 패거리다.

무림문파에서 문주는 절대적인 존재다.

그 누구도 문주에게 하대를 하지 못하며 명을 거스르지도 못한다.

하지만 문파가 아닌 패거리에서는 서로가 인정하는 선에서 인간관계가 형성된다. 대형의 명이라 할지라도 거부할 권리가 주어진다. 그럴 경우 문파에서는 파문, 혹은 폐관 수련이라는 형벌이 주어지지만 패거리는 자신만 떠나면 된다.

패거리와 문파가 다른 점이다.

독사는 대형으로 군림한다. 하지만 ‘대형’ 이란 말은 여느 문파의 문주나 방주, 또는 가주에 버금가는 말일 뿐이다. 독사를 중심으로 모인 사람들은 ‘독사 패거리’ 라 불리기에 독사를 ‘대형’ 이라고 부른다.

무인들은 문파에 익숙해 있지만, 이제는 패거리에 어느 정도 적응하고 있다.

패거리의 일원이지만 언제든지 떠나고 싶으면 떠날 수 있는 사람들이다.

한 번만, 마단 고수들과 생사를 걸고 한 번만 싸우면 될 것이라고 생각했다. 그 싸움은 분명히 처절함이 극을 치닫겠지만, 그만한 가치가 충분히 있다고 생각했다.

생각대로 가치는 있었다. 독사 패거리는 완성되었고, 마도인과 정도인의 구분도 없어졌다. 당문도이든 낭인(浪人)이든 삶과 죽음을 선택해야 하는 현실에서 모두 한 몸이 되었다.

‘대형’ 으로 부르기를 강요한 것이 엊그제, 반드시 존칭을 사용하라고 명령한 것이 어제만 같은데 벌써 서로의 마음을 읽을 수 있는 단계까지 왔다.

‘됐어. 모험은 사양이다. 이제는 마천옥의 계획대로 빠져나가기만 하면 되는 거야.’

도왕은 칠흑 같은 어둠 속에서도 낚시질을 멈추지 않았다.

조용하다 싶으면 대도가 허공을 갈랐고, 나무 기둥에 박히는 소리가

야밤의 정적을 깨웠다.

여기 또 하나의 속임수가 있다.

당문삼기와 왕가달이 나무에 묻어 일선도에 발을 디딘 후에는 나무가 떠내려오지 않았다. 그럴 수밖에 없는 것이 나무를 떠내려 보내는 사람이 없는데 어떻게 떠내려올 것인가.

정확히 반 각이 흐를 즈음, 홍검쌍살은 살며시 나무를 들어 강 속에 밀어 넣었다. 물살 소리가 너무 요란해서 약간의 기척은 가리고도 남지만 그나마의 기척조차 숨기려고 노력했다.

도왕은 물살에 거친 숨을 토해내며 떠내려가는 나무를 향해 대도를 날렸다. 멀리 있는 것을 맞추는 것보다 훨씬 쉬웠지만, 끌어 올리는 것은 반대로 더 힘들었다.

도왕과 홍검쌍살은 밤을 꼬박 밝히며 반 각에 한 번씩 같은 일을 되풀이했다.

그러나 누구보다 바쁜 사람은 당문삼기였다.

그들은 구덩이에 몸을 숨기기 무섭게 토인(土人)을 만들어대기 시작했다.

흙으로 빚은 토인은 생명력이 없다. 거기에 생명력을 불어넣어야 한다. 토인이 움직일 리는 없지만 실제와 똑같이 보이도록 만들어야 한다.

이 리란 거리가 승패를 좌우한다.

멀다고도 할 수 있고 가깝다고도 할 수 있다. 거센 물살이 뗏목을 빠르게 이동시킬 것이기에 찰나만 눈속임을 할 수 있으면 된다.

독사는 골인들의 시신을 다시 매장했다.

그들의 영면을 잠시나마 깨운 것이 미안하기도 했다. 그러나 할 일이 있다. 멸혼촌의 골인들과는 다른 골인들. 그들의 살점을 조금 베어 내 가죽 주머니 속에 넣었다.

'썩지 않는 시신들⋯⋯.'

희한한 일은 반복되는 법인가.

마단 고수는 검으로 찔러도 베이지 않았다. 낯선 곳에서 발견한 골 인들은 땅속에 묻혀 있음에도 썩지 않는다.

이 둘 사이에 어떤 관계가 있을 것이라고 짐작되기는 한데.

날이 밝아올 무렵, 모두들 따뜻한 모닥불을 가운데 두고 둥글게 모 여 앉았다.

오랜만에 요기도 했다. 요기라고 해봐야 천리검의 초옥에서 준비한 마른 육포가 고작이지만 지금과 같은 상황에서는 진수성찬이 따로 없 었다.

"무공을 배운 지 얼마나 되는가? 듣기로는 얼마 되지 않는다고 들었 는데."

도왕이 물었다.

"사 년이군요."

독사는 육포를 소리나지 않게 씹으며 대답했다.

"사 년? 하하! 귀신이 곡을 하겠구만. 겨우 사 년 익힌 무공이 그 정 도면⋯⋯. 사문을 말해 줄 수는 없는가? 뛰어난 사문 같으이."

"귀궁이라고 합니다."

"귀궁이라⋯⋯ 들어본 기억이 없는데. 중원에 귀궁이란 문파도 있 었나?"

도왕이 이제는 벗이 되어버린 섭혼살호를 돌아보며 말했다.

섭혼살호는 고개를 가로저었다.

도왕의 눈길이 명문정파 출신인 당문삼기에게 향했으나 당문삼기도 고개를 가로저었다.

당문이 모르는 문파.

당문이라고 천하에 산재한 수천 문파를 모두 헤아리고 있으리란 법은 없지만, 거의 대부분 손바닥 들여다보듯이 파악하고 있다. 그런 당문의 눈길에도 걸리지 않은 문파라면 탄생한 지 며칠 되지 않은 신생 문파이거나 멸혼촌처럼 인적이 끊긴 곳에서 오직 무공 수련에만 몰두하는 은거 문파이리라.

도왕이 다시 입을 열었다.

"이런 말을 묻기는 뭐하지만, 사문의 대표 절학은 어떻게 되는지. 그냥 궁금해서 묻는 말이네."

안다, 많은 사람이 귀궁에 대해 궁금해하고 있다는 것을.

독사는 손을 들어 허공을 잡아챘다.

손목이 꺾이는가 하면 풀어지고, 치는가 싶으면 긁는다. 오지를 활짝 펴 장(掌)의 형태로 밀어내다가는 조수(鳥手)가 되어 찍기도 한다.

짧은 순간에 펼쳐진 수십 가지의 변화는 천변만화(千變萬化)라고 불려도 무방하지 않을까 싶다.

소수천라변.

대화산 무생곡에서 전수받은 무공으로 독사가 무공이라는 것을 처음으로 수련한 절기다.

사부가 전수해 준 칠채기문보법, 대사형이 전수한 십이천공마, 곽 사형이 전수한 소수천라변. 맨몸의 그를 환상적인 병기로 둔갑시켜 준 절학들.

그 후 많은 무공을 얻었다.

백비에 오지 않았다면 결코 얻을 수 없는 무공이었으나, 귀궁의 무공보다 더 강력하고 뛰어난 무공을 몸에 붙였다.

광무신승의 어천지공, 방위나이는 매 싸움마다 사용하는 절기가 되었다. 벽력도제의 사리일잠도와 마해추룡의 월사창법도 그의 손에서 빛을 토해냈다.

무엇보다 가장 마음에 드는 것은 암혼사에서 깨달은 내공일초다.

독사는 아직도 그 초식의 명칭을 모른다. 구결 중에서 권심시내기(拳心是內氣)라는 글귀를 참오하여 깨달은 일초이기 때문에.

내공일초는 가장 단순하지만 자신이 익힌 어떤 무공보다도 강력한 파괴력을 지닌다.

독사는 지금 사문의 대표 절학을 묻는 물음에 망설이지 않고 소수천라변을 시전했다.

칠채기문보법도 있고 십이천공마도 있지만 소수천라변이 가장 일품이라는 생각이 들었기 때문이다.

전에는 파악하지 못했던 요결(要訣)을 깨달았다. 검신과의 싸움은 독사를 조금 더 큰 사람으로 키워주었다.

자신만의 싸움 방식에서 소수천라변은 권심시내기와 더불어 가장 막강한 무공이 될 것이다. 그런 예감이 든다.

"뛰어난 무공이군."

"소수천라변이라고 합니다."

도왕은 고개를 가로저었다.

처음 들어보는 무공이라는 뜻이다.

"언제 누가 짬을 내서 대형 뒷조사 좀 해봐. 강호제일 신비인의 정체를 파악한다는 것만도 가치가 있지 않겠어?”

지천도가 농담조로 말했다.

“하하하!”

“하하!”

작은 웃음이 물결쳤다.

이제 곧 또다시 목숨을 하늘에 맡겨야 하는 상황에서 작은 웃음거리
는 큰 활력소가 되었다.

쏴아아아……!

요란한 소리를 내며 하얗게 부서지는 포말이 무인의 검보다도 무섭
게 다가왔다.

“호랑이에게 물려가도 정신만 차리면 산다고 했네. 모두들 정신 똑
바로 차리게.”

지천도가 마지막으로 당부했다.

“우린 걱정 마시고 어른이나 몸을 잘 추슬러요. 자신없으면 아예 몸
을 묶어버려요.”

조가상이 뗏목에 올라타며 말했다.

“이놈아! 아직은 팔팔해.”

“또 그 소리.”

“이놈아. 인간이 가장 무력감을 느낄 때가 언제인지 알아? 천지자연
의 위대한 힘과 마주 섰을 때야. 허허! 네놈도 곧 느끼게 될 거다.”

“벌써 느끼고 있답니다.”

뗏목을 띄우지도 않았는데 한기가 몸을 적셔왔다.

천장폭으로 몸을 던질 생각을 하니 소름이 오싹 끼친다. 자연의 위

대한 힘 앞에 한없이 초라해지는 것이 인간인가.

섭혼살호가 주위를 돌아봤다.

"왜? 섭섭한가?"

"살든 죽든… 이제 마지막 아니오. 썩을 놈의 곳이지만 그래도 그리워질 것 같구려."

"살게 되면… 목숨만 부지하고 있으면 그리운 것은 만날 수 있는 법이지. 이곳이 어디인지만 알면 찾아올 수도 있을 테고. 자네 말이 맞네. 그리워질 수도 있겠지."

"찾아오다니? 여길? 그런 소리 마쇼. 이곳을 향해서는 오줌도 누지 않을 작정이오."

"허허허!"

지천도와 섭혼살호는 말을 주고받으며 뗏목에 올라탔다.

"간다."

도왕이 힘껏 뗏목을 떠밀었다.

"저놈들! 정말 뗏목을!"

긴가민가하는 일이 현실로 벌어졌을 때, 예상을 했으면서도 당황하게 된다.

마신들이 그랬다.

오공사수에게서는 아무런 기별도 없는데, 독사를 비롯해 죽일 놈들은 벌써 뗏목을 타고 흘러가기 시작했다.

뗏목은 모두 일곱 개.

마단 고수들과 싸운 자들은 고작 여덟 명뿐인데, 많은 자들이 타고 있다. 뗏목 하나에 네다섯 명씩, 어림잡아도 서른 명 가까워 보인다.

"놈들이 모두 사도에 모여 있었군. 준비하고 있었어. 치잇! 당한 건가?"

일마가 암신의 어깨를 짚었다.

"말한 걸로 기억되는데. 놈들은 도망갈 구멍이 없어. 뗏목을 탔다고 능사가 아니지. 놈들이 선택한 길은 별로 없어. 뗏목을 타고 천장폭으로 뛰어내리든지, 중간에서 강안으로 올라서든지. 자! 움직엿! 놈들이 절대 강안으로 올라서지 못하도록 만들고, 천장폭으로 떨어지면 시신이라도 찾아내!"

일마가 채근했지만 신신은 생각에 골똘히 잠겨 움직이지 않았다.

"사제!"

일마가 버럭 고함을 질렀다.

"칠절풍. 칠절풍이 돌아오지 않았어. 연통도 없었고. 뗏목을 흘러보낸 놈들을 아직 찾지 못한 거야. 이건 뭔가 이상해."

"움직여라."

낮게 저미는 음성.

신신은 일마를 힐끔 쳐다본 후 신형을 띄웠다.

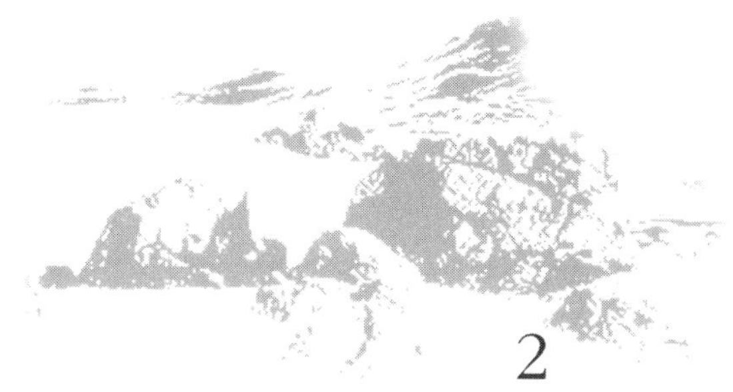

2

꽈르르릉……!

천장폭이 가까워지자 바로 곁에서도 고함을 질러야 소리를 알아들을 수 있었다.

습기도 짙어져 몸을 축축이 적셨다.

당진도가 마련해 준 비밀 거점은 하루 십이 시진 자욱한 안개에 가려 앞을 구분하기 힘들었다.

지금이 그렇다. 하얀 포말이 안개로 변해 시야를 가렸다.

뗏목을 조종할 능력도 사라져 버렸다. 마단 고수들은 독사 일행이 중간에 뗏목을 강안으로 붙일 것이라고 예상했지만, 그건 독사 일행을 너무 과대평가한 결과였다.

물살에 떠밀려 가는 대로 맡겨놓을 수밖에 없는 처지.

꽈앙!

뗏목 하나가 조그만 바위에 부딪치며 허공으로 솟구쳤다가 곤두박 질쳤다.

뗏목에 타고 있던 사람은 배를 깔고 납작 엎드려 이음새를 붙잡고 있지만 위태롭기 그지없었다. 꼭 금방이라도 퉁겨져 강물 속으로 처박 힐 것만 같았다.

그가 누군지 파악할 도리도 없었다. 설혹 뗏목에서 떨어져 강물에 처박한다고 해도 구해줄 방도는 아예 없었다. 남을 걱정할 처지가 아 니었다. 제 한 몸 구하기에도 벅찬 상황이었다.

꽈르릉! 꽈아아아아……!

천장폭은 무서운 기세로 뗏목을 빨아들였다. 빨아들인다는 편이 맞 는 것이, 뗏목은 백마가 질주한다고 해도 따라오지 못할 속도로 치달려 갔다.

물이 이토록 빠른 줄은 상상치 못했다.

물살이 이토록 거센 줄은 미처 몰랐다.

천장폭을 보고, 물살을 보고 어느 정도 예상은 했지만 강안에서 보 는 것과 직접 몸으로 겪는 것은 천양지차(天壤之差), 너무 달랐다.

"떨어진닷!"

누군가 고함을 질렀다. 하지만 고함 소리는 거센 폭포 소리에 밀려 자지러들었다.

다른 사람들보다 일 다경(一茶頃) 정도 먼저 뗏목을 탄 독사는 '떨어 진다' 는 말을 듣기에 앞서 몸으로 실감했다.

덜컥!

뗏목 앞부분이 퉁겨 오른다 싶었다. 뗏목이 절반으로 뚝 꺾여 갈라 진다 싶기도 했다. 연(鳶)을 타고 하늘에 오른 기분이기도 하고.

그런 기분을 즐길 여유는 없었다.

푸른 물줄기가 하늘처럼 보이고, 하얗게 부서진 포말이 시야를 가린다 싶었는데 뗏목은 천 길 아래를 향해 곤두박질쳤다.

'지금!'

독사는 수중에 들고 있던 소검으로 뗏목을 엮어놨던 넝쿨 줄기를 모두 잘라 버렸다.

독사가 탄 뗏목은 이음이 다른 뗏목과 달랐다.

한쪽은 뗏목을 묶었고, 다른 한쪽은 독사의 양발에 꽁꽁 묶여 있었다. 독사가 소검으로 이음새를 잘라 버리자, 넝쿨 줄기는 독사의 양 발에서 해파리처럼 늘어졌다.

재빨리 줄기들을 모아 입에 물었다.

한쪽 끝은 양 발에, 한쪽 끝은 입에.

입 안 가득히 넝쿨 줄기에서 풍겨진 비릿함이 맴돈다 싶었는데……

콰앙!

거센 물줄기가 전신을 후려치며, 잠시 발버둥 치는 것조차 용납하지 않았다.

천번지복(天飜地覆)이 이것이다. 천지붕괴(天地崩壞)가 이곳에서 벌어지고 있다.

독사는 거대한 철판에 육신을 난타당한 것보다 훨씬 강한 충격을 받고 깜빡 정신을 잃었다.

잠시 놓았던 정신은 곧 다시 돌아왔다.

물이 코와 입을 틀어막았고 눈조차 뜰 수 없는 상황. 그러면서도 육신을 끝없이 추락시키는 물줄기.

생각할 정신도 없었다. 그럴 만한 시간적 여유도 없었다. 머리 속에 살아야 한다는 생각이라도 떠오르는 날에는 만사휴의(萬事休矣)다. 육신은 벌써 폭포 밑 깊은 강물 속으로 떨어져 내렸을 테고, 지금까지 받은 충격보다 훨씬 더 큰 충격에 정신을 놓지 않을 수 없으리라.

그 다음은 불을 보듯 뻔하다.

그런 상황에서 살아날 수 있는 사람은 없다. 혹, 모른다. 천자(天子)로 태어나 하늘의 보살핌을 받는 사람이라면.

'타앗!'

전신의 기력을 쥐어짜 소검을 힘껏 내던졌다.

아무 생각도 들지 않는다. 소검이 어디로 갔는지, 물줄기에 떠밀려 갔는지, 아니면 반대 방향으로 내던져 허공을 날았는지……

턱!

독사는 전신이 무엇엔가 걸리는 느낌을 받았다. 순간, 독사는 몸을 빙글 뒤집어 물줄기를 등으로 받았다.

쿵!

몸이 무엇엔가 부딪쳤다.

보지 않아도 안다. 전신 진기를 모두 모아 내던진 소검이 바위 한 귀퉁이에 틀어박혔고, 소검과 그의 육신을 연결한 넝쿨은 그의 몸을 폭포 안쪽으로 끌어 붙였다. 하지만 쏟아져 내리는 물줄기는 금방이라도 넝쿨 줄기를 끊어버릴 듯 강한 기세로 그의 등을 후려쳤다.

상상했던 것보다 훨씬 강한 기세다.

마천옥은 미친놈이다. 미치지 않고서야 이런 계획을 그릴 수가 없다. 이런 상황에서 제정신을 곧바로 차릴 수 있는 자가 세상에 존재한다고 생각했는가.

"대형이 익힌 내공은 상당히 특이합니다. 신령이 느낌으로 앞일을
예견하듯이, 무인도 느낌으로 살기를 짐작합니다. 일종의 동기감응(同
氣感應)이죠. 한데 대형은 다릅니다. 느낌이 아니라 실체를 보고 확신
한 듯합니다. 맞습니까?"

"동기감응은 맞는데, 좀 더 강한 것뿐이지."

"실체를 확신할 수 있습니까?"

"거의."

"그럼 됐습니다. 대형께서 생명을 책임지셔야겠습니다."

미친놈! 대형으로 자처한 이상 생명을 책임지는 것이야 당연하지만
이런 극한의 상황으로 몰아넣을 것은 뭐란 말인가.

'후웁! 후웁!'

틈이 없는 곳에서 입을 벌려 숨을 들이켰다.

몸을 반대로 돌렸는데도 호흡을 할 때마다 물줄기가 코와 입으로 쏟
아져 들어왔다.

'온닷!'

폭포의 거대한 수기(水氣)는 독사의 암혼사를 무력화시켰다. 그가
느낄 수 있는 기운은 오로지 물줄기뿐이었고, 고막을 마비시킨 소리는
폭포가 흘려내는 굉음뿐이었다.

그런 와중에서도 그는 몇 줄기의 색다른 기운을 감지해 냈다.

독사는 재빨리 입에 물고 있는 넝쿨 줄기 중 한 줄기를 빼내 손에 움
켜잡았다.

'하나!'

바위벽을 발로 차 물줄기 속으로 몸을 던지며, 위에서 떨어져 내리

는 무엇을 향해 쏘아갔다. 동시에 그의 손이 현란하게 움직였다. 도왕 앞에서 시전해 보였던 소수천라변이다.

미끈한 무엇이 손에 잡힌다 싶은 순간, 손에 들고 있던 넝쿨 줄기로 아무 곳이나 돌돌 말아버렸다. 또한 다른 손으로는 입에 물고 있던 줄기 중 한 줄기를 잡아챘다.

미끈한 무엇을 놓아버리고, 다른 물체를 잡아채며 손에 든 줄기로 전과 같이 묶은 후 놓아버렸다.

'후읍!'

숨을 쉴 수가 없다. 몸이 거센 물줄기에 떠밀려 추락하려고 한다. 넝쿨로 몸을 묶고 있지만 이것만 가지고는 오래 버티지 못할 것 같다. 더군다나 그가 묶어놓은 무엇은 그의 두 발을 천 근(千斤) 무게로 끌어당기고 있다.

독사는 묵중한 무게에 이끌려 절벽으로 부딪쳐 갔다.

쩌앙!

눈에서 불똥이 튀었다.

두 손으로 얼굴을 감싸고 어쩌고 할 틈도 없었다. 그러나 독사의 마음은 거센 충격에는 아랑곳하지 않고 조급하기만 했다.

넝쿨 줄기에 몸이 묶였던 사람은 아주 잠깐에 불과하지만 정지되는 상태를 느꼈을 테고, 자신이 할 일을 깨달았을 게다.

할 일이란 삶이다.

혼자만 사는 것이 아니라 모두가 함께 사는 길이다.

천장폭에 휩쓸린 몸을 고정시켜 준 사람은 독사지만, 천장폭을 헤쳐 나갈 사람은 그 누구도 아닌 바로 자신이다. 아무도 도와주지 않는다. 실수하면 떨어지는 것이고, 받아줄 사람은 없다.

두 손을 사용하든 병기를 이용하든 독사에게서 떨어져 나와 절벽에 몸을 붙여야 한다.

자신이 빨리 움직이지 않으면 다른 사람들이 죽는다. 두 발에 사람 몸뚱이를 메달고서는 천하의 독사라도 움직이지 못할 것이고, 떨어지는 사람들을 받을 수 없다.

빨리 절벽에 몸을 붙이고, 독사의 두 발과 연결되어 있는 넝쿨 줄기를 끊어야 한다.

'빨리!'

독사의 마음을 전해 들었는지, 그의 몸을 옴짝달싹 못하게 만들던 발 밑 천 근 무게가 홀연히 사라져 버렸다.

타악!

독사는 다시 절벽을 발로 차며 물줄기 속으로 뛰어들어 갔다.

사투(死鬪)!

물과의 사투는 어떤 싸움보다도 힘에 겨웠다.

숨도 쉴 수 없고 볼 수도 없으며 인력으로 항거할 수 없는 거력이 전신을 짓누르는 가운데 조금씩 조금씩 밑으로 내려가는 미친 짓.

바위는 천 년 세월 동안 물때를 머금어 뱀장어처럼 미끄러웠다. 얼굴이며 어깨며, 몸뚱이를 마구 두들기는 물줄기는 수련을 위해 폭포 아래서 가부좌(跏趺坐)를 틀고 앉았을 때와는 전혀 달랐다.

몸을 지탱해 줄 것은 오로지 소검 한 자루.

소검을 빼서 다시 틀어박는 동안 단단히 붙잡고 있다고 생각한 다른 손이 미끄러지기라도 하는 날에는 여지없이 추락하고 만다.

그것은 사투였다.

도대체 얼마나 사투를 벌였을까?

머리 속이 하얗게 탈색되어 아무 생각도 떠오르지 않았다. 살아야겠다는 의지조차도 사라지고 없었다. 무의식적으로 손을 놀려 소검을 틀어박고 몸을 옮기는 일이 되풀이되고 있을 뿐이다.

그나마 무생곡에서 절벽을 타고 오른 것이 큰 도움이 되었다. 당시 그는 무공을 제대로 익히지 못한 상태에서도 여느 무인들보다 빠르게 절벽을 오르내렸던 전력이 있지 않은가.

독사는 왼손으로 단단히 바위틈을 붙잡았다.

소검을 빼도 물줄기에 몸이 떠밀려 가지 않을 정도라고 확신한 후, 소검을 빼내 아래쪽으로 푹 찔렀다.

그런데 지금까지와는 전혀 다른 감촉이 감지됐다.

딱딱한 바위에 부딪쳐야 한다. 그러면 손을 살짝살짝 움직여 바위틈을 찾을 것이고, 찾았다 싶으면 다시 깊숙이 찔러 넣는다. 확실하게 몸을 지탱해 줄 수 있는지 가볍게 몸을 움직여 확인해 본 다음, 힘들게 잡고 있는 왼손을 놓고 이동하면…… 몸이 아래로 내려간다.

지금까지는 그랬다.

소검은 아무것도 찌르지 못했다. 딱딱한 바위의 감촉이 느껴져야 하는데 텅 빈 허공을 찌른 듯 쑥 들어갔다.

위기는 시작되었다.

아무것도 닿지 못한 소검은 찔러가는 기세에 힘입어 더욱 안쪽으로 파고들었고, 일순 독사는 중심 감각을 잃고 비틀거렸다.

다른 때, 다른 상황이었다면 이 정도로 중심을 잃는다는 것은 말도 안 된다. 탈진한 것도 아니다. 다른 사람들, 특히 지천도와 섭혼살호, 그리고 왕가달 같은 경우에는 탈진했을 수도 있겠지만 암혼사의 진기가 한시도 쉬임없이 휘돌아 소모된 진기를 보충해 주는 독사에게 탈진이란 있을 수 없는 말이었다.

무의식적인 행동이 의식을 고정화시켰고, 같은 행동을 반복하다 보니 타성이 생겼다.

독사에게도 천장폭을 기어 내려오는 일은 벅찼던 것이다.

'휴우!'

간신히 중심을 잡은 독사는 긴 한숨을 몰아쉬었다.

자칫했다가는 천장폭 아래로 곤두박질칠 뻔하지 않았는가.

다시 정신을 수습한 후 소검을 조심스럽게 찔러 넣었다.

역시 아무것도 찌르지 못했다. 닿는 것이 전혀 없었다.

소검을 전에 박혔던 곳에 찔러 넣고, 이번에는 두 발로 바위를 차보았다.

두 발에 닿는 곳도 없었다.

'공간(空間)!'

진작 알았어야 한다. 보통 절벽을 타는 것이었다면 소검으로 찔러보기 전에 두 발이 먼저 알아차린다.

독사는 전신 무게를 분산시키기 위해 두 발과 두 손을 모두 사용했다. 바위틈을 파고든 소검에 거의 의지했지만, 다른 손과 두 발도 잡을 수 있는 곳, 디딜 수 있는 곳은 모두 이용했다.

독사의 발가락은 아주 미세한 균열 사이를 집고 있는 상태였기에 빈 공간이 있다는 것을 몰랐던 것이다.

'난감하게 됐군.'

다른 사람들은 이 위기를 어떻게 벗어났을지 걱정되었다.

진기가 고갈되지 않고, 절벽을 능수능란하게 탈 수 있는 자신도 곤란한 처지인데 하물며 지천도와 왕가달 같은 사람들은…….

한 손으로는 소검을 꼭 잡고, 바위를 잡고 있던 다른 손은 슬그머니 미끄러뜨려 공간을 더듬어봤다. 그때, 공간 속에서 무엇인가가 불쑥 나타나더니 독사의 두 다리를 잡아챘다.

"하하! 대형, 그만 매달려 있고 내려와요. 하하하!"

동굴 속에서처럼 웅웅 울리는 음성이었지만 폭포의 굉음에 밀려 모깃소리만하게 들렸다. 하지만 독사는 똑똑히 들었다. 왕가달. 왕가달의 음성에 생기가 깃들어 있다.

한 명, 두 명, 세 명…… 열한 명.

독사 자신까지 모두 열두 명.

어느 한 사람 다친 사람이 없이 멀쩡한 모습들.

'무사했군.'

천장폭을 무사히 빠져나온 사람들의 표정은 전에 없이 밝았다.

사투 끝에 살아난 목숨들이라 더욱 밝은지도 모르겠다.

열두 명이 몸담고 있는 공간은 아주 협소했다. 그리고 그곳은 어처구니없게도 천장폭이 수면에 맞닿는 부분이었다.

설혹 독사가 중심을 잃고 떨어졌다고 해도 아무 충격 없이 물속으로 떨어졌을 것이다.

실제로 그보다 앞서서 내려왔던 사람들 대부분이 물속에 빠졌다. 하지만 높은 데서 떨어진 것이 아니라 다탁(茶卓) 위에서 펄쩍 뛰어내린 것에 불과하기에 큰 충격은 받지 않았다. 아니, 전혀 충격을 받지 않았다. 거센 물줄기에 휘말려 물속 깊이 빨려 들어가지만 않는다면.

다행히도 천장폭을 내려온 사람들은 무공을 수련한 사람들. 그 정도는 능히 감당할 수 있는 사람들이다.

그러나 한숨 돌렸다고 해서 끝난 것은 아니다.

빈 공간은 높이가 다탁 정도밖에 되지 않으며, 크기는 장정 두어 명이 누워 있는 정도로 무척 협소하다. 발 밑은 디딜 곳조차 없는 물속인지라 바위틈에 손가락을 찔러 넣고도 계속 발을 움직여야 한다.

바로 곁에는 천장폭의 물줄기가 쏟아져 내리고 있다. 천장폭 물줄기는 거대한 소용돌이를 만들어냈고, 사람들의 몸을 한없이 끌어당긴다.

언제까지나 바위 틈바귀만 붙잡고 있을 수는 없다.

한 번은 물줄기가 만들어낸 회오리를 뚫고 저쪽 반대 편으로 나가야 한다.

"하하! 그래도 대형은 다릅다. 여기서 떨어지지 않은 사람은 대형이 처음이오. 모두들 줄 끊어진 사람처럼 풍덩 떨어지고 말았죠. 하하하!"

"아차! 하는 순간 턱하니 떨어지는데 간이 콩알만해지더라고. 이제는 죽었구나 싶었지. 그러나저러나 대단하오. 어떻게 저기서 떨어지는 사람을 정확히 낚아챌 수 있었는지. 아무래도 내가 귀신하고 어울리는 게 아닌지 몰라."

모두들 살았다는 안도감에 한마디씩 했다.

하지만 두 번 다시 같은 모험을 할 생각은 없었다. 똑같은 상황이 반복된다고 해도 다음에는 다른 길을 선택할 것이다. 천장폭에서 뛰어내리는 미친 짓만은 두 번 다시 할 생각이 없다.

독사는 크게 숨을 들이쉰 후 말했다.

"준비됐습니까?"

"우리는 됐네만…… 조금 더 쉬었다 가지 그러나."

"저도 됐습니다. 갑시다."

독사는 말이 끝나기 무섭게 소용돌이 속으로 자맥질해 들어갔다.

떨어져 내리는 물줄기는 수면에 부딪쳐 포말을 일으키는 것으로 끝나지 않는다. 천 길 높이에서 떨어진 물줄기는 강물을 뚫고 들어가 강바닥에 깊은 웅덩이를 파놓았다.

소용돌이도 사람이 빠져나올 한계를 벗어났다. 휩쓸리기만 하면 여지없이 강바닥까지 내동댕이쳐질 상황이다.

독사는 천장폭을 기어 내려오듯 절벽을 붙잡고 가장자리로만 헤엄쳐 갔다.

몸을 빨아 당기는 흡인력과 바위를 붙잡고 놓지 않으려는 손가락 사이에 팽팽한 긴장이 이어졌지만, 결코 놓지 않았다.

금방이면 끝날 것 같은 소용돌이와의 싸움이 반 각을 훌쩍 넘긴 다음에야 끝났다.

손으로 무엇을 잡지 않아도 흡인력에서 벗어날 수 있다고 느껴질 즈음, 두 팔과 두 다리를 마음껏 휘저으며 자맥질을 했다.

멀리 부서진 뗏목들이 유유히 흘러가고 있다.

천장폭의 위세가 얼마나 강했던지, 뗏목 형태를 갖추고 있는 것은 하나도 없었다. 나무들도 이리 쓸리고 저리 찢긴 흔적이 역력했다. 당연히 뗏목에 태웠던 토인은 흔적도 없이 사라져 버렸다.

독사는 물속에서 완파되지 않은 뗏목을 찾았다.

거의 부서져 두 개, 혹은 세 개 정도만 이어져 있는 뗏목이라야 한다. 통나무 한 개로는 몸을 숨길 수 없고, 완파되지 않은 뗏목은 시선을 잡아끈다.

찾고자 하는 뗏목은 쉽게 찾았다.

부서지고 찢겨진 뗏목, 통나무 두 개만 간신히 붙어 있어서 뗏목이라고 할 수도 없는 뗏목이 저만큼 흘러가고 있다.

자맥질을 서둘러 통나무 밑으로 기어갔다.

지천도와 당한이 같은 목적으로 다가왔다.

그때까지 모두 한 모금 숨에 의존하고 있는 상태였다.

숨을 참다가 죽는 한이 있어도 물 위로 머리를 내밀어서는 안 된다. 그것만은 다른 사람을 위해서라도 반드시 지켜줘야 한다. 한 사람이라도 머리를 내밀었다가는 그것으로 끝이다. 그럴 바에는 차라리 일선도에서 죽음을 각오하고 싸우는 편이 나았으리라.

두 통나무 사이로 코와 입만 내밀고 깊게 억눌렀던 숨을 토해냈다.

"휴우!"

"푸우! 하아! 이제야 살 것 같네."

독사와 지천도, 당한은 통나무 두 개에 의지해 서서히 떠내려갔다.

다른 사람들도 두 명, 혹은 세 명씩 짝을 이뤄 부서진 뗏목 사이에 얼굴만 드러내 놓고 있다.

그들은 자맥질조차도 하지 않았다.

그저 물이 흐르는 대로, 통나무가 떠내려가는 대로 몸을 맡기고 있을 뿐이다.

마단 고수들은 무려 삼십여 명에 이르는 사람들이 뗏목을 탄 것으로 알고 있다. 그 많은 사람들이 천장폭을 뛰어내렸는데, 완파되다시피 부서진 뗏목을 의심할 수는 없다. 기껏해야 시선 한두 번 주다 말 뿐이겠지.

"독한 놈들!"

일마는 천장폭이 환히 내려다보이는 곳에서 두 눈에 불을 켜고 지켜봤다.

독사 일행은 누구 한 사람 망설이는 사람이 없었다.

천장폭이 다가오면 운명에 몸을 맡긴 사람처럼 순순히 받아들여 떨어져 내렸다.

뗏목이 물줄기에 휩쓸리는 것까지는 명확히 보였다. 거칠게 내동댕이쳐지며 깊은 강물 속으로 빨려 들어가는 것까지도 똑똑히 보았다. 하지만 뗏목에 탔던 사람들의 모습은 식별해 내지 못했다. 물줄기와 그들의 몸이 하나가 되는 순간, 녹아버리기라도 하듯 증발해 버렸다.

거대한 폭포에 휩쓸려 버렸으니 죽었다고 생각하는 것이 당연하지만, 그런 생각이 들지 않았다.

놈들은 살아 있다.

독사라는 놈은…… 검신까지 죽인 놈이 아무 대책 없이 죽음의 길로 들어섰다고는 보지 않는다.

놈은 살아 있다.

천장폭을 무슨 수로 빠져나올지는 모르지만 분명히 살아 있다.

분명한 것은 독사 일행 모두가 천장폭에 잠겼다는 것.

"폭포 밑을 뒤져라. 시신이라도 찾아야 돼. 반드시."

말하는 음성에 힘이 실려 있지 않았다.

잡을 자신조차도 없다. 폭포 밑을 뒤지라고 명했지만, 아무것도 발견해 내지 못할 게다.

'십 일……. 사부님께서는 이런 사태를 예감하셨나? 십 일을 벌었다고 하셨어. 십이추시…… 그들만이 독사를 잡을 수 있는 것인가.'

천하에서 못할 일이 없으리라 생각했는데 무공조차 변변치 않은 작자들조차 잡지 못하다니. 아니, 그건 틀린 말인가. 검신을 죽인 놈이 있으니 무공이 변변치 못하다는 말은 틀린 말이겠지.

부지런히 연통을 쏘아 올리는 암신의 모습이 눈에 들어왔다.

그의 연통에 화답이라도 하듯, 굽이지는 강을 환히 내려다볼 수 있는 산봉에서 붉은 연기가 솟아올랐다.

역시 그렇다. 아무것도 발견해 내지 못하고 있다.

적어도 물에서 나와 땅으로 올라선 인간은 없다.

신신의 모습은 보이지 않았다. 부지런히 연통을 쏘아 올리더니 어디선가 합류한 듯하다.

그도 나름대로 추적의 실마리를 찾아내고 쫓아가겠지만, 왠지 헛수고에 불과할 것 같다는 느낌이 들었다.

일마의 눈이 공허하게 하늘로 들려졌다.

"잔꾀를 부리는 놈은 당할 수가 없어. 아무리 막아도 생쥐처럼 요리조리 빠져나가지. 여우처럼 약삭빠른 놈. 맞상대하다가는 부화만 치민다. 자, 어떻게 하겠느냐?"

'잔꾀를 부리기 전에 죽입니다.'

일마는 자신있게 대답했었다.

이 얼마나 미련한 짓인가. 잔꾀를 부리기 전에 죽인다고 했으면서 실컷 잔꾀를 부리게 만들었으니.

'지켜보겠습니다, 어떤 잔꾀를 부리는지. 놈을 수중에 장악하고 있다면 잔꾀도 소용없습니다.'

그 대답은 암신이 했다.

허점이 있었다. 독사처럼 수중에 장악되지 않은 자는 잔꾀를 부릴수록 멀어져 간다.

'천천히 뒤쫓겠습니다. 서둘 필요가 없다고 봅니다. 세상은 넓지만 인간이 움직이는 데는 한계가 있는 것, 뒤쫓다 보면 잡습니다.'

신신은 태평스럽게 말했다.

지금에 와서는 그 말이 가장 타당하다.

그러나 오공사수는 그 대답마저 고개를 저었다.

'잔꾀를 부린다는 것은 상황이 꼬였다는 것을 의미하죠. 한 발짝 물러서겠습니다. 조금 멀리 봐서, 잔꾀가 통하지 않는 지점에서 기다리겠습니다. 부리려는 잔꾀를 못 부리게 막기는 힘듭니다. 그러느니 차라리 실컷 부리게 만들어놓고 가장 편안해할 때 치겠습니다.'

검신은 그 한마디로 검공(劍功)을 전수받았다.

그러나 일마는 되지 못했다.

마단에서는 옳은 사고를 지닌 사람보다 강한 사고를 지닌 사람이 더 크게 소용된다면서, 도신에게 일마의 위치를 맡겼다.

잠시 옛 생각을 더듬자 투지가 되살아났다.

그렇다. 마단에서 필요한 사람은 검신같이 합리적인 사람이 아니라 자신같이 강한 사람이다. 강한 사람이 강함을 토해내지 못할 때는 죽은 것이나 진배없다.

'이용할 수 있는 것은 모두 이용하는 것이 장수(將帥)라고 했던가. 후후! 사부님 말씀이 옳았군. 내가 쫓을 필요가 없었어. 복수도 급하지만… 잔꾀를 부리는 놈은 부리게 놔두고 추적은 십이추시에게 맡긴다. 난 목숨만 거두면 돼.'

일마는 생각을 다듬자 마음이 편안해졌다.

아직 싸움은 시작도 하지 않았다.

놈은 잔꾀를 부려 잠시 몸을 피한 것뿐.

그는 그제야 강물을 따라 흘러가는 나무토막들을 보며 희미한 미소를 머금었다.

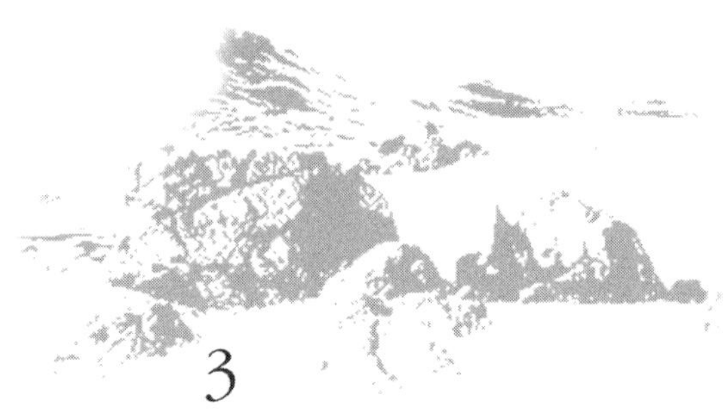

3

오공사수는 독사가 사도에 들었다는 말을 듣자마자 한달음에 달려왔다. 물론 만무타배와 요지성녀도 함께였다.

"독사가 이곳에 올 줄은 몰랐군, 몰랐어. 이런 실수를…… 놈이 이곳까지 찝쩍거릴 줄이야."

오공사수는 했던 말을 계속해서 반복해 중얼거렸다.

그는 주름살 한 점 없는 얼굴로 이제 갓 오십 중반쯤 되어 보였다. 검은 머리카락에도 새치 하나 찾아볼 수 없어서 나이를 조금 더 낮게 잡아도 무방할 듯싶었다.

그런 사람이 환갑을 훌쩍 넘긴 듯 보이는 만무타배의 사형이라면 모두가 놀랄 것이다. 만무타배보다는 오히려 마신 쪽이 사형제 간으로는 더 어울릴 것 같았다.

중년 여인쯤으로 보이는 요지성녀와 한 쌍의 원앙으로 잘 어울리는 오공사수.

그의 얼굴에 깊은 주름이 잡혔다.

"혈혈! 사형, 너무 심려 놓으십시오. 아무리 독사라도 골인들의 시신은 발견해 내지 못했을 겁니다. 발견해 내면 또 어떻습니까? 독사는 아무것도 알아내지 못할 겁니다."

"쯧! 자네의 그 태평한 마음이 독사를 놓친 거야."

"혈혈!"

만무타배는 누런 이를 드러내며 웃었다. 그러나 그의 얼굴은 곧 딱딱하게 굳어졌다.

오공사수가 손을 들어 한곳을 가리키고 있다. 가리키는 곳을 쳐다보니 움푹 솟아난 곳이 보인다. 사도를 전혀 모르는 낯선 사람이라면 원래 지형이 그렇거니 하고 생각하겠지만, 만무타배와 요지성녀는 그렇게 담담할 수 없었다.

"어, 어떻게 저길!"

요지성녀가 놀라서 소리쳤다.

오공사수는 두어 명만이 탈 수 있는 소선(小船)을 타고 사도로 들어섰다. 사도의 모습이 가까워질수록 이마를 가로지른 주름살은 더욱 깊어졌다.

삐걱! 삐걱……!

만무타배의 노 젓는 소리가 깊은 침묵을 대신했다.

이윽고 사도가 눈앞에 다가오자, 더 이상 참지 못하겠다는 듯 오공사수가 신형을 띄웠다.

쉬이익!

오공사수의 몸놀림은 물 찬 제비를 연상시키듯 유연하고 가벼웠다. 몸에 수십 마리의 지네가 꿈틀거리고 있지만 한 마리도 떨어지지 않았다. 오공사수가 몸을 날리고 있는 동안에도 지네들은 전혀 움직임을 감지하지 못한 듯 소맷자락을, 옷섶을 꿈틀거리며 기어 다녔다.

"나중에 와."

요지성녀도 신형을 날려 오공사수의 뒤를 쫓았다.

"이런! 헐!"

만무타배는 혀를 찼지만 노 젓는 손을 급히 놀리지는 않았다. 오히려 노 젓는 일이 힘겹다는 듯 천천히 배를 몰아갔다.

'세월이 무상하군. 벌써 사십 년이나 흘렀나. 사십 년⋯ 억겁처럼 긴 세월⋯⋯.'

"독사, 이놈!"

오공사수가 분노로 치를 떨었다.

만무타배가 사도에 배를 댈 동안 오공사수는 이미 파손된 석회를 벗겨내고 안에 묻힌 골인들을 꺼내놓았다.

만무타배는 골인들의 시신을 보며 아무 소리도 하지 못했다.

사도에 묻힌 골인은 정확히 열네 구다.

모두 머리를 깊이 조아리며 향을 올려야 할 사람들이다.

사백(師伯)님의 시신이 여기에 있다. 사부님의 시신이 있고, 사숙님의 시신이 예 있다. 사제의 시신도 있다. 사매도 여기 묻혀 있다.

그러나 그들의 시신은 문제가 되지 않는다.

정작 중요한 것은 주공의 형제가, 아버지가, 할아버지가 바로 여기에 묻혀 있다는 것이다.

사도는 마단을 창건하고, 현재까지 이어온 중요 인물들의 무덤이었다. 더불어서 골인이 되면서까지 마지막 목숨을 마단에 바친, 그야말로 마단으로서는 열혈의인(熱血義人)들의 안식처였다.

사도는 그 누구도 발을 디뎌서는 안 되는 성역이다.

단순히 성역뿐이라면 금역으로까지 지정하지는 않는다. 오히려 마단 무인들로 하여금 경배 의식을 치르도록 할 수도 있다. 해마다, 철마다 제사를 모시면 오죽 좋은가.

사도를 금역으로 지정한 데는 불가피한 이유가 있다.

죽은 자는 말이 없다고 한다.

천만에 말씀이다. 시신처럼 많은 말을 하는 사람도 없다. 차라리 살아 있을 때는 의지로 굳게 입을 다물 수 있지만, 죽어서는 의지조차 펼칠 수 없기에 말을 할 수밖에 없다.

백비로 들어온 사람들은 몽환소에 중독된다. 진기가 소진되고, 사활근맥단이 없으면 목숨을 부지하지 못한다.

사도에 누운 사람들도 같은 일을 경험했다.

몽환소로 진기를 소진시켰고 사활근맥단으로 목숨을 부지했다. 아니, 이들의 사정은 멸혼촌이나 유심동 골인들보다 훨씬 지독했다. 그들은 사활근맥단으로 목숨이나마 연명할 수 있었지만, 사도에 누운 사람들은 근맥이 가닥가닥 끊어지는 고통 속에서 운명을 달리했다.

사도에 누운 시신은 마단의 역사를 말해 준다.

마단이 창건된 초창기부터 현재까지 어떤 과정을 거쳐 왔는지 소상히 밝혀준다.

그렇기에 사도는 금역이다.

누구도 들어설 수 없고, 과거를 캘 수 없다.

마단이 왜 백비를 만들었으며 골인들을 만들었는지…….

왜? 무엇 때문에!

모두 짙은 망사 저편에 숨어 드러나지 않아야 한다.

독사는 넘지 말아야 할 선을 넘었다. 그는 사도에 들어서지 말았어야 하며, 실수로 들어섰다면 구덩이를 파지 말았어야 한다. 구덩이를 파고 시신을 봤다면 그것으로 족했어야지 마단 마조(魔祖)의 시신에 흠집을 내어서는 안 되는 일이었다. 다른 사람도 많은데 하필이면 마조의 시신을 훼손한단 말인가.

"독사…… 죽일 이유가 너무 많이 쌓이네요. 삼족(三族)이 아니라 구족(九族)을 멸할 죄를 지었으니. 호오! 사형, 어떻게 하실래요? 이번 일도 주공께 보고하지 않을 생각이세요?"

오공사수는 요지성녀의 말을 듣지 않았다.

그의 두 눈은 분노로 활활 타오르고 있었다.

이상한 눈이다. 눈에서 불길이 일어나는데 검은 눈동자는 더욱 차가워진다. 소름 끼치도록 차가워 몸이 얼어붙는다.

"사매, 보고해."

"잘 생각하셨어요."

"단, 보고는 사매가 해."

"네? 제가요? 이건 사형이…….”

"사매가 해도 돼. 난 독사를 추적한다. 만무타배! 십이추시 사 개 조는 언제 도착한다고 했나?"

"바로 출발했으면 모레쯤 도착할 텐데…… 헐! 사형, 이 일은 아무래도 직접 사형께서 보고하시는 게…….”

"주도란(周道鸞)."

“……!”

만무타배는 잠시 무슨 말인가 싶어 눈을 끔뻑이다가 눈까풀을 반쯤 내리 감아 실눈을 떴다.

그가 많이 놀랐다는 간접 표현이다.

진정으로 놀랐다. 육십 평생 살아오면서 오공사수가 자신의 이름을 부른 적은 한 번도 없었다. 어렸을 적 검을 갓 잡았을 때부터 지금까지 사제 혹은 만무타배라고 불러왔지 주도란이란 이름은 입 밖에도 꺼내지 않았다.

마단에 입문한 자는 성과 이름을 잊어버린다.

그들에게 주어진 별호가 이름을 대신하며, 죽은 사람도 별호만 기억하지 이름은 기억하지 않는다.

너무 오래된 기억이라 만무타배 자신마저도 잊어버린 이름이다.

“사도를 지도에서 지워라.”

“헐헐!”

“이건 주공의 명. 자네에게 주어진 명을 자넨 수행하지 못했지. 나 역시 마찬가지. 내게 주어진 명을 수행하지 못하고 말았어. 난 이제부터 독사를 잡는 데 총력을 기울일 터. 자넨 내가 맡은 일을 수행해 주어야겠네.”

만무타배의 눈동자가 다시 커졌다.

주공의 명이었던가. 주공이 사도를 지도에서 지워 버리라고 명하셨던가.

하기는…… 마단이 총단을 버리고 다른 곳으로 이전하기 시작했으니 사도 역시 멸혼촌이나 유심동처럼 지워 버리는 것이 마땅하리라. 하지만 존장이 영면을 취하고 계신 곳인데.

오공사수가 이름까지 부르며 말했다면 만무타배가 평생을 두고 멸혼촌을 감시한 것보다 훨씬 중차대한 임무다. 또한 오공사수가 그런 임무를 자신에게 맡기고 독사를 쫓겠다는 것은 독사에 대한 증오가 하늘을 찌른다는 것일 게다.

'헐헐! 독사 이놈, 이젠 죽었군. 꼼짝없이 죽었어.'

"그럽시다. 이 사도는 내가 지우겠소."

오공사수가 사도에서 빠져나가고 요지성녀가 총단을 향해 신형을 날린 후에도 만무타배는 사도에 털썩 주저앉아 움직이지 않았다.

곁에 오공사수가 꺼내놓은 골인의 시신 한 구를 놓아둔 채.

"혜선(慧仙)…… 허허! 이게 몇 년 만이오. 장장 사십여 년이란 세월이 흘렀구려. 헐헐! 나도 많이 늙었지. 이제 죽을 날이 얼마 남지 않았어. 허허!"

골인은 사도에 묻히기 전이나 다름없었다. 조금도 변한 게 없었다. 바짝 마른 몰골 하며, 검은색으로 변색된 피부도 그때와 다름없었다.

똑똑한 사람은 모두 골인이 되어 죽었다.

혜선도 너무 똑똑해서 죽었다.

삼태극(三太極)!

마단이 추구하는 궁극의 목표.

그것 때문에 마조가 죽었고, 마조의 아들도, 또 그 아들도, 형제들도…… 모두 죽었다. 혜선처럼 똑똑한 사람들, 무공이 극에 치달아 무림에 나서면 당장 초절정고수의 반열에 들 만한 사람들도 모두 삼태극의 제물이 되었다.

유화신공으로 삼태극이 완성되지 않는다면 오공사수도, 요지성녀도,

또 자신도 결국은 삼태극의 제물이 될 수밖에 없다.

주공이라고 예외는 아니다. 주공이 자식을 두어 대를 물릴 사람이 확정되면, 그리고 주공의 무공이 극에 치달았다고 여겨지면 어김없이 삼태극의 제물이 되리라.

지금까지 그래 왔던 많은 사람들처럼.

그래도 삼태극이 밉지 않다. 삼태극을 완성하기 위해 죽어간 사람들이 부럽기까지 하다.

삼태극만 완성할 수 있다면, 두 눈으로 삼태극의 완성만 목도할 수 있다면 멸혼촌 같은 오지에서 사람 구경조차 제대로 하지 못하고 외롭게, 고독하게, 처절하게 보낸 세월이 값지게 느껴질 게다.

"이제 난 가야겠어. 아마도 이것이 이승에서는 마지막일 것 같아. 여길 지워야 하거든. 헐헐! 혜선… 그대 따라 골인이 되어 죽을 운명인 줄 알았는데, 난 좀 다르게 죽을 모양이야. 편히 쉬시게."

한때는 그리움에 애간장이 녹았던 여인이었으나 세월이 그를 담담하게 만들어주었다. 사도에 들어서면, 혜선이 묻힌 곳을 밟다 보면 눈물이 왈칵 쏟아질 것 같았는데, 의외로 편안했다.

오공사수가 꺼내놓은 시신을 다시 석회 안으로 들이밀었다.

얼굴 한 번 보지 못했던 마조를 비롯해 정말 모질게도 구박했던 전임 만무타배의 시신까지 꼼꼼히 집어넣었다. 가장 마지막으로 혜선의 시신을 집어넣은 후 편안히 잠든 얼굴을 물끄러미 바라보았다.

끝나지 않는 인연은 없다고 했던가.

'편히 쉬시게. 아! 한 가지 잊을 뻔했군. 꼭 말해 주고 싶었는데. 주공께서 유화신공을 완벽하게 터득하신 듯하이. 삼태극을 완성하는 방법도 찾아내신 듯하고. 이제 곧 삼태극의 완성을 볼 수 있을 것 같은

데……. 헐헐! 기분이 어떠신가. 그대 죽음, 헛되지 않은 듯하이. 이제
정말 편안히 눈 감으시게.'

만무타배는 문득 이런 생각을 했다.

지금 마음을 편안하게 가질 사람은 자신이 아닌가 하고. 이들… 사
도에 묻힌 사람들의 영혼은 벌써 편안해져 있는 게 아닌가 하는.

'이곳을 지워 버리려면 화약이 얼마나 필요할까? 헐! 아무래도 염화
마군(閻火魔君)의 도움을 받아야겠군. 주공이 그런 명을 내렸다면 염화
마군도 근처에 와 있을 듯한데…….'

만무타배가 느릿하게 신형을 일으켰다.

第四十一章

넓고 큰 울타리

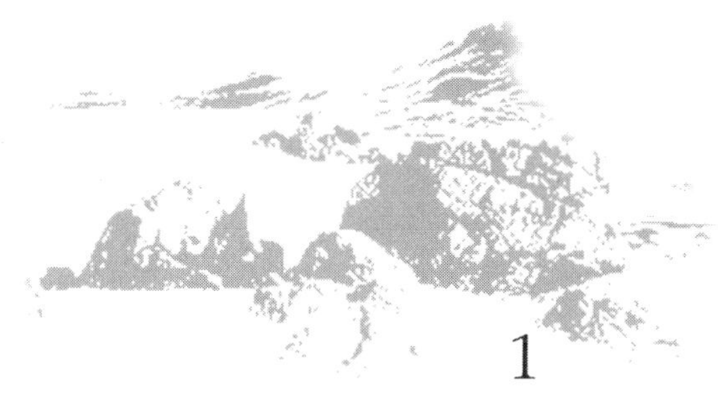

1

넓고 큰 울타리

밤이 깊어 하늘에 떠 있는 별들조차도 깜빡깜빡 졸아댈 때, 독사는 뗏목을 슬그머니 밀어 강안 가까이 붙였다.

사람이 내뿜는 기운은 느껴지지 않았다.

이곳이 어디인지는 모른다. 얼만큼 흘러내려 왔는지도 알 수 없다. 다시 강을 거슬러 올라간다고 해도 난생처음 보는 신천지만 전개될 것이다.

물속에 몸을 담그고 코와 입만 내놓은 상태에서는 아무것도 볼 수 없었다.

살그머니 뗏목을 밀어 강물에 흘려보내고 물방울 한 올 튀기는 소리조차 죽인 채 살그머니 강을 빠져나왔다.

당한과 지천도도 바싹 긴장해서 주위를 두리번거렸다.

모두들 피곤해서 몸을 가누지 못할 정도였다. 특히 당한의 경우는 심각해서 입술까지 시커멓게 죽어버렸다.

암기에 당한 상처는 결코 가볍지 않았다. 가볍게 지혈이나 하고 금창약 정도로는 어림도 없었다. 하지만 그는 쉬지 못했다. 약속에 따라 꼬박 하루에 걸쳐 벌목을 했다. 또한 천장폭에 휩쓸리기도 했고, 몇 시진인지도 모를 오랜 시간 동안 물속에 잠겨 있었다.

이래서는 철골장한이라도 견디지 못한다.

하물며 그는 몽환소에 진기를 완전히 소멸당한 상태다. 사활근맥단까지 몰아낸 지금에 와서는 겨우 유화신공으로 실 같은 진기만 이어가고 있다.

독사가 손을 들어 나무 밑을 가리키자 지천도가 당한을 부축하고 나무 곁으로 갔다.

“휴우! 확실히 늙었군. 이 정도로 손발이 떨려서야…….”

당한은 지천도의 농 반 진 반에 대답조차 하지 못했다.

“운기부터 하시죠.”

“나는 괜찮네. 어서 다른 사람이나…….”

“고집 부리지 마세요. 나중에 영아에게 혼납니다.”

“하하! 웃기지 말게. 배가 뒤틀려.”

당한은 웃다 말고 배를 움켜잡았다.

암기에 맞은 상처가 곪는지 썩는 악취까지 풍겼다.

“조금만 더 참으십시오.”

“걱정하지 말래도.”

당한은 탈진한 듯 나무 기둥에 등을 대고 고개를 툭 떨어뜨렸다. 곧이어 코 고는 소리가 자그맣게 울려 나왔다.

한 명, 두 명…… 사람들이 모여들었다. 가장 마지막으로 당옥이 일수일살의 부축을 받으며 올라섰다. 제일 처음 땅으로 올라선 독사와는 반 시진 차이다.

"제길! 나무가 바위에 걸리는 바람에 오도 가도 못했지 뭐야. 그대로 영원히 물귀신 되는 게 아닌가 싶었지."

당한이 엄살을 부렸지만 그의 말에 귀 기울이는 사람은 없었다.

땅으로 올라선 사람들은 한결같이 같은 행동을 취했다. 처음에는 편안해 보이는 곳을 찾아 앉는다. 다음으로는 조금 더 편해지기 위해 바위나 나무에 등을 기대거나 땅 위에 드러눕는다. 그리고는 귀신이 떠메 가도 모를 만큼 깊은 잠에 빠져든다.

긴장이 풀렸기 때문이다.

모두 마단의 손아귀를 완전히 벗어났다고 생각했다.

천장폭에 몸을 던지는 순간, 앞으로는 적어도 마단 고수들에게 쫓기지는 않을 것이라는 기대를 가졌다.

"내 경험에 비추어 보면 물로 뛰어든 놈과 절벽에서 뛰어내린 놈이 가장 찾기 힘들었소."

잔심마도가 한 말이다.

"그건 나도 마찬가지지. 세상에서 가장 추적하기 힘든 곳이 물과 불이야. 물은 흔적을 씻어버리고 불은 태워 버리지. 홍수가 일어난 지역이나 산불이 일어난 곳에서는 영감도 통하지 않아."

신령이 한 말이다.

마천옥이 결정적으로 안심시켜 줬다.

"마단이 와호잠룡(臥虎潛龍)의 소굴이라지만 천장폭까지 추적하지는 못할 겁니다. 일단 천장폭만 무사히 빠져나오면 추적은 뿌리쳤다고 봐도 좋을 겁니다."

완벽한 탈출이다. 귀주사괴 같은 자라도, 당진도의 비밀 거점까지 치고 들어온 십이추시라도 행적을 잡아내지는 못하리라.

독사도 밀려오는 수마를 이기지 못했다. 천근만근의 무게로 내리 감기는 눈꺼풀을 이기지 못하고 혼곤히 잠에 빠져들었다.

얼마나 잤을까?

독사가 눈을 떴을 때는 밤이 깊은 후였다.

별들은 초롱초롱 떠 있고, 매서운 산바람이 온몸을 할퀴어댔다.

하늘하늘 떨어져 수북이 쌓인 낙엽도 낮에는 정취가 있었으나 밤에는 습기를 머금어 옷을 축축하게 적셨다.

독사는 주섬주섬 일어나 마른 나뭇가지를 주워왔다.

탁! 탁탁……!

바늘 떨어지는 소리도 들릴 만큼 깊고 조용한 산속에서 독사가 켜대는 부싯돌 소리만이 간헐적으로 들렸다.

화악!

조그만 불씨가 일어나 늦가을 바싹 마른 가지에 옮아 붙었다.

"아이구! 노숙도 많이 해봤는데…… 이 짓도 할 게 못 되나봐. 뼛골이 시큰시큰 시려서 죽겠네."

신검서생이 일어나 손을 호호 불었다.

"대형, 아침 요기나 하고 해도 되지 않을까? 모두 많이 지쳤는데. 밤에는 불빛도 멀리 퍼져 나갈 테고."

"우선 몸을 데워야 돼. 아침 요기보다 그게 급하지. 그리고 불빛 말인데…… 불빛은 이미 퍼져 나갔어."

"아이구! 그 말 들으니 더 춥네. 이그, 추워."

신검서생이 불붙은 나뭇가지 하나를 집어 들었다.

다른 사람들도 일어나기 시작했다. 독사가 부싯돌을 부쳐 대기 시작할 때부터 잠에서는 깨어나 있었다. 몸을 움직이기 싫어서 누워 있었을 뿐.

일어난 사람들은 배급받는 사람들마냥 독사에게 와서 불붙여 놓은 나뭇가지를 받아갔다.

일어나는 것은 느렸으나 나뭇가지를 받아 든 다음부터의 행동은 예전의 그들로 돌아갔다.

그들은 신속하고 빠르게 움직였다.

강안을 휘젓고 다니며 낙엽이 수북이 쌓인 곳, 마른 나뭇가지가 쌓여져 있는 곳을 골라 불을 붙였다.

"물만 생각했는데 불까지 얻으면 더 좋을 것 같군요. 발화지(發火地)를 파악할 수 없도록 곳곳에서 동시다발적으로 불을 놓는 것이 좋을 것 같습니다. 마침 바람도 며칠간은 세차게 불 것 같으니 불을 놓기만 하면 급속히 번져 나갈 겁니다. 하하! 물속에 오래 잠겨 있어서 몸이 얼었을 텐데, 몸도 녹이고 좋겠군요."

이곳저곳 불을 놓을 수 있는 곳을 골라 뛰어다니는 동안 몸은 다 녹았다. 너무 바쁘게 뛰어다녀 이마에 땀방울까지 송골송골 솟았다.

휘이이잉……!

모질게도 차디찬 바람이 스쳐 갔다.

아마도 올 가을 들어 가장 극심한 추위가 닥쳐온 것 같다. 물이 얕은 곳에서는 얼음까지 얼었을 것 같고. 더군다나 깊은 산속에서 맞이한 추위라 한결 더 추웠다.

화아악! 타타탁……!

불길이 번져 오르기 시작했다.

마천옥의 말대로 여기저기서 동시다발적으로 일어난 불길이다. 발화지를 추측할 수는 있지만 너무 여러 군데라 한 군데를 짚어낼 수는 없다. 그것도 불길이 커지면서 모두 태워 버릴 것이지만.

"일어날 수 있겠습니까?"

당한에게 물었다.

당한은 사람들이 불을 놓느라 분주한 마당에도 배를 움켜잡고 일어서지 못했다. 눈동자도 점점 풀려가는 것이 당장 치료를 해야만 할 상황이다.

"내 걱정은…… 하지 말라니까."

당한은 손을 허우적거렸다. 일어서려는 발버둥. 하지만 그는 끝내 일어서지 못하고 혼절해 버렸다.

이를 딱딱 부딪치게 만들었던 추위는 온데간데없이 사라졌다. 물에 젖어 더욱 춥게 만들었던 옷도 바짝 말랐다. 바람은 여전히 세차게 불어대지만 추위는 전혀 느껴지지 않았다. 아니, 너무 더워서 웃통을 벗어 던지고 싶은 충동마저 일었다.

타탁! 타타탁……!

불길은 콩 볶는 소리를 내며 타 들어갔다. 커다란 나무 둥지를 휘감아 올라간 불길이 잔가지로 확산되며 잎사귀를 핥아대는 모습은 공포감마저 불러일으켰다.

독사는 부지런히 강을 따라 신형을 날렸다.

될 수 있는 대로 빨리, 멀리 도주해야 한다. 이제 불길이 산 전체로 확산되었으니 발화지를 찾을 방법이 없어졌다. 또한 마단 무인들이 천

장폭을 중심으로 주변을 뒤지고 있다면, 쫓아오고 싶어도 쫓아올 수가
없다.

산불이 건너지 못할 장벽이 되어 가로막았으니까.

긁어 부스럼이 될 수도 있는 행동이지만, 어차피 시신을 찾지 못한
사람들이 무슨 행동을 취할지는 익히 상상되지 않는가. 그럴 바에는
차라리 앞서서 추적을 뿌리치는 것이 상책이다. 산불이라면 마단 무인
들에게서 추적의 실마리를 완전히 제거해 주리라.

쉬이익! 쉬익……!

계속 강을 따라 질주했다. 밤하늘을 나는 밤새처럼 조용하면서도 빨
랐다. 누구도 입을 열어 말하지 않았고, 발부리에 걸리는 돌 조각조차
도 조심했다.

도왕이 당한을 업고 있지만, 도왕에게 당한 정도의 장한은 무게로도
느껴지지 않는 듯했다.

독사는 족히 십 리를 치닫고 나서야 걸음을 멈췄다.

산 하나를 통째로 집어삼킨 산불이 저 멀리 보인다. 마치 남의 동네
에 일어난 산불처럼 검은 연기가 자욱이 하늘로 치솟고 있다.

"제길! 이거야 답답해서 원…… 여기가 어디쯤인지 도대체 알 수가
있어야지."

섭혼살호가 사방을 둘러보며 중얼거렸다.

한참을 치달아왔는데도 주변 풍경은 변하지 않았다. 여전히 한쪽은
도도한 강물이 흐르고, 강안은 산에 접해 있다.

지나온 길뿐만이 아니라 앞으로도 계속 그럴 것 같다. 눈에 보이는
것은 오직 강과 산뿐이다.

"아무래도 너무 멀리 잡은 것 같아. 아직도 까마득하군."

일수일살이 백산(白山)을 쳐다보며 말했다.

백산이라는 말 역시 골인들이 만들어낸 지형이다. 사시사철 산봉이 하얗게 보여 백산이라고 명명했다. 아마도 산봉에는 눈이 쌓여 있지 않을까 추측되기는 한데, 높은 산이기는 하지만 만년설이 쌓여 있을 만큼 높지는 않으니 산봉 전체가 암석으로 이루어진 것 같다.

백산이 최종 목적지다.

독사 일행은 백산에 도착해서 마천옥과 엽수낭랑을 비롯해 뒤에 남겨진 사람들이 도착할 때까지 기다려야 한다.

귀주사괴, 잔심마도, 삼화…… 무림에 나가도 삼류무인 취급밖에 받지 못하는 그들과 함께 도주를 생각할 수는 없다. 마단 고수들을 얕보지 않는 한 그런 발상은 터무니없다.

일단 독사가 마단 고수들의 이목을 집중시킨 후 밖으로 끌어내면 남은 사람들이 천천히 나오는 방법.

최선은 아니지만 모두 다 함께 사는 방법은 그게 유일했다.

모두가 아주 잘됐다.

다친 사람은 있지만 죽은 사람은 없다. 마단 고수들도 적당한 선에서 따돌렸다. 산불이 방화라는 사실쯤은 짐작하겠지만, 짐작하면 어쩌랴. 독사 패거리를 따라붙을 실마리가 전혀 없으니. 아무리 산 곳곳을 제 집처럼 알고 있는 사람들이라고 해도, 이 넓은 산중에 사람 몇 명이 숨어 있는 것을 어떻게 찾겠는가.

독사 패거리가 백산으로 갔으리란 생각은 꿈에도 하지 못할 게다.

"어림잡아 이십 리는 되겠군요. 걱정입니다, 남은 사람들이 무사히 도착할 수 있을지."

"걱정 마시게. 비천문의 현자(賢者)가 있지 않은가. 엽수낭랑도 한몫 단단히 할 것이고. 아마 귀주사괴의 괴이한 능력만으로도 충분히 헤쳐 나올 수 있을 걸세.”

지천도 역시 백산에서 눈길을 떼지 못했다.

백산에서 만나자며 쳐다볼 때도 멀었지만, 지금도 멀다. 그때나 지금이나 백산은 하얀 봉우리만 살포시 비춰주고 있다.

어림잡아 이십 리.

먼 길은 아니다. 신법을 최대한 펼치면 금방 도착할 수 있는 거리이기도 하다.

남은 일은 뒤에 처진 사람들이 도착할 때까지 마단 고수들에게 들키지 않고 숨어 있는 일.

“빨리 가면 정오쯤에는 도착할 수 있을 것 같군요. 가죠.”

독사는 말을 마치고 신형을 날리려다 멈칫거렸다.

그의 눈빛이 활활 타오르기 시작했다.

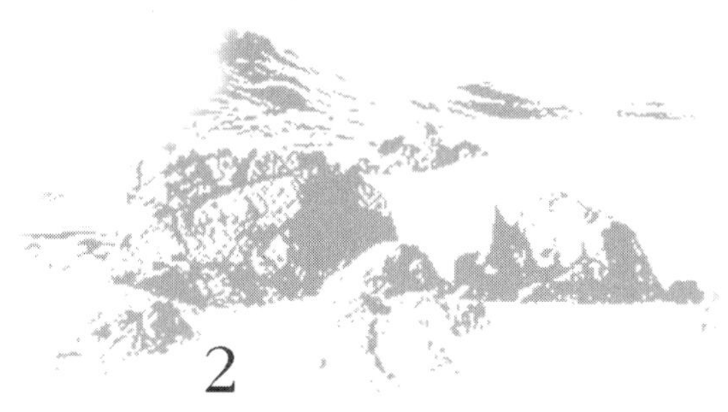

2

넓고 큰 울타리

'포위됐어! 어떻게 이런 일이!'

믿을 수 없는 일이 벌어졌다. 방금 전까지만 해도 아무런 기감을 느끼지 못했는데, 사방에서 살기가 자욱하게 피어나고 있다.

'강! 아냐……. 이젠 강도 안 된다.'

강에도 복병이 숨겨져 있다. 어디에 어떻게 숨어 있는지 모르지만 분명히 숨어 있다. 강물에 몸을 담그는 날에는 먹이를 노리고 달려드는 악어 떼처럼 단번에 숨통을 조여올 게다.

"대형, 왜……? 이런!"

일수일살도 주변에 흐르는 이상한 기류를 읽어냈다.

방금 전까지만 해도 편안했던 얼굴들이 긴장으로 얼룩졌다. 아직 눈치를 채지 못한 사람들도 다른 사람의 얼굴 표정에서 사태의 긴박감을 느낄 수 있었다. 무엇 때문에 표정이 변하는지도.

도왕은 살며시 등에 업고 있던 당한을 내려놓았다.

"이봐! 이봐! 정신 좀 차려!"

도왕이 당한의 뺨을 두어 차례 때려봤지만 정신을 잃은 당한은 꼼짝도 하지 않았다.

"형님은 우리에게 맡겨요. 당문삼기, 아직 죽지 않았습니다."

당옥이 비틀거리는 걸음으로 다가오며 말했다.

"그러는 게 좋겠습니다, 지금은 한 사람이라도 전력을 다해야 하니. 형님은 저희가 지키도록 하죠."

당호도 당한 곁으로 왔다.

도왕은 두 사람이 가까이 오자 고개를 끄덕거리며 일어섰다.

당옥과 당호가 지켜 선다면 쉽게 당하지는 않으리라.

"마천옥도 신은 아니었군."

냉설이 차게 말했다.

"신이었다면 정나미 떨어지지 않겠나. 이만한 허점이라도 있으니 인간미가 풍기는 거지."

일수일살이 가볍게 받았다.

"한 번 더 하는 게 어때?"

"뭘?"

"비무."

"또? 여기서? 지금?"

"여기서 지금. 누가 더 많이 죽이는지 해볼까?"

"후후! 그런 비무라면 사양하지 않지. 기왕이면 내기를 거는 게 어떤가?"

"걸어봐."

"뺨 한 대 맞기! 어떤가?"

"하하하! 좋아. 하지."

일수일살은 여전히 홍검쌍살을 안중에도 두지 않았다. 홍검쌍살도 칠백무원 출신이라는 자부심으로 일수일살 같은 마인을 경멸했다. 그러나 냉설과 일수일살의 사이는 서로가 의식하지 못하는 사이에 조금씩 가까워졌다.

독사는 부지런히 탈출로를 찾았다.

도주할 방위 중 절반이 강이다. 넓고 큰 강이 도도히 흘러가고 있으나 결코 사용해서는 안 될 방위다.

사람의 모습을 전혀 찾아볼 수 없는데 살기가 짙게 우러난다는 것은 수공(水功)의 달인들이 숨어 있다고밖에 생각할 수 없다.

무인은 자신에게 가장 유리한 지형에서, 가장 능숙한 싸움으로 싸워야 한다. 물속은 상대에게 유리한 지형이고, 상대가 원하는 싸움이 된다.

십중팔구 물속으로 들어가면 당한다.

그렇다고 다른 방위를 찾을 수 있는 것도 아니다. 전면은 물론 높은 산으로 둘러쳐진 옆면, 지금까지 달려온 퇴로까지 모두 막혔다.

이렇게 완벽하게 포위를 당할 수도 있을까? 있다. 상대가 기다리고 있었다면 얼마든지 가능하다.

'물! 그렇군. 강이었어! 지리를 모르니 강을 따라 움직일 수밖에 없는 것. 강만 지키면 싸움은 끝나는 거야.'

마천옥도 정말 이런 경우까지는 짐작하지 못했으리라.

강이란 수십 갈래의 지류(支流)가 얽히고설킨다. 한데 모이기도 하고 갈라지기도 한다. 강을 따라가다 보면 이리저리 흩어진 샛강이 보이기 마련이고, 누가 어디로 움직였는지 알아내기가 쉽지 않다.

그런데 빌어먹을 이놈의 강은 오로지 한 개뿐이다. 지류는 고사하고 하다못해 개울물조차 합류하지 않는다.

마단 고수들은 추적할 필요도 없었다. 멀찌감치 떨어져 강이 흐르는 길목만 지키면 걸려들지 않을 수 없다.

탈출로는 없다. 완벽하게, 도저히 빠져나갈 수 없는 포위망에 걸려들었다.

순간, 독사의 머리 속에 한 가지 영상이 스치고 지나갔다.

'추진(錐陣)!'

독사에게도 심혼(心魂)을 닮고 싶은 사내가 있었다.

무림에 대해서는 관심도 없었으니 무인일 리는 없다. 뛰어난 명장(名將)도, 재사(才士)도, 현자(賢者)도 아니다.

그는 한낱 부장(副將)에 불과했다.

이름은 정소(鄭小).

성 한 자, 이름 한 자. 그것밖에는 모른다. 언제 태어났는지, 어떤 환경에서 자랐으며, 어떻게 부장이란 위치까지 올랐는지 남아 있는 것이 전혀 없다. 혁혁한 전공(戰功)을 세우고도 초라한 주검밖에 남긴 것이 없는 많은 병졸들처럼.

그는 시대를 잘못 만났다.

초왕(楚王) 항우(項羽)가 숙부 항량(項梁)과 함께 봉기하여 승승장구할 때 정소는 적이 되어 반대 편에 섰다.

그는 이때부터 자신의 운명을 예감하고 준비했다.

항우는 함곡관(函谷關)을 넘어 관중(關中)으로 들어왔다. 진왕 자영(子嬰)을 죽였고, 도성인 함양(咸陽)을 불살랐다.

여기서 아주 조그만 싸움이 있었다.

항우가 함양을 불사를 때 정소는 여진(閭鎭)이라는 조그만 마을에서 초군(楚軍) 천여 명에게 포위되어 고립무원(孤立無援)의 신세가 되었다.

그때 그의 병졸은 겨우 스물두 명.

항복할 수도 있는 일이었으나 그는 결사(決死)를 생각했다.

"싸움이 되지 않는다. 살고 싶은 자는 항복해도 좋다. 결코 비겁자라는 손가락질은 받지 않을 것이다."

항복하는 병졸은 없었다.

"죽는 방법에는 두 가지가 있다. 여기서 화살받이가 되어 죽는 것과 나가서 화살받이가 되는 것. 어느 쪽을 택하겠느냐."

정소의 부하들은 두 번째 방법을 택했다.

정소는 부하들을 이끌고 천여 명의 적군 앞에 나타났다. 자신이 제일 선두에 섰으며, 스물두 명의 병졸이 이 열 종대로 뒤따랐다.

"뭐야? 저놈들. 항복하는 거야?"

"항복하는 놈들이 뭐 저렇게 당당해."

초군이 보기에도 그들은 너무 당당했다.

항복이 아니라는 것은 즉각 알게 되었다. 한 발짝 한 발짝 힘차게 걸어온 정소의 검이 초군 한 명의 가슴을 길게 베어버렸다.

초군이 어처구니없는 상황에 잠시 어이없어하는 동안, 정소와 그의 병졸들은 십여 명이나 베어 넘겼다.

일직선으로 쭉 초군의 군막을 뚫고 들어선 미친 자들.

화살이 하늘을 새카맣게 메웠다.

정소와 그를 따르던 스물두 명의 병졸들은 죽음을 피할 수 없었다. 하지만 그들은 죽기 전에 한 가지 행동을 했다. 검을, 창을 땅에 찔러넣고 힘차게 움켜잡았다. 고슴도치가 되도록 화살을 맞으면서도 쓰러지기는 싫었기 때문에.

한(漢)의 명장이었던 한신(韓信)은 후에 정소의 이야기를 전해 듣고 이런 이야기를 했다고 한다.

"진왕에게는 정소가 있었으나 알아보지 못했다. 정소는 진왕을 섬겼으나 중용되지 못했다. 둘 다 불행한 사람들이다. 진왕이 정소를 알아보았다면 역사는 달라졌을 수도 있었는데."

정소의 이야기는 잊혀졌다가 군담가(軍談歌)라는 서책을 통해 소개된다.

독사도 군담가를 읽고 정소라는 인물을 알았다.

화상(畵像) 한 장 전해지지 않는 인물이지만, 마지막까지 보여준 굳센 의지는 독사의 심금을 울렸다. 한창 몸뚱이 하나로 영은촌 패거리를 만들고 있을 때라서 감동은 더욱 컸다.

그를 닮고자 실전에서 추진을 사용해 보기도 했지만 말이다. 결국 오합지졸처럼 흩어져 각개 싸움이 되고 말았지만.

정소가 초군을 향해 돌진할 때의 진형이 바로 추진이다. 사람이 일렬로 늘어선 것에 지나지 않는다고 말할지 모르지만, 우수한 병기와 강한 결속력으로 뭉치면 송곳처럼 예리해진다.

추진의 가장 큰 장점은 뛰어난 기동력과 돌파력, 그리고 상호 보완이 용이하다는 점. 단점은 결속이 흐트러질 경우 진형이 너무 간단하게 깨진다는 것.

"선두는 내가 섭니다."

가장 집중적인 공격을 받는 위치. 결사(決死)를 각오했다면 당연히 수장(首長)이 앞에 서야 한다.

"가장 호흡이 잘 맞는 사람을 골라 이 열 종대로 섭니다. 좌우(左右) 합격(合擊)이 제일 요체. 전후(前後) 보완(補完)이 제이 요체. 죽는 자는 버려야 하고, 동지(同志)는 진에서 빠져나와 제일 후미로 붙어야 합니다. 동지가 죽으면 같이 죽는 겁니다."

독사의 말뜻이 무엇을 의미하는지 금방들 알아들었다.

"정면 돌파하자는 말이군, 얼마 전처럼. 이번에는 쉽지 않을 텐데…… 만만치 않은 놈들이 왔을 거야. 한 번 경험이 있으니 돌파하도록 내버려 두지 않겠지."

"방법은 하나뿐입니다. 포위는 원을 그리며 둘러싸기에 두께가 얇습니다. 추진으로 한곳을 집중적으로 뚫으면 빠져나갈 수 있을지도 모릅니다."

"해보세."

방향이 정해졌으니 남은 것은 실행뿐이다.

열두 명은 서로 짝을 맞추기 시작했다.

독사 바로 뒤에 도왕과 일수일살이 섰다. 독사를 도와 가장 바쁘게, 가장 강력한 무공을 펼쳐야 할 사람들이다. 그 뒤로는 홍검쌍살이 섰다. 합격이라면 예전부터 손발을 맞춰온 사람들이라 추진과 같은 경우에는 도왕과 일수일살보다 독사를 더 잘 보조할지도 모른다.

"도왕과 일수일살은 순간적인 타격, 홍검쌍살은 초식을 풀어내는 타격. 합격에서는 홍검쌍살이 능할지 모르지만 초식을 풀어낼 시간이 없어요. 두 번째입니다.”

홍검쌍살은 자신들이 첫 번째로 서야 한다고 주장했지만 대형의 말을 거부하지는 못했다.

세 번째로는 신검서생과 당호가, 지천도와 섭혼살호는 네 번째로 섰다. 왕가달은 다섯 번째로, 부상을 입은 당옥과 동지가 되었다. 왕가달은 혼절해 있는 당한까지 업어야만 했다.

“후미(後尾)는 선두 못지않게 타격을 받죠. 죽을 가능성이 높습니다. 각오하십시오.”

파락호들과 싸우며 경험한 결과였다.

정소를 본따서 추진을 형성하여 공격했을 때, 후미가 무너져서 진형이 깨졌다.

적들은 제일 먼저 선두를 공격한다. 곧 이어 허리를 공격하고, 등을 보이고 있는 후미로 방향을 돌린다. 포위망을 뚫을지 뚫지 못할지는 모르지만, 뚫는다는 가정 하에 살펴보면 선두가 포위망을 뚫고 나갈 즈음 후미는 가장 극심한 공격에 시달리게 되어 있다.

당옥이 말했다.

“이 진형을 보니 결사진인데…… 숫자가 비슷하면 대형의 말이 옳겠지만, 차이가 너무 나면 선두고 후미고 없는 것 같소. 이런 상황에서 부상자를 끌고 갈 수 없다는 것쯤은 알고 있소. 원망하지 않을 테니 걱정 마시오.”

독사는 당옥을 쳐다보다가 고개를 돌렸다.

그의 말이 맞다. 부상자를 데리고 갈 수는 없다. 당옥의 말대로 선두고, 허리고, 후미고 가릴 것 없이 모두 한꺼번에 공격을 받을 것도 뻔하고.

“서로 간의 거리는 한 걸음. 병기를 뻗어낼 공간만 최소한으로 확보
하기 바랍니다.”
선두에 선 독사가 첫 걸음을 떼어놓았다.

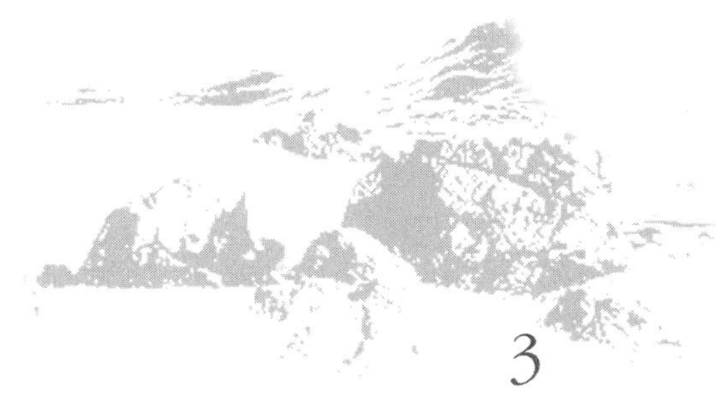

3

넓고 큰 울타리

장검의 절반 정도 되는 길이에 폭이 유난히 좁은 기형장검을 양손에 든 사람들. 입에는 무엇을 물었는지 바람을 문 것처럼 볼이 불룩 솟아나 있다.

"저놈들이군. 후후! 구원(舊怨)이 있었는데 잘됐어."

일수일살이 엄지손가락으로 검격(劍格)을 툭툭 쳤다.

일전에 십이추시에게 혹독하게 당해서 자칫하면 버림받을 뻔했던 구원이 있지 않은가. 독사가 아니었다면 지금 이 자리에 있지도 못했다.

"또 저놈들이군. 이번에도 폭약인가?"

도왕도 한마디 거들었다.

사태는 생각했던 것보다 훨씬 심각했다. 당시는 십이추시 몇 명에 불과했는데, 지금은 그보다 몇 배는 많아 보인다. 어림잡아도 서른 명

가까운 십이추시들이 그들을 포위하고 있다.

모두들 죽음을 생각하고 있다면… 서른 명에 이르는 무인들이 폭약을 터뜨린다면…….

"이번에는 저놈들만 온 게 아냐. 후후! 많이도 왔군. 빈대 잡으려고 초가삼간 태울 놈들이지 않은가."

냉설이 찬 음성으로 조소를 보냈다.

십이추시만 하더라도 힘든 싸움이 될 것인데, 아직 모습을 드러내지 않은 사람들은 그들보다 훨씬 많았다.

독사는 십이추시 뒤편을 뚫어지게 노려보았다.

그는 처음부터 십이추시의 존재는 안중에도 두지 않았다. 십이추시의 비정함을 익히 알고 있고, 전보다 훨씬 많이 나타났는지라 힘든 싸움이 될 것이라는 것도 알지만…….

'이런 사람도 있었구나. 아……! 무공의 끝은 어디란 말인가.'

아직 모습을 드러내지 않은 많은 무인들. 그들 중에 독사의 이목을 잡아당기는 단 한 사람.

독사의 모든 감각은 그에게 집중되어 떨어지지 않았다.

십이추시 뒤로 다른 무인들이 모습을 드러내기 시작했다. 이판사판 목숨을 걸고 돌파를 감행할 때 맞서 싸웠던 무인들과 똑같은 복장을 한 사람들이 대부분이었다.

그들은 간편한 회색 빛 무복을 입었다.

군이 특색을 찾는다면 소맷자락과 바지 끝단에 검은 대님을 친 것.

치장이 전혀 없는 오직 싸우기 위해 만들어진 의복이다.

그들은 독사 패거리의 관심을 끌어당기지 못했다. 사람 수가 많다고 싸움에서 이기는 것은 아니다. 인원수로 보면 서른 명에 이르는 추시들보다 훨씬 많지만 위압감은 훨씬 덜하다.

정작 관심을 끌어당기는 사람들은 그들 뒤로 나타난 사람들이다.

그들 또한 얼핏 봐도 서른 명은 넘을 것 같은데, 오히려 무공으로 본다면 추시들보다 한층 더 강한 위압감을 풍겨낸다.

고수들이다.

추시들과 그 후에 나타난 무인들이 공통된 복장을 하고 있다면 나중에 나타난 서른 명은 일정한 특색이 없다. 마치 여기저기서 군웅들이 모인 것처럼 입고 있는 무복의 색깔이 각기 다르다.

몇 사람만은 확연하게 눈에 뜨인다.

햇볕에 반사된 그들의 몸이 반짝거린다.

비늘 갑옷인가? 흔히 볼 수 없는 복장이라서 관심이 쏠리지 않을 수 없다.

나타난 사람들은 모두 삼백여 명을 헤아린다. 그들뿐이 아니다. 물속에도 독검(毒劍)을 번뜩이고 있을 무인들이 있다.

삼백 대 십이.

도저히 빠져나갈 수 없는 죽음의 땅에 들어섰다.

독사는 그들을 쭉 훑어보다가 요지성녀를 발견해 냈다.

'역시 왔군.'

눈길이 요지성녀를 스쳐 지났다.

요지성녀의 무공도 상대하기 벅차다는 것은 알지만, 독사가 찾는 사람은 아니다.

만무타배는 보이지 않았다. 난쟁이에 꼽추라는 신체적 특징을 지니고 있어서 한눈에 찾을 수 있는 사람인데, 두 번 세 번 둘러보아도 보이지 않았다.

독사의 눈길이 이윽고 한 사람에게 고정되었다.

긴 흑발이 허리춤까지 늘어진 사람.

그는 특이한 옷을 입고 있다. 흔히 볼 수 있는 장삼(長衫)이니 특이할 점이 없는가? 특이하다. 유난히 폭 넓은 소매는 마치 장삼을 입고 있는 것이 아니라 걸치고 있는 듯하다.

그가 소매 속에서 무엇인가를 꺼내 입 안에 넣는 모습이 보였다.

'강하다!'

그것은 직감이다. 그는 이 자리에 모인 사람들을 일거에 쓸어버릴 능력이 있는 사람이다. 실제로 그만한 능력이 있을지 없을지는 독사도 모르지만, 느낌만으로는 충분히 그럴 능력이 있어 보인다.

다른 느낌도 들었다.

'저자를 피해서 도망갈 수는 없어.'

쌍검이 날아오는 모습을 두 눈으로 똑똑히 보았다.

섬광처럼 흘러오는 검광이었으나 어느 방향에서 어떤 각도로 꺾이는지 한눈에 들어왔다.

"일수일살!"

독사는 검이 다가오기 전에 버럭 고함을 질렀다.

행동도 바로 뒤를 쫓았다. 쌍검이 면전에 다가온다 싶은 순간, 양손으로 추시의 양 팔목을 가격한 다음 안으로 파고들며 팔꿈치로 가슴을 격타했다.

뻐억!

둔탁한 소리가 흘러나왔다.

추시의 눈이 놀람으로 부릅떠졌다. 그것도 그럴 수밖에 없는 것이,

그는 폭발을 일으켰어야 하나 그러지 못했다. 독사에게 가격당한 양 손목이 검으로 절단된 듯 감각을 상실해 버렸기 때문에.

독사는 추시가 놀랄 틈도 많이 주지 않았다. 추시의 머리 속에 '당했다' 는 생각이 스쳐 갈 즈음, 독사는 먹살을 움켜잡아 강을 향해 던져 버렸다.

"아!"

"좋아!"

도왕과 일수일살이 거의 동시에 탄성을 토해냈다.

독사가 고함까지 내지르며 토해낸 '일수일살' 의 참뜻을 알아차렸다. 그것은 일수일살을 부른 것이 아니라 일수일살이라는 외호에 곁들여진 의미, 두 번 공격할 생각을 말고 단 한 수에 깨끗이 승부를 봐야 된다는 경고였다.

―양팔을 절단하라!

독사는 추시의 공격에 대응할 방도를 알려주었다. 직접 몸으로 부딪치며 친절하게 일러주었다.

쒜에엑!

일수일살의 검이 검집에서 빠져나온다 싶었는데, 어느새 허공을 갈랐다.

일수일살의 검은 그의 외호에 먹칠을 하기 싫다는 듯 어김없이 피보라를 일으켰다.

옆에서 짓쳐오던 추시가 허리춤에 두 손을 얹으려다 말고 토끼눈을 떴다. 그 자신 스스로 어지간히도 놀란 듯했다. 그도 폭약을 터뜨리려

고 했다. 하지만 손목에서 절단되어 버린 양팔은 붉은 핏물만 흘려낼
뿐이다.

취리릭!

검광이 눈에 보이지 않을 빠르기로 치올려졌고, 추시는 가슴에서 얼
굴까지 긴 혈흔으로 응답했다.

"이수일살이군. 좀 더 정확해야겠어."

일수일살은 자신에게 다짐이라도 하듯 말했다.

보통의 적이라면 단번에 죽음을 내릴 수도 있지만 추시들에게는 그
런 살수가 통하지 않는다. 그들의 몸을 뱀과 동시에 의식까지도 어둠
깊은 곳에 몰아넣을 수 있다면 몰라도, 한줄기 의식이라도 지니게 된다
면 어김없이 폭발이 일어나리라.

픽! 빠아악……!

독사는 추시 두 명을 더 죽였다.

오른발로 귀밑머리를 걷어차자 추시는 폭발조차 잊어버린 듯 핑 쓰
러졌다. 독사는 혼절하며 쓰러지는 상대를 발뒤꿈치로 뒷머리를 찍어
찼다.

그는 몸과 정신을 동시에 잃어버렸다.

머리에 충격을 받으면 충격을 받는 즉시 혼절해 버린다. 죽인다는
면에서는 검으로 심장을 찌르는 것만 못하지만, 상대를 무력화시킨다
는 면에서는 가장 좋은 방법 중 하나다.

또 한 명은…… 그는 가까이 근접하자마자 쌍검을 내던졌다.

무인이 병기를 날린다는 것은 죽음을 각오했다는 것.

독사는 날아오는 쌍검을 받아 들었다.

과연 짐작했던 대로 추시는 처음부터 죽음을 선택했다. 쌍검을 날림

과 동시에 허리춤에 손을 대 폭발의 연결 고리를 움켜잡았다.

한 가지 실수라면 바로 터뜨리지 않은 것.

만약 그가 바로 육신을 폭사시켰다면 최소한 부상은 입힐 수 있었다. 하지만 그는 욕심이 과했다. 제일 선두에 선 독사에게는 확실한 죽음을, 뒤따르는 사람들에게는 중경상이라도 입히고자 두 걸음이나 걸어버렸다.

그 시간이면 충분하다. 아니, 넘친다.

독사가 날린 쌍검은 정확히 추시의 양쪽 쇄골을 꿰뚫어 버렸다. 동시에 허공으로 솟구치며 내지른 양발은 추시의 양쪽 팔꿈치를 격타하여 뼈를 부러뜨렸고, 연속적으로 내지른 우권(右拳)과 좌권(左拳)은 얼굴을 잘 익은 꽈리처럼 터뜨려 버렸다.

순식간에 추시의 죽음은 열한 명으로 늘었다.

일렬로 늘어선 독사 패거리와 거의 동시에 접전을 벌였고, 일수일살의 의미를 깨달은 독사 패거리는 최강의 절초를 사용해서 단 한 수에 승부를 갈라 버렸다.

당진도의 비밀 거점에서 싸우던 것과는 전혀 다른 양상이다.

독사는 추시 세 명을 단숨에 죽인 후, 계속 발걸음을 떼어놓았다.

서둘지는 않았다. 추진은 절대 서둘러서는 안 된다. 뱀이 기어가듯이 천천히, 처음과 끝이 하나가 되어 움직여야 한다.

그러면서도 그의 눈길은 헐렁한 장삼을 입고 있는 장발괴인에게서 떨어지지 않았다.

장발괴인이 얼굴에 긴 검흔이 새겨진 무인을 부르더니 무슨 말인가를 하는 것도 빠짐없이 지켜봤다.

얼굴에 검흔이 새겨진 무인, 일마가 쩌렁 일갈을 내질렀다.

"추시는 물러서랏!"

쌍검을 든 자들이 썰물처럼 빠져나갔다.

독사는 그들의 움직임에 개의치 않았다. 그들이 물러서든 가까이 다가오든 추진이 나아갈 길은 전진밖에 없다.

전진을 하다 끝내 막혀 버리면 모두 죽는 것.

죽음을 두려워하는 자들은 추진을 형성하지 못한다. 그렇다. 그래서 전에 실패했다. 파락호들은 다른 사람의 목숨보다 자신의 목숨을 소중히 여겼기에 추진이 깨졌다. 하지만 저승을 한 번씩 다녀온 자들로 형성된 추진은 깨질 리 없다.

저벅! 저벅……!

일사불란하게 발 맞춰 걷는 걸음 소리가 강변을 울렸다.

'와라! 와라! 와라! 너를 뚫어야 빠져나갈 수 있다면 뚫어주마. 와라! 어서!'

독사의 눈길은 장발사내에게 고정된 채 떨어지지 않았다. 걸음을 떼어놓을 때도 그의 활활 불타는 눈길은 장발사내만 쳐다봤다.

그러나 독사의 바람은 무휴로 그쳤다.

장발사내는 높은 곳에 앉아 턱 끝으로 지시만 내릴 뿐, 가까이 다가올 생각을 하지 않는다. 그를 만나기 위해서는 계단을 밟아 올라가야 한다.

험난하기 이를 데 없는 계단.

첫 계단은 넘은 것 같은데 두 번째 계단이 앞을 가로막았다.

그들의 앞을 가로막은 사람은 겨우 다섯 명이다.

마단 고수들은 삼백여 명에 이르는 사람이 운집해 있으면서도 다섯 명만 앞에 내세운 것이다.

나타날 때부터 신경을 건드리던 자들.

가까이서 보니 평범한 무복에 은빛 비늘 같은 것을 덕지덕지 붙이고 있다. 그래서 멀리서 봤을 때는 꼭 갑옷을 입고 있는 것으로 보였던 것.

다섯 명은 독사가 펼친 추진을 반대로 펼쳤다.

두 명이 앞에 서고, 그 뒤에 또 두 명이 선다. 마지막 한 명은 맨 뒤에 서 있다.

그때, 갑자기 맨 뒤에 있던 당옥과 세 번째에 있던 당호가 대열에서 이탈해 독사 곁으로 달려왔다.

"이탈하지 말라고 했는데…… 말을 듣지 않는군요."

독사는 얼음장같이 차게 말했다.

그들이 무슨 말을 할지 짐작하고 있으나, 추진이란 한 번 대열이 흐트러지기 시작하면 의미가 없어진다. 어쩌면… 지금 이 순간 결사의 추진은 끝났는지도 모른다. 추진이란 진의 형태가 중요한 것이 아니라 사람의 마음이 중요한 것이기 때문에. 살고자 하는 마음이 조금이라도 자리해서는 안 되는 것인데.

"이자들은 암기를 사용할 거요. 우릴 이 지경으로 만든 자와 비슷한 기도. 이 일전은 우리에게 맡겨두는 것이……."

"몇 명이었죠?"

"……?"

"몇 명과 싸웠냐는 말입니다."

"전에 말인가? 그야 한 명… 음……! 대형은 우릴 얕보는군."

"얕보지는 않습니다, 현실을 냉정히 보는 것뿐. 한 명하고 싸워서 한 명이 치명상을 또 한 명은 중상을 입었죠. 이제는 다섯 명.”

“…….”

당옥과 당호의 얼굴이 새빨갛게 물들었다.

사실 그들이라고 상대할 비법이 있는 것은 아니다. 독사 말대로 한 명과 싸워서도 운 좋게 이겼는데, 다섯 명이나 된다면 결과는 뻔하다.

이기려고 나선 것은 아니다.

상대가 암기를 사용하는 자들이니 암기에 문외한인 독사 대신 나서려던 것뿐.

“자리를 이탈하지 마시기 바랍니다. 한 번 더 이탈하면 추진에서 제외시키겠습니다.”

당옥이 무슨 말인가를 하려고 입술을 달싹거렸지만 끝내 아무 말도 하지 못하고 돌아섰다.

독사는 새로 나타난 자들을 쳐다보지도 않았다. 무안을 당하고 제자리로 돌아가는 당옥 형제도 무시했다. 그들이 이야기를 꺼낼 때도 독사의 눈빛은 먼 곳을 쳐다보고 있었다.

오직 한 사람, 장발사내.

그를 넘어서야 단 한 사람이라도 도주할 길이 생긴다.

이들은…… 한 사람이 추진을 형성한 고수 전원을 죽일 수 있는 고수라 할지라도 도주와는 무관한 사람들이다. 계단처럼 밟고 올라서야 하는 사람들이지 그 이상도 이하도 아니다.

비늘 옷을 입은 자 중 왼쪽에 선 자가 허리춤에서 기형철추를 꺼냈다. 손잡이는 한 손에 쏙 들어가고, 자루 끝에 주먹만한 철추가 매달려 있어 육박전에서는 아주 유용할 것 같은 병기다.

오른쪽에 있는 자는 자루가 철삭으로 연결되어 있는 겸(鎌)을 꺼내 양손에 나눠 쥐었다. 농사꾼들이 사용하는 평범한 낫에 철삭만 연결한 듯싶다.

두 번째 열에 있던 자 중 왼쪽 사내는 손바닥 두 개 길이의 단봉을 꺼내 들었다. 얼핏 보면 신호용으로 사용하는 연통(煙筒) 같기도 한데.

그 옆 사내는 그래도 네 명 중 가장 병기다운 병기를 꺼내 들었다.

추시라는 자들이 사용하는 기형검과 거의 흡사한 단검(短劍).

맨 마지막 사내는 뒷짐을 진 채 아무 병기도 꺼내 들지 않았다.

맨 마지막 사내, 그가 말했다.

"죽엿!"

쒜에엑!

사내들은 가까이 다가오지도 않았는데, 그들이 전개한 병기는 지척까지 다가와 목숨을 위협했다.

철추는 단순한 철추가 아니었다. 육박전에서나 유용할 것 같다는 생각도 착각이었다. 자루에서 분리된 철추가 철환(鐵丸)이 되어 무서운 기세로 쏘아져 왔다.

쌍겸도 단순한 겸은 아니다. 두 자루의 겸은 사내의 손에서 벗어나는 즉시 용이 구름 속을 헤쳐 가듯 자유자재로 허공을 휘저었다. 그리고 그 끝에는 독사의 육신이 걸려 있었다.

"대형! 이놈은 내가!"

도왕이 한 걸음 크게 내디디며 대도를 휘저었다. 육장으로 철추를 맞받기는 어렵고, 독사가 피하면 일수일살, 혹은 도왕에게 직격(直擊)되니 먼저 나서서 철추를 맞받아 퉁겨내려는 의도.

"안 돼!"

당호가 고함을 내질렀지만 이미 강을 건너가 버렸다.

타앙! 퍼엉! 촤라라락……!

대도는 정확히 철추를 가격했다.

초식은 도왕이 자랑하는 뇌(雷). 번개가 내리꽂히듯 엄청난 파괴력과 속도로 철추를 가격했으니 튕겨 나가거나 반으로 싹둑 잘라 버리는 것은 당연한데……

철추는 반으로 갈라졌다. 아니다. 수십 개로 갈라졌다. 쇠로 만든 것이 아니라 유리로 만든 듯 산산조각이 났다. 그리고 조각난 파편들은 달려오던 기세 그대로 도왕의 육신을 쑤셔 버렸다.

"크윽!"

덩치 큰 도왕이 풀쩍 튀어 오르더니 줄 끊어진 연처럼 나가떨어졌다.

독사는 도왕을 보지 못했다.

도왕이 한 걸음 나서서 철추를 쳐가자, 그는 쌍겸을 상대했다.

추진에서 상호 보완은 당연한 것이다. 앞과 뒤가 한 몸처럼 연결되어 있어야 한다. 머리가 공격을 받는데 꼬리가 꿈틀거리지 않는다면 말이 안 된다.

독사 패거리는 짧은 시간 동안 추진의 묘리를 십분 깨달았다.

도왕이 나섰던 것도 그래서였고, 도왕에게 철추를 양보하고 쌍겸을 상대한 것도 그래서였다.

독사가 보법으로 쌍겸을 피해내고 소수천라변으로 쌍겸과 연결된 고리를 낚아채려는 순간, 도왕의 신음이 고막을 때렸다. 독사는 낚아채려던 생각을 바꿔서 손등으로 쳐내는 것으로 대신했다.

타악! 탁!

쌍겸을 연결한 고리가 손등에 맞아 퉁겨 올라갔다.

'엇!'

독사는 하마터면 경악성을 내지를 뻔했다.

쌍겸의 예봉은 보법으로 피해냈다. 쌍겸을 연결한 고리는 단순히 쌍겸을 조종하는 끈 역할에 불과하다. 철고리를 쳐내는 순간 쌍겸은 힘을 잃고 떨어지는 것이 당연하고, 그 정도는 독사 같은 고수에게는 누워서 식은 죽 먹기나 다름없다.

그런데 손등이 오히려 화끈거렸다.

불에 시뻘겋게 달궈진 철벽을 손등으로 후려친 느낌이랄까?

생각을 바꿨다. 이건 아무래도 심상치 않다. 이런 기형병기라면 끝장낼 수 있을 때 끝내야 한다.

손목을 비틀어 손바닥을 바깥으로 향하게 하며 철고리를 잡아챘다. 내질러 오는 주먹을 손등으로 쳐내고, 손바닥으로 낚아채는 수법을 변형시킨 것이다. 순간,

'치지직……!'

소리는 나지 않았으나 독사는 손바닥이 타는 듯한 고통을 느꼈다. 먼저처럼 빨갛게 달궈진 인두를 맨손으로 움켜잡은 느낌이었다.

'좋지 않다!'

전신 진기는 손바닥에 모여 있다. 이제는 생각이 미치는 대로 진기가 튀어 나가는 단계에 올라섰기에 철고리를 잡는 순간 자연발생적으로 진기가 손바닥에 운집됐다. 그런데 이 정도 타격이라면…….

아픔을 참으며 철고리를 확 끌어당겼다.

그가 당길 필요도 없었다. 독사가 철고리를 잡는 순간 쌍겸을 든 사내는 한달음에 치달려 나오며 두 손을 요란하게 휘저었다.

요란한 율동이 철고리를 흔들었고, 독사의 손바닥을 지나 쌍겸에 전달되었다.

쌍겸은 철고리가 잡혀 있는데도 생명을 얻은 듯 꿈틀거렸다.

'내공일초즉가격도태산(內功一招卽可擊倒泰山)!'

암혼사 구결 중 한 구절.

독사는 철고리를 팔목에 휘감으며 사내와의 거리를 좁혔다. 쌍겸이 생명을 얻어 그의 뒷머리를 가격하려는 순간에는 독사도 팔을 뻗으면 상대와 맞닿을 거리까지 좁혔다.

손이 빠르냐, 쌍겸이 빠르냐.

퍼엉!

독사의 손바닥이 정확히 사내의 가슴을 가격했다.

그때, 독사는 또 이상한 느낌을 받았다.

무어라고 할까? 반탄력이라고 해야 할까? 사내의 비늘 옷을 가격하는 순간 자신이 내뿜은 진기가 거꾸로 자신에게 되돌아오는 느낌을 받았다.

"컥!"

쌍겸사내가 단말마를 내지르며 나뒹굴었다.

생명을 다시 얻었던 쌍겸은 힘을 잃고 축 늘어졌다. 도왕이 혈육(血肉)이 되어 나뒹구는 짧은 순간에 벌어진 일이다.

독사는 멈추지 않았다. 도왕을 살펴야 된다는 생각이 퍼뜩 뇌리를 스쳐 갔지만 그건 평상시나 할 수 있는 행동. 지금은 죽음과 삶을 가르는 절박한 순간이며, 추진이 생명을 얻느냐 아니면 일개 무부(武夫)들의 발악에 그치고 마느냐 하는 결정선상(決定線上)이다.

쌍겸사내가 죽었는지 살았는지 살펴보지도 않았다. 이것 역시 보통 때라면 죽었다고 확신할 수 있으련만, 심상치 않은 반탄력 때문에 확신하지 못하겠다.

독사의 신형은 철추를 날린 사내에게 향했다.

독사가 막 그를 향해 신형을 날리려 할 때, 그는 독사를 보며 빙긋 웃었다. 철추가 빠져나간 빈 손잡이를 독사에게 향한 채.

'위험!'

생각이 미치는 순간 허리를 수그렸다. 동시에 그의 머리 위로 솜털 같은 비침들이 날카로운 파공음을 내며 스쳐 지나갔다.

독사는 손목에 감고 있던 철고리를 풀었다.

생각해 보니 건방져도 한참 건방졌다. 무인이라는 사람이 손에 병기 하나 들지 않았으니 그게 어디 무인인가. 적수공권(赤手空拳)만으로도 충분하다고 생각했으니 얼마나 시건방진 행동이었나.

철고리를 꽉 움켜쥐며 도왕의 광풍삼도절 중 전(輾)을 전개했다.

광풍삼도절을 알아서 전개한 것이 아니다. 도왕이 수련하는 모습을 본 적이 있고, 지금과 같은 상황에서는 제일 유효적절한 수법이라 생각해서 초식의 형태만 빌린 것이다.

철고리에 연결된 겸 두 자루가 요란한 소리를 내며 튕겨 올라 허공을 휘저었다.

철추사내는 비명조차 지르지 못하고 무너졌다.

그의 머리는 쌍겸에 반쯤 잘려 나가 뇌수와 혈우(血雨)를 흩뿌렸다.

독사의 신형은 자연스럽게 방위나이를 밟았다.

전신이 철벽으로 둘러싸인 가운데 오직 한 군데만 허점을 열었다. 두 발은 칠채기문보법을 밟고 있어서 신형을 찍어내기가 쉽지 않다. 단 하나 열어놓은 허점마저도 쉽게 잡지 못하도록 만든 것이다.

독사는 자신이 칠채기문보법을 밟고 있는지, 방위나이를 펼치고 있는지조차 자각하지 못했다.

적에게 다가서려는 움직임이었고, 공격을 받지 않으려는 방어 본능이 행한 수법이다.

퍼엉!

지축을 뒤흔드는 요란한 폭음이 연통에서 터져 나왔다.

연통을 들고 있던 자, 그가 들고 있던 것은 정말 연통이었다. 신호용 연통과 다른 점이 있다면 소리가 한층 더 큰 것과 연통에서 숫아나는 운무(雲霧)가 앞을 볼 수 없을 정도로 진하다는 것뿐이다.

"뒤로 물러섯! 독! 독이얏! 뒤로 물러섯!"

당호가 어찌나 급했는지 반말로 대갈을 질렀다.

독사는 당호의 말을 듣지 않았다. 그의 귀에도 '독'이라는 말이 들리기는 했지만, 물러설 곳이 없다. 추진이란 앞으로만 전진하도록 되어 있는 진이지 물러서거나 멈춰 서면 안 되는 진이다.

기형단검을 들고 있는 자도 가만히 보고만 있지는 않았다. 그는 단검을 독사 머리 위 일 장 높이로 던졌는데, 일 장 높이에 다다른 단검이 도왕을 혈육으로 만든 철추처럼 화려한 폭발을 일으켰다.

화려하다는 표현은 옳다.

철추는 수십 수백 개의 작은 파편으로 변해 쏘아졌기에 모습조차 볼 수 없었지만, 기형단검은 폭죽으로 변해서 화려한 불꽃을 만들어내며 하늘하늘 떨어졌다.

철고리를 바짝 움켜잡아 다시 휘저었다.

휘이잉! 철그렁……!

쌍겸이 제일 먼저 가격한 것은 기형단검이다. 아름답기는 하지만 단순히 폭죽놀이를 하려고 병기를 만든 것이 아닌 바에야 등골을 서늘하게 만드는 무엇인가가 있으리라.

과연 그랬다. 기형단검에서 터져 나온 불꽃은 방원 일 장을 불바다로 만들어 버리는 위력이 있었다.

쌍겸은 기형단검에 닿자마자 불덩이로 변해 버렸다. 놀라운 점은 불의 흡수력이다. 쌍겸에서 작은 불이 일어나자마자 화려한 불꽃들이 일순간에 쌍겸의 불씨 한 조각에 달라붙어 거대한 불덩이를 만들었다.

쌍겸이 아닌 사람이 걸렸다면…… 생각만 해도 끔찍하다.

작은 불씨 하나라도 몸에 닿는 순간, 하늘하늘 떨어지던 작은 불꽃들이 눈 깜짝할 사이에 흡수되어 화인(火人)으로 만들어 버리리라.

'인(燐)!'

오히려 잘됐다. 쌍겸에 인이 묻어 있다면 오히려 잘됐다.

쌍겸이 붉은 운무를 뚫고 저쪽 안개 너머를 훑었다.

'철컥!'

이번에도 소리는 들리지 않았다. 하지만 쌍겸에 무엇인가가 걸렸다는 느낌은 손끝에 전해지는 작은 울림으로 확인할 수 있다. 그것이 육신인지, 나무인지, 바위인지는 알 수 없지만 무엇인가는 분명히 걸렸다.

문득 독사는 이상한 예감이 들었다.

나무를 치는 것과 사람을 치는 것은 느낌이 다르다. 바위를 때리는 것과 물을 베는 것이 다르듯이. 그런데 느낌을 모르겠다?

싸움 중에 한눈을 팔아서는 안 된다는 것을 알면서도 고개를 내려 손을 보았다.

"음……!"

독사는 기어이 작은 신음을 토해내고 말았다.

손에 통증을 느낀 것이 방금 전인데, 벌써 손이 두 배만하게 부풀어 있다. 피부 색깔도 푸르뎅뎅하게 죽어 있고.

철고리를 치면서 느꼈던 통증은 독에 중독되는 현상이었다. 뿐만 아니라 당호의 일갈을 무시하고 붉은 운무 속으로 뛰어든 대가도 치러야만 했다.

第四十二章

전설의 고수, 그와

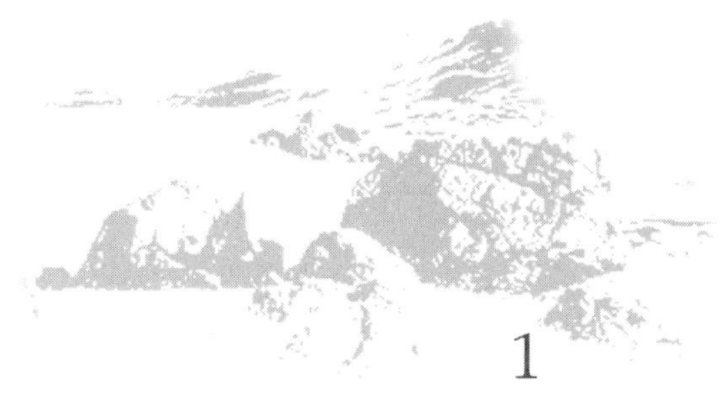

만독불침(萬毒不侵). 독사는 자신 스스로를 만독불침으로 생각했다. 암혼사의 진기는 신기하기 이를 데 없어서 육신을 가장 활동하기 좋은 상태로 정화시킨다.

피로가 쌓이면 피로를 풀어주고, 독이 침범하면 독을 제거한다.

의지와는 상관없이 진기 스스로 알아서 처리해 주니 몸속에 또 다른 파수꾼이 존재하는 격이다.

그러나 독에 중독되는 현상은 어쩔 수 없었다.

시간을 가지고 지켜보면 암혼사의 진기가 조금씩 조금씩 해독을 해나가겠지만, 일시에 다량의 독이 투여될 때는 독의 영향을 받을 수밖에 없다.

엄밀한 의미로 독사는 만독불침이 아니었다. 인체의 해독 능력이 뛰어났을 뿐이다. 만독불침이라면 독이 침범하는 자체를 막아내야 하는

데, 일단은 나쁜 것이든 좋은 것이든 모두 받아들이고 그중 나쁜 것을 걸러내는 역할을 하니 시간 차가 존재하게 된다.

중독과 해독 능력 사이에도 힘의 강약이 존재하는 것.

중독이 강하면 일시 영향을 받게 되는 것이고, 해독 능력이 뛰어난 상태라면 중독의 영향을 받지 않는다.

그러한 논리라면 일곱 걸음 만에 사람을 즉사시킨다는 칠보사(七步蛇)에게 물리면 죽을 수도 있다는 말이 된다. 암혼사의 진기가 독을 밀어내기 전에 독성이 기승을 부릴 테니까.

독사는 두 다리에 힘이 풀리는 것을 감지했다.

무릎이 꺾인다. 의지로는 두 다리를 고정시키고 단단히 서 있고 싶은데, 비틀거리며 무너지는 신형을 가눌 수 없다.

무릎을 땅에 닿지 않게 하려고 손으로 땅을 짚었다.

'중독됐군. 이게 무슨 독이기에 이렇게 독성이 강한가.'

몸이 말을 듣지 않자 마음은 더욱 조급해졌다.

이럴 때 누군가 공격을 해온다면 꼼짝없이 당할 수밖에 없다.

간신히 정신을 수습해 주위를 둘러보았다.

혈인이 되어 쓰러진 도왕의 모습이 들어온다. 그는 살았는지 죽었는지 꼼짝도 하지 않는다.

다른 사람들도 무사하지는 못했다.

붉은 운무의 영향을 받았는지 오른쪽 열에 있던 사람들이 한 명 두 명 무너지고 있다.

두 번째에 서 있던 홍검쌍살 중 조가상이 무너지려는 신형을 곧추세우려고 안간힘을 쓰고 있다. 냉설이 옆에 있지만 속수무책, 기껏 한다는 것이 허리에 한쪽 팔을 두르고 붉은 운무를 피해 강가로 물러서는 것뿐이다.

섭혼살호가 목을 움켜잡고 괴로워한다.

지천도가 양손으로 허리를 움켜잡고 질질 끌다시피 강가로 끌어내고 있지만, 지천도 역시 언제 중독 증상을 보일지 알 수 없다.

신검서생과 당호의 경우는 좋은 편이다. 당호가 재빨리 독을 알아봤기에 숨을 멈출 수 있었고, 추진이 무너지면서 뒤에 있는 사람들을 낚아채 붉은 운무의 영향권 밖으로 물러났다.

신검서생과 당호의 도움을 받은 사람이 왕가달과 당옥이다.

'후후! 역시 미련한 방법이었군. 결사진이라니. 죽을 각오로 펼친 진이니 죽음만 남는 건 당연하지. 후후후!'

독사는 자조 섞인 실소를 터뜨렸다.

추진은 지금까지 한 번도 성공한 적이 없다.

추진의 목적은 의기를 보이는 데 있다. 결코 살고자 함이 아니다. 죽는 순간까지 이 세상에 진정한 사내들이 살다 간다는 것을 보여줌에 있다.

추진을 펼치면 반드시 죽는다. 항복을 해도 전혀 지탄을 하지 않을 상황에서 싸우는 것이니 죽음은 당연하다.

마음속에서 우러나는 한마디만 들을 수 있으면 된다.

"후회없이 싸웠지?"

"그래."

독사는 마음속에서 우러나는 소리를 들었다.

후회없이 싸웠냐는 물음에 '그래'라는 답을 해줬다.

그러나 자신뿐이다. 다른 사람들도 후회없이 싸웠다고 말할 수 있을까? 그들이 한 일이라고는 무모한 싸움에 무방비 상태로 대책없이 달려들었다가 독에 중독된 것밖에 더 있는가. 기껏해야 추시 몇 명 죽인 것밖에 더 있는가.

독사는 자신의 답을 수정했다.

'아냐, 아직 후회없이 싸우지 못했어. 나라면…… 나 혼자라면 충분히 싸웠지만…… 난 대형이야!'

면면히 장구하게 흐르는 진기에 충격을 주었다. 단전을 폭발시키듯 거센 힘으로 밀어붙여 강한 진기를 끌어올렸다. 경맥에 손상이 가도 좋다. 혈맥이 파열되어도 상관하지 않는다.

독사는 잠시 놓쳤던 장발사내를 노려보았다.

붉은 운무가 바람에 흩어진 강변은 처참한 모습을 고스란히 보여주었다.

머리가 반이나 싹둑 잘려 나간 시신 한 구, 제일 처음 타격을 당해 죽은 시신도 있고, 붉은 운무 속에서 손끝에 짜릿한 감촉을 안겨준 상황도 눈에 들어왔다.

불붙은 쌍겸에 격타당한 자는 전신이 불길에 휩싸여 이글이글 타오르고 있다. 시신에서 내뿜어지는 매캐한 냄새가 사방으로 번져 나간다.

마단 고수들은 뒤로 물러서서 다가올 생각을 하지 않았다. 아마도 붉은 운무의 독기가 완전히 가시기를 기다리고 있는 듯.

독사는 철고리를 힘주어 잡아챘다.

써걱!

불붙은 시신에 틀어박혀 있던 겸이 쑥 빠져나와 땅에 뒹굴었다.

철고리의 길이는 족히 이 장이나 된다. 이렇게 긴 고리였는데 쌍겸 사내가 처음 쌍겸을 꺼내 들었을 때는 겨우 삼 척 정도밖에 되지 않아

보였다.

나머지 일 장 칠 척에 이르는 길이는 몸에 둘러 감고 있었다는 말이 된다. 닿기만 해도 쇠가시에 찔린 듯 따끔한 통증을 주는 독성 강한 철 고리를.

세상에 만독불침이란 존재하지 않는다, 면역력이 강하거나 해독 능력이 탁월한 사람은 있어도. 마단 고수들도 마찬가지다. 그들도 면역력이 있을지는 모르지만 만독불침은 아니다. 그래서 비늘처럼 생긴 것을 무복에 달고 있다. 비늘 갑옷은 암기로도 사용할 수 있을 듯 보이지만 독의 침입을 방지해 주는 역할도 해준다.

모든 상황이 일목요연하게 들어왔다.

'후후후! 눈에 보이지 않는 일 장 칠 척이 골자였군. 이 싸움은……이자들은 당문도에 버금가는 암기 고수들이었어.'

독사는 상대를 인정했다.

암기란 기상천외함에서 위력이 나온다. 상대가 예측하지 못한 상황에서 예측하지 못한 공격을 함으로써 암기의 효용이 제대로 살아난다.

기형철추를 들고 있던 자가 한 행동이란 철추를 쏘아낸 것뿐이다.

그것만 봐서는 안 된다. 철추를 쏘아내는 것은 누구나 할 수 있는 행동이지만, 철추가 가진 목적, 쏘아오는 철추를 신법으로 피하지 않고 반드시 병기로 잘라내게 만들기 위해서는 적절한 심리 파악을 하고 있어야 하며, 철추를 쏘아낼 가장 적합한 시간을 잡아낼 능력이 있어야 한다.

충분히 경계하고 있는 상태에서 쏘아낸 철추는 위력이 없다. 만반의 태세를 갖춘 상태에서 터뜨린 기형단검은 아무런 해도 끼칠 수 없다. 연통 역시 마찬가지다. 붉은 운무가 터지는데 피하지 않을 사람이 누가 있는가. 그게 무엇이든 간에 말이다. 피하지 못할 상황을 잡아내는 것이 암기 고수의 역량이다.

힘든 싸움이다. 이만한 고수들이 우글거리고 있으니 삶은 포기해야 한다.

이를 악물고, 거세게 밀어붙인 진기에 힘입어 한 발 한 발 힘들게 내디뎠다.

손에 들고 있는 철고리가 땅에 질질 끌리며 따라왔다.

"독종이군."

일마가 중얼거렸다.

"그러게 독사잖아. 머리를 잘라내고 토막토막 내도 살아서 꿈틀거리는 게 독사 아냐? 그렇게 생명력이 끈질기니 정력에도 좋다며 달려드는 것 아니겠어?"

요지성녀가 화사한 미소를 배어 물며 말했다.

일마는 못마땅한 눈으로 요지성녀를 쳐다봤지만 대꾸는 하지 않았다. 아니, 하지 못했다. 어떠한 경우에도 하극상(下剋上)만은 절대로 용납하지 않는 곳이 마단이다. 그것이 설혹 가벼운 말대꾸에 불과할지라도.

"사형, 저놈이 계속 사형만 노려보는데…… 사형을 알아본 모양이네요. 호호! 귀엽잖아요?"

오공사수도 대꾸하지 않았다.

묵묵히 지네를 꺼내 씹어 먹다가 한참 만에야 입을 열었다.

"일마, 암신에게 해독약을 받아서 갖다 줘라."

"네?"

일마는 사부의 말뜻을 언뜻 이해하지 못했다.

“시간도 충분히 줘라. 시간이 얼마나 필요한지 알아와.”

일마가 사부의 말뜻을 알아들었을 때, 오공사수는 뒤돌아 걸어가고 있었다.

꽈앙! 꽈아앙……!

지축을 뒤흔드는 폭음이 터져 나왔다. 폭발이 얼마나 큰지 지진이라도 일어난 듯 땅이 뒤흔들렸다.

힘들게 걸음을 떼어놓던 독사는 너무 조급한 마음에 땅이 흔들리는 것도 개의치 않았다.

‘안 돼! 가면 안 돼! 거기 섯! 서란 말얏!’

마음속에서 비통한 절규가 터져 나왔다.

사내가 걸어오는 것이 보인다. 얼굴에 긴 검흔이 새겨진 사내로, 결코 무시할 수 없는 고수인 것만은 분명하다. 하나 아니다. 그가 아니다. 마지막으로 싸울 상대는 그가 아니라 등을 돌려 사라지고 있는 장발사내다.

긴 검흔이 있는 사내가 독사 앞에 섰다.

“비켓!”

독사는 철고리를 움켜잡고 부르르 떨며 말했다. 비키지 않으면 당장이라도 쌍겸을 후려칠 기세였다.

“나는 일마라고도 하고 도신이라고도 한다. 네가 요지산(瑤池山)에서 죽인 사람은 검신이라고 하지. 내 사제다.”

독사는 대답 대신 철고리를 천천히 팔뚝에 휘감았다.

그는 고리가 긴 쌍겸을 사용할 줄 모른다. 그런 병기는 수련조차 한 적이 없다. 하지만 아주 잠깐에 불과한 싸움에서 병기의 묘용을 어느 정도 깨우쳤다.

일마가 독사의 의중을 꿰뚫어 보고 말했다.

"난 너와 싸우려고 오지 않았다. 네 상대는 내 사부. 무림인들은 오공사수라고 부르는 분이시다."

"무슨 말이냐."

"말 그대로."

일마가 손에 들고 있던 조그만 가죽 주머니를 독사 발 밑에 던졌다.

"해독제다. 해독하고…… 시간도 충분히 주라는 말씀이 계셨다. 얼마나 필요한가?"

독사는 비로소 일마의 말뜻을 알아차렸다.

갑자기 전신에서 힘이 쭉 빠진다. 일마만 앞에 서 있지 않다면 털썩 주저앉아 푹 쉬고 싶다.

"한 시진. 한 시진이면 충분해."

"충분히 쉬어라. 충고로 말해 주는데, 사부님은 우리 마신 네 명이 합공을 펼쳐도 상대할 수 없는 분이다. 만무타배 사숙님을 예로 들자면, 사부님에게 십 초를 견디지 못한다."

전신이 부르르 떨렸다.

고수인 점은 알아봤지만 그 정도로 강한 고수였던가.

초절정고수들 간에는 무공 차이가 존재하지 않는다. 간발의 틈을 잡는 쪽이 이기는 것이고 내주면 진다. 똑같은 사람과 똑같이 비무를 해도 어떤 때는 이기고 어떤 때는 지는 것이 초절정고수들이다.

만무타배는 초절정고수다. 그런 사람이 상시 십 초를 넘기지 못하고 진다는 것은…… 오공사수와 만무타배 사이에 엄청난 실력 차가 있다는 것을 의미한다.

오공사수는 초절정고수다. 그러나 만무타배는 단지 일류고수에 불과하다.

세인들의 눈에는 만무타배가 초절정고수로 비쳐질지 모르지만 오공사수에게는 하수(下手)에 불과할 뿐이다.

그럼 자신은…… 만무타배도 버겁고, 오공사수의 제자인 검신이란 자와도 힘겨운 싸움을 벌인 자신은…….

"사부님께는 하루라고 말씀드리겠다. 하루 동안 푹 쉬어라."

"이런 호의를 베푸는 이유가 뭔가?"

"호의라고 할 것은 없지, 넌 결국 죽을 테니까. 궁금증이 해소될 수 있을지 모르지만, 이런 말을 한다고 네가 마단을 곱게 보지 않는 시각이 바뀔 리도 없지만 마단은 '절대무(絶對武)'를 숭앙한다. 마단이 존재하는 이유는 절대무의 탄생에 있지. 마공이 되었든 사공이든 정공이든 우린 절대무의 탄생을 위해 목숨을 내놓은 사람들이다."

몸이 완전히 풀어졌다. 이제는 곧게 서 있기조차 힘들다. 독기가 심장까지 침범했는지 호흡하기조차 힘들다. 그래도 꿋꿋이 서서 말을 들었다.

"힘든 것 같군. 그만 쉬어라. 어렵게 생각하지 마라. 백만대군으로 한 명을 죽이는 것도 힘. 관우(關羽)가 청룡언월도(靑龍偃月刀)로 범부를 죽이는 것도 힘이다. 다른 힘으로 죽이려는 것일 뿐."

일마가 등을 돌렸다.

풀썩 꼬꾸라지는 독사를 일수일살이 뒤에서 껴안았다.

"대형, 일선도가 폭발한 것 같소."

말이 들리지 않았다. '일선도'와 '폭발'이라는 말이 언뜻 귓가에 스쳐 가기는 했지만 무슨 말인지 알아들을 수가 없다.

주위 경물도 흐릿해졌다.

일수일살에게 이끌려 강변으로 끌려가고 있다는 것은 알 수 있는데, 다른 감각은 전혀 느껴지지 않는다.

"해… 독제. 해독……."

거기까지 간신히 말한 독사는 세상이 샛노랗게 변해가는 것을 느끼며 혼절했다.

도왕은 끝내 숨을 쉬지 못했다.

그가 그토록 염원했던 광풍삼도절의 완성은 영원히 묻혀 버렸다.

차라리 죽어버린 것이 다행인지도 모르겠다. 그의 몸에 틀어박힌 수백 개의 철침, 철편은 다행히 목숨을 건진다고 해도 두 번 다시 무인으로 서기에는 힘들어 보일 만큼 치명적이다.

섭혼살호도 한 많은 생을 접었다.

독과 암기에 정통한 당문삼기가 있었지만 독성조차 파악하지 못한 상태에서 해독이란 엄두도 내지 못했다. 해독 방법을 알고 있다고 해도 약초가 없으니 손쓸 방도가 없기는 마찬가지다.

또 한 사람, 밝은 성격으로 사람이 밉지 않던 조가상도 독기를 견뎌내지 못했다.

독효는 무척 빠르게 진행되었다.

섭혼살호는 내력이 회복되지 않은 상태이니 그렇다 치고 조가상 같
은 경우에는 온전한 내력을 지니고 있었음에도 호흡 곤란으로 생을 마
감하는 데까지는 오래 걸리지 않았다.

중독되는 즉시 사망하는 무서운 절독이다.

다른 사람들도 한 명 두 명 주저앉아 힘들어했다.

섭혼살호나 조가상처럼 직접적으로 운무를 들이키지 않은 탓에 독
성이 늦게 터졌지만, 목숨이 경각에 달린 것은 마찬가지다.

일수일살이 뒤늦게야 독사의 말을 상기해 냈다.

"해독제가 있다고 했어!"

"뭐? 어디?"

일수일살이 재빨리 달려가 독사가 서 있던 자리를 살펴봤다.

있었다. 조그만 가죽 주머니 하나가 땅 위에 뒹굴고 있었다.

가죽 주머니 안에는 노란 기름종이에 싸인 검은 단환이 십여 개나
들어 있었다.

"맞아! 해독제야."

당호가 부언할 필요도 없었다. 단환에서 우러나오는 맑은 향기를 맡
는 순간 울렁거리는 속이 차분하게 가라앉았다. 냄새만으로도 그런데
약효야 말할 필요가 있을까?

서둘러 단환을 복용했다.

숨이 끊긴 섭혼살호와 조가상에게도 단환을 복용시켰다.

생을 마감했다는 것은 알지만 독사(毒死)이니, 혹시 모른다는 생각에
서.

한결 숨 쉬기가 편해졌다. 메슥거림도 사라졌다. 하지만 아직 방심
하기는 이르다. 빨리 운기조식을 취해 잔여 독기조차 밀어내야 한다.

그렇지 않으면 지병(持病)으로 변해 두고두고 골치를 썩일 것이다.

하지만 회복이 빠른 사람들은 자신의 안위는 아랑곳하지 않고 섭혼살호와 조가상의 상태부터 살폈다.

숨이 돌아오지 않는다. 그들은 세상에 미련이 없다는 듯 어둡고, 쓸쓸하고, 먼 길을 뚜벅뚜벅 걸어가 버렸다.

"살릴 수 있었는데…… 내가 조금만 더 침착했다면 살릴 수 있었는데…… 내가 죽였군. 내가 죽였어."

일수일살이 섭혼살호의 시신을 쳐다보며 중얼거렸다.

"누구 탓도 아니지. 빠르고 늦는 건 있어도 모두 죽을 테고."

냉설이 조가상을 멍하니 쳐다보며 말했다.

독사는 한 시진이나 혼절한 끝에 깨어났다.

도왕이 누워 있고, 섭혼살호와 조가상이 고통스런 표정을 역력히 드러낸 채 일어날 생각을 하지 않는다.

'지금은 아니다. 애도는 나중에.'

독사는 그들의 시신을 쳐다보지 않았다. 몸을 일으키는 즉시 모든 사태를 파악해 냈지만, 가부좌를 틀고 앉아 운기조식부터 취했다.

사람들 눈에는 비정하게 보일지 모른다.

아는가? 죽은 자에게는 비정함조차 없다는 것을. 수십 수백 마디를 늘어놓아도 죽은 자의 얼굴 근육 하나 움직일 수 없다는 것을.

독사가 혼절해 있는 사이에도 암혼사는 자연 치유력을 꾸준히 발휘하고 있었다. 거기에 해독약까지 가미되니 독기는 설 땅을 잃고 밀려났다.

푸르뎅뎅하게 변색된 피부가 제 색깔을 찾았고, 두 배나 부풀었던 손도 원래의 모습으로 돌아왔다.

그래도 운기조식을 그치지 않았다. 세맥에 충만해 있는 진기를 모두 더듬었다.

만무타배조차 십 초를 견디지 못하는 괴물.

그를 어떻게 상대할 것인가 하는 우문(愚問)은 던지지 않았다.

무인끼리의 싸움에서 방법이란 있을 수 없다. 무인을 상대할 초식이 따로 있는 것도 아니다. 수십 가지의 무공을 수련했다고 해도 싸움에서 사용되는 초식은 즉흥적으로 쏟아지는 것.

언제, 어느 때, 어떤 초식을 사용해야겠다고 생각한다면 그는 무인도 아니다.

싸움에서 초식이란 가치가 없다. 적을 베는 단 일 검만이 가치가 있다. 적을 무너뜨리는 단 일 각(一脚)만이 빛을 발한다.

긴장을 최대한 억누르고, 공포감을 지워 버리고, 평상심을 유지하여 지닌 바 무공을 최대한 전개하는 것만이 최상의 초식이다.

그가 운기조식을 풀고 일어설 때까지 살아남은 사람들은 멍한 표정으로 죽은 사람을, 혹은 먼 곳을 쳐다보며 망연자실해 있었다.

"내일 아침, 싸움이 다시 시작됩니다."

독사의 말에 귀 기울이는 사람은 없었다.

"일마라는 자가 말하더군요, 내가 상대할 자는 만무타배조차 십 초를 넘기지 못한 오공사수라고."

"오, 오공사수! 뇌가권의 달인 뇌강을 일초에 즉사시킨 사내? 그자가 정말 실존 인물이란 말이오? 한낱 뜬소문인 줄만 알았는데……."

일수일살이 놀라서 소리쳤다.

당문삼기도 놀란 표정이 역력했다. 신검서생도, 이제는 홍검쌍살이라는 별호를 버려야 하는 냉설도.

"헐렁한 장삼을 입고 있던 사람, 그가 오공사수입니다."

"음……! 이해할 수 없군. 소문대로라면 오공사수는 일흔이 넘었어야 하는데, 그자는…… 자네는 어찌 봤는가? 난 겨우 쉰 안팎으로밖에 보지 않았는데."

지천도가 옆에 있던 냉설에게 물었다.

"저도 마찬가지였습니다. 음…… 전 오히려 그자보다 그 옆에 있던 중년 부인이 마음에 걸렸는데."

오공사수라는 말은 의욕을 잃고 있던 사람들의 혼미한 정신에 찬물을 끼얹어 화들짝 깨어나게 만들었다.

"아무리 그래도 그렇지, 만무타배조차 십초지적(十招之敵)에 불과하다니. 우리의 합공을 일신으로 꺾은 사람인데…… 이거 너무 과장된 것 아닌가?"

일수일살이 믿지 못하겠다는 듯 말했다.

적과 싸우기 위해서는 적을 알아야 한다. 하지만 오공사수라는 사람에 대해서 아는 것이 전혀 없다. 오공사수뿐만이 아니라 마단 고수들 전부가 난생처음 접한 사람들뿐이다.

암기 고수들이 사용했던 암기만 해도 그렇다.

독과 암기의 명가라는 당문에서도 세상에 그런 암기가 존재한다는 사실은 몰랐다. 그러니 그런 암기를 사용하는 사람들이 있다는 사실은 더 더욱 모를 수밖에 없고.

능력은 상상을 불허한다.

독사와 마주쳤던 네 사내가 당문주를 암살하려고 했다면 성공 가능성이 농후하다. 암살이라면 그들 중 한 명만 나서도 가능할지 모른다.

암살이란 충분히 상대를 관찰한 끝에 행해지는 것이니까.

독사도 오공사수에 대해서 알고자 말을 한 것은 아니다. 넋을 잃고 있는 이들을 어떤 방법으로든 깨워야만 했다.

삶과 죽음의 기로에서 투지를 불사를 수 있는 방법에는 두 가지가 있다.

하나는 간절히 삶을 원하고, 살 수 있다는 희망이 엿보일 때.

이때는 필부조차도 엄청난 괴력을 발휘하게 된다.

또 한 가지는 의연히 죽음을 택할 경우다. 살 수 있는 희망은 없지만 죽어도 최선을 다하며 죽어가겠다는 결기(決氣)가 투지를 불태우게 만든다.

이들에게는 아무것도 남지 않았다. 살 수 있다는 희망은 애초에 없었고, 의연히 죽겠다는 결기조차도 추진이 파훼됨으로써 사라져 버렸다.

이제는 죽어도 그만, 살아도 그만이라는 자포자기만 남아 있다.

이들을 깨워야만 한다.

독사가 잔잔한 음성으로 말했다.

"세상에는 천적(天敵)이란 것이 존재합니다. 지네의 천적은 닭이죠. 닭은 지네를 잡아먹습니다. 지네가 기어가는 것을 보면 냉큼 달려와 쪼아먹습니다. 닭은 지네의 천적이죠. 그런데…… 사람들이 지네를 어떻게 잡는지 아십니까? 습기가 많은 어둡고 축축한 곳, 낙엽 밑이나 특히 밤나무 밑에 죽은 닭을 묻어두었다가 며칠 후에 파보면 지네가 꼬여 우글거립니다. 닭이 생명을 잃으면 지네의 먹이가 되는 거죠."

"세상이 원래 먹고 먹히는 것 아닌가."

"그렇습니다. 저들은 우릴 잡아먹습니다. 우린 지네, 저들은 닭. 우리가 저들을 먹으려면 죽여야 합니다. 우린 죽일 수 없으니 저들이 죽기를 기다려야겠죠."

"그게 무슨 소린가?"

"일마라는 자가 아주 재미있는 말을 해줬습니다. 마단은 절대무를 숭앙한다. 마단이 존재하는 이유는 절대무의 탄생에 있다. 마공이 되었든 사공이 되었든 가리지 않는다. 우린 절대무의 탄생을 위해 목숨을 내놓은 사람들이다."

사람들의 눈빛에 생기가 감돌기 시작했다.

독사의 말에 흥미를 느끼기 시작한 것이다. 무인치고 '절대무'를 꿈꾸지 않는 사람은 없기에.

절대무.

영원한 천하제일인자. 한 명이 되었든 천 명이 되었든 절대 죽일 수 없는 최강자.

마단이 그런 것을 꿈꾸고 있었던가.

백비는 말한다.

천하제일의 무공을 가지고 싶은 자, 백비로 와서 소원을 빌라.

천하제일의 무공을 가지고 싶은 자는 백비를 찾아온 사람들이 아니라 그들이었다.

"일마는 우리에게 활로를 열어주었습니다."

"그건 또 무슨 소리? 좀 자세히 말해 보게. 난 도통 무슨 소린지······ 닭과 지네까지는 대충 이해하겠네만······."

"저들은 절대무에 대한 신념으로 뭉쳐 있습니다. 신념. 그게 무너지면 저들은 죽습니다."

더욱 이해하기 난해하다.

"현재 저들 중에 가장 강한 무인은 오공사수. 그를 제가 꺾는다면, 그리고 그 후 다른 자들마저 꺾는다면 절대무는 저들이 아니라 제가 이루게 되는 겁니다. 유심동, 멸혼촌까지 만들어가면서 이룩하려던 절대무가 아무것도 아닌 자의 손에서 이뤄진다면…… 신념은 죽게 됩니다."

"……."

할 말들을 잃었다.

독사가 말한 것은 백 번 타당하다. 혼자 몸으로 주위에 둘러싼 무인들을 모두 꺾는다는 것인데, 그렇게 하고도 활로가 열리지 않을 수 있을까?

그럴 수 있다면 무슨 걱정을 해. 그럴 수 없으니 추진을 형성하며 죽을 각오를 했지. 그럴 수만 있다면 애초부터 천장폭에서 뛰어내리지도 않았을 게고, 마천옥과 엽수낭랑 등을 떼어놓고 오지도 않았지.

문제는 모두가 다 알고 있듯이 독사 혼자가 아니라 모두가 힘을 합쳐도 그들을 꺾지 못한다는 데 있다. 암기를 사용하는 자들 단 몇 명 때문에 목숨을 잃은 사람만 세 명이다.

"난…… 독사 패거리를 담보로 잡힐 작정입니다. 내게 목숨을 줄 수 있습니까?"

"이까짓 목숨이야 무에 대수로울까. 자세히 말해 보게."

"오공사수와 싸워서 제가 지면…… 자진을 해주십시오."

"자진?"

"자진입니다."

독사는 또렷한 음성으로 분명히 말한 후, 모두의 얼굴을 한 사람씩 꿰뚫어 보았다.

"그렇게 하세."

지천도가 제일 먼저 대답했다.

"후후! 싸워보지도 못하고 죽는 건 마음에 내키지 않지만, 대형의 말이니 따르도록 하죠."

일수일살이 바로 뒤를 이어주었다.

당문삼기도, 왕가달도, 냉설도 모두 고개를 끄덕여 말을 대신했다.

"얼마나 걸렸나?"

오공사수는 강변이 환히 내려다보이는 바위에 앉아 강물을 굽어보았다.

"두 시진입니다."

오공사수 뒤에 시립해 있는 세 사내. 마신들이라 부르는 자 중 일마가 대답했다.

"혼절해 있던 시간은 빼야겠지."

"반 각입니다."

"반 각……. 짧은 시간이군."

오공사수의 눈에 활기 차게 움직이는 작은 점들이 잡혔다.

그들은 시신 곁에 붙어서 오그라든 손발을 펴기도 하고, 몸에 박힌 철침을 뽑아내기도 했다.

그런 후 옷을 벗겨 알몸으로 만든 다음 강물에 깨끗이 씻겼다.

그들이 무엇을 하고 있는지는 짐작할 수 있다. 죽은 자를 위해 염을 하고 있는 게다.

한쪽에서는 땅을 파는 모습도 보였다.

장례란 여유가 있을 때 치르기 마련이다. 한창 전쟁 중에 죽은 자의 시신을 수습하는 경우는 없다.

독사 패거리가 장례를 치르고 있다는 것은 그들에게 여유가 생겼다는 말이 된다.

"재밌는 자들이야. 무엇이 저들에게 희망을 불어넣었는지 모르겠군. 입장을 바꾼다면 너희는 지금 무엇을 하고 있겠느냐."

"……."

대답이 궁색했다.

운기조식을 할 수도 있고 오공사수의 무공을 생각할 수도 있다. 아니, 아무것도 생각할 수 없다. 입장을 바꿔 독사의 처지가 된다면……오공사수에 대해 아는 것이 전무하니 아무 생각도 할 수 없다. 그저 자신이 수련한 무공 중 최상의 무공이 어떤 것인지 다시 한 번 점검하는 것이 고작이리라.

장례를 치른다? 생각할 수 없다. 날이 밝으면 모두 죽을 운명인데 장례를 치러서 무엇 하는가.

한 길 넘게 땅을 판 사람들이 주변에서 자잘한 돌들을 주위와 밑에 깔아댔다.

여유가 있어도 한참 있는 놈들이다.

이건 정상적인 장례와 무엇이 다른가. 향과 지전이 없고 관이 없다뿐이지.

제자들이 대답을 하지 않자 오공사수가 다시 말했다.

"내일 싸움을 잘 봐둬라. 독사……. 누가 붙였는지 아주 잘 붙였어. 놈에게는 독기(毒氣)가 있어. 아마 내일 싸움은 아주 재미있을 거야. 초식을 보지 말고 싸우는 모습을 봐둬라."

"한 가지 여쭙겠습니다."

"……?"

"내일 싸움에서 몇 성으로 손을 쓸 생각이십니까?"

"허허허!"

오공사수는 어처구니없다는 듯 웃었다.

"싸우는 데 몇 성이 무슨 상관인고? 적을 봐주면 내가 죽는 것이야. 일 초에 끝나는 한이 있어도 최선을 다해야지."

오공사수가 자리를 뜨자, 신신이 강변을 쳐다보며 말했다.

"독사란 놈이 우리와 같이 무공을 수련했다면 일마는 그가 되었을 것 같은데."

암신이 말했다.

"오암마 중 사암마가 죽었어. 놈은 내 손으로 끝내야 하는 건데."

일마가 모두의 입을 다물게 했다.

"사부님 말씀을 헛들었군. 내일 싸움에서 놈의 초식을 보지 말고 싸우는 모습을 보라고 하셨어. 그건 놈에게 초식이 없다는 것이지. 무초(無招). 난 무초를 상대하기 겁난다."

일마는 독사의 눈빛을 떠올렸다.

독기로 정신이 혼미한 가운데도 철고리를 바짝 움켜쥐고 있는 모습, 앞을 가로막으면 단숨에 꼬꾸라뜨리고 지나가겠다는 기세. 독사의 눈빛처럼 차디차면서도 용광로처럼 타오르던 불길.

일마는 강변을 쳐다봤다. 작은 점들 중 누가 독사인지 구분할 수는 없지만 분명히 움직이고 있으리라.

'독사…… 넌 검신을 벨 만했다.'

독사는 초저녁부터 잠에 들었다.

활활 모닥불이 피어나는 한구석에 몸을 뉘고 깊은 잠에 빠져들어 코를 골았다.

"허! 신간 한번 편해 보이는군."

지천도가 모닥불에 마른 가지를 집어넣으며 말했다.

누구도 잠을 이루지 못했다. 죽은 자의 생각이 머리 속을 가득 메웠고, 내일 싸움이 걱정되기도 했다.

당호는 일마가 건네준 해독약을 으깨서 당한과 당옥의 상처에 발랐다. 상처에 적합한 금창약은 아니지만 약초 하나 없는 처지에서는 그나마도 감지덕지다.

"살을 파내야겠는데. 너무 많이 썩어들었어."

"오수창이 제법 날카로웠어. 괜찮아. 버틸 만해."

정신이 돌아온 당한이 몹시 아픈 듯 인상을 찡그리며 말했다.

그의 옆구리는 살이 썩어 들어가 옆에 있는 사람까지 인상을 찡그릴 만큼 고약한 냄새를 풍겼다.

오수창을 빗겨 맞는 데까지는 성공했지만, 그 정도로도 몇 달을 요양할 만한 중상이었다.

당한과 당옥은 쉬지도 못했다.

아픔을 꾹 눌러 참고 약속대로 몸을 움직여 벌목을 했다. 그런 행동이 결국은 상처가 이 지경까지 곪도록 만들었지만.

당한에 비해 당옥의 상처는 조금 가벼운 편이었다. 당한이 오수창을 끌어안고 누워버리자 오수창을 던진 자가 잠시 당황한 것이 삼 푼의 힘을 덜어주었다.

그러나 당옥도 제 몫을 해내기에는 버거워 보였다.

"불도 있는데…… 지금 도려내는 게 어떻겠습니까?"

당한은 고개를 살래살래 저었다.

"내일 싸움을 봐야지. 도왕, 섭혼살호, 조가상…… 그들이 죽는 모습도 보지 못했는데, 독사가 죽는 모습은 봐야지."

"독사가 죽으면 모두 자진하기로 했는데, 봐서 무엇 하게요?"

"자진을 할 것이면 내 손으로 해야지. 영아가 불쌍하군. 정을 참 많이 줬는데."

"후후! 당가 핏줄은 그게 문제라니까요. 눈이 뒤집히면 물불 가리지 못하고 달려드니. 전 영아를 이상하게 생각했는데, 제 눈보다 영아의 눈이 더 정확한가 봅니다."

"독사가 맘에 들었군."

"그런가요? 하하하!"

당호는 소검을 다시 집어넣었다. 불에 달궈서 썩은 살점을 베어내려던 소검이다.

신검서생도 한쪽에 드러누워 당호와 당한의 말을 엿들었다.

그의 머리 속에 엽수낭랑의 청초하면서도 화사한 얼굴이 떠올랐다.

엽수낭랑은 독사를 사랑한다. 자신은 그녀를 흠모한다. 자신의 사랑은 강 건너 갔어도, 그녀의 사랑은 이뤄질 수 있다고 생각했는데.

'소저…… 후후! 소저도 내세에서나 사랑을 이룰 수 있을 것 같군. 이곳에서 빠져나간다면 두 번 다시 독사를 찾을 생각은 말고 그냥 초야에 묻혀 약초나 캐며 살아가시오. 후후!'

신검서생은 두 번 다시 엽수낭랑을 보지 못할 것이라고 생각했다. 자신뿐만이 아니라 독사와 엽수낭랑도 서로 만날 일이 없으리라. 내일이면… 내일이면…….

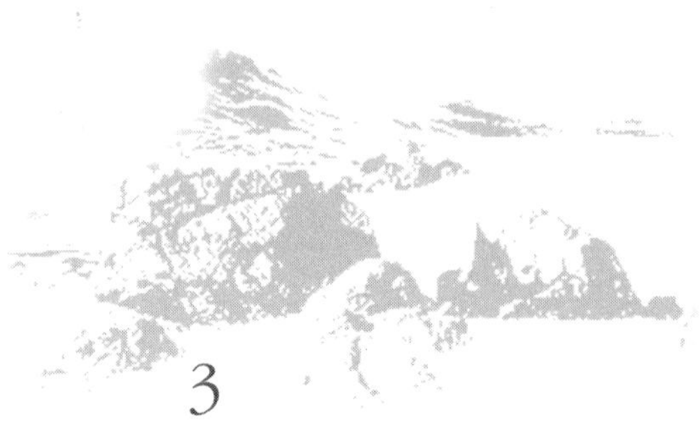

3

모두들 밤이 깊도록 한담을 주고받다가 새벽이 되어서야 깜빡 잠이 들었다.

독사는 그들과는 반대로 새벽에 일어났다.

활활 타오르던 장작불이 꺼져 불씨만 남은 곳에 마른 가지를 던져 넣었다.

불꽃이 다시 타오르기 시작했다.

혼곤하게 잠들어 있는 사람들, 그리고 영원히 깨어나지 못할 사람들.

독사는 자신의 패거리와 무덤을 힐끔 본 후 강으로 갔다.

'요빙, 오랜만에 네 꿈을 꿨어. 미안. 너무 오랜만에 만났지?'

독사의 입가에 미소가 그려졌다.

엽수낭랑으로 인해 작은 마음 고생도 했다. 엽수낭랑을 떠올렸다는 생각만으로도 마치 간음을 한 것 같아서 요빙에게 죄스럽기까지 했다.
하지만 이제는 홀가분하다.

모두가 잘됐다.

죽어서 요빙에게 돌아가면 예쁜 여동생 한 명 얻었다고 자신있게 말할 수 있으니 오죽 좋은가.

옷을 벗고 차디찬 강물에 몸을 담갔다.

물속은 오히려 바깥보다 따뜻했다. 강물에 몸을 담그기까지는 얼음에 닿은 것처럼 차가웠지만, 머리까지 푹 담그자 미지근한 온기가 몸을 데웠다.

'백화금…… 이제는 많이 컸겠군. 보지 못한 지 꽤 됐으니.'

어떤 놈으로 자라 있을까? 훈장 어른이 다부지게 휘어잡았다면 착실히 글공부를 하고 있을 게고, 자신처럼 감싸도 감싸도 삐져 나오는 송곳이라면 주먹질이나 하고 있을 게다.

팔을 강물 위에 둥실 띄워놓고 손바닥으로 강물을 쓰다듬듯 만져 보았다.

부드러운 강물의 촉감이 손바닥을 스쳐 간다.

'유(流)…… 흐름…… 후후후!'

─동작여행운류수(動作如行雲流水), 호무응체(毫無凝滯). 의지여수사필(意志如手使筆), 휘쇄자여(揮灑自如).

동작은 구름이 움직이고 물이 흐르는 것과 같이 엉키고 막히는 것이 터럭만큼도 없다. 의지는 손으로 붓을 잡고, 스스로 휘둘러 뿌리는 것과 같아야 한다.

암혼사 구결 중 하부(下部)에 기재된 내용이다.

지금까지 진기를 운행하고 무공을 사용함에 있어서 그래 왔다고 생각했다.

그렇지 않았다. 이제는 알 것 같다.

물이 흐르고 구름이 가듯 유유자적한 움직임, 붓을 잡아 글을 쓰는 것 같은 편안한 의지.

세상을 치열하게 사는 것도 좋지만 한 발 뒤로 물러서서 관조하는 것도 좋다. 싸움에 몰입하는 것도 좋지만 조금 뒤로 물러서서 싸우지 않으면 더욱 좋다.

독사는 암혼사 구절 한 부분을 어제 초저녁 무렵에야 깨달았다.

마음을 편히 하고 잠을 일찍 청할 수 있었던 것도, 결전의 시간이 다가옴에도 평상심을 유지할 수 있는 것도 모두 깨우침 덕분이다.

손바닥에 물결의 흐름이 느껴지자 깨달음이 더욱 확실히 피부에 와 닿았다.

'요빙, 내가 할 수 있는 최선의 싸움이야……'

강물 속에 머리까지 집어넣고 푹 잠겼다.

사람들은 너무도 편안한 모습에 오히려 불안감을 느꼈다.

다른 때의 독사라면 눈에 불길이 이글거려야 한다. 숨 막히는 긴장감에 말투 하나까지 세심하게 신경 써야 한다.

"냄새가 너무 지독합니다. 제가 손봐 드리죠."

"괘… 괜찮네."

"당문에서 의독을 배웠다는 분이 이래서는 안 되죠. 자, 상의를 벗으세요. 상처는 적을 때 빨리 치료해야 됩니다."

"허! 이젠 나에게 의술을 말할 참인가?"

"아는 것보다 행할 줄 알아야 합니다."

"치료는 나중에……."

"어서요."

독사는 기어이 당한의 상의를 벗겨냈다.

한 시진 후 만무타배조차 십초지적밖에 되지 않는다는 오공사수와 싸울 사람으로는 보이지 않았다.

치지직……!

불에 달군 소검이 살을 파고들며 역한 노린내를 뿜어냈다.

독사도 당한도 인상 한 번 쓰지 않았다. 두 사람의 시선은 모두 상처에 집중되어 있었다.

"해독단을 오늘 사용할 걸 그랬습니다."

곪은 부위를 도려내고 빨갛게 달궈진 소검으로 살을 지지면서 말했다.

"이 정도… 로도 응급… 처방은… 충분하네……."

당한의 이마에서는 굵은 땀방울이 비 오듯 흘러내렸다. 참고는 있지만 너무 지독한 고통에 말마저 제대로 잇지 못했다.

독사는 피가 흘러나오지 않는 것을 확인한 후 소검을 놓고 일어섰다.

그가 향한 곳은 어제 살풍경한 광경을 이끌어냈던 쌍겸이 있는 곳.

"그, 그건 독이……."

당호가 말을 몇 마디 하다가 입을 다물어 버렸다.

독사는 쌍겸을 유심히 살펴보다가 철고리 한가운데 비늘 조각 같은 것이 붙어 있는 것을 발견해 냈다.

손으로 잡아보자 아무런 통증도 느껴지지 않는다.

"날씨가 참 좋군요, 바람도 시원하고."
독사가 전장으로 걸어가며 마지막으로 한 말이다.

"오공사수라는 말은 이놈의 오공 때문에 생긴 별호지."
오공사수가 소맷자락에서 지네 한 마리를 꺼내 으적 씹어 먹었다.
"전 무엇 때문에 독사라고 불렸는지 모르겠습니다. 독사처럼 위험한
인물도 아니었고, 독하지도 않았는데요."
"……? 어제의 자네가 아니군."
"그런가요?"
"그 쌍겸도 자네의 애병이 아닌데…… 내가 상관할 문제는 아니지
만 괜찮겠나?"
"괜찮습니다."
"……!"
오공사수의 얼굴이 굳어졌다.
지네를 씹어대던 입 근육도 고정되어 움직이지 않았다.
어제의 독사는 치열했다. 머리끝부터 발끝까지 독기로만 똘똘 뭉친
독인이었다. 한데 오늘은 세상을 달관한 도인 같다. 유유한 행동, 부드
러운 말씨…….
"무리(武理) 하나만 말해 보세. 어떤가?"
"말씀해 보시죠."
"내 평생 깨달은 심득(心得)은 이것이네. 무론흘반수각(無論吃飯睡
覺)."
"……?"
독사는 고개를 갸웃거렸다.

밥을 먹으며 잠을 자며 깨달은 것은 말로 할 수 없다는 뜻 같은데, 그것이 무공과 무슨 상관관계가 있는지 파악하지 못하겠다.

오공사수가 말했다.

"자네의 심득은 무엇인가?"

"동정좌와지간(動靜坐臥之間)."

움직임과 고요함은 앉아 있는 것과 누워 있는 것의 차이와 같다.

어제야 비로소 깨달은 심득이다.

오공사수가 고개를 끄덕였다.

"높은 성취군. 자네 나이에 대단한 성취야. 감탄했네."

오공사수는 독사의 심득을 알아냈다. 하지만 독사는 알아내지 못했다. 이것의 차이는 곧바로 무공의 차이로 이어지리라.

어제만 같았어도 독사의 마음은 평상심을 잃고 들끓었으리라. 오기가 치솟고, 길고 짧은 것은 대봐야 안다는 식으로 생각했을 게다.

지금은 그렇지 않다. 상대의 심득이 높은 것을 알지만 태산 위에 하늘이 있는 법, 지고함의 끝은 한이 없다. 무공이 높은 사람을 만났으면 반가워해야 할 일이지 조급할 필요는 없다. 강물이 흘러 바다로 가듯이 언젠가는 하늘이 되고, 그보다 높은 어디엔가 도달할 수 있을 테니까.

"두 가지만 묻지. 먼저 사도에서 시신을 훼손한 이유가 뭔가?"

독사는 '사도'란 말뜻을 얼핏 이해하지 못했지만 그곳이 곧 자신들이 말하던 일선도라는 것을 알아차렸다.

"시신이 썩지 않아서죠. 특수한 무공을 수련했거나 약물로 처리됐다는 것을 의미하는데 알아볼 수가 없었습니다. 훗날 시간이 있으면 알아보려고 했습니다."

“그렇군. 그럼 마지막 물음. 어제 무슨 일이 있었나?”

“요지를 파악하지 못하겠습니다.”

“무슨 일이 있었기에 활기를 되찾았느냐고 묻는 것이지.”

“죽음을 다시 상기시켰습니다. 이 싸움에서 제가 지면 남은 사람들은 모두 자진할 겁니다. 누구도 제가 이기리란 생각은 하지 않을 것이고, 죽음을 필연으로 받아들이고 있습니다.”

“그거였군. 하하하! 희망이 없을 바에는 철저하게 꺾는다. 좋은 생각이야.”

“그것뿐은 아닙니다. 제가 여기 모인 마단 고수 모두를 꺾으면 마단 고수들이 추구하는 절대무, 그것을 제가 이룰 수 있다고 말해 주었습니다.”

“뭐라…… 허! 허허허! 그게 가능하다고 생각하나?”

“충분합니다.”

“뭐가 충분한가?”

“저라면 꺾을 수 있습니다.”

“자만이 지나치군. 허허허!”

“방금 전에 말씀드렸는데 잊으셨군요. 동정좌와지간. 삶과 죽음도 종이 한 장 차이. 또 하나 있습니다. 죽은 자는 세상을 걱정할 필요가 없습니다.”

오공사수가 지네를 꺼내 입 안에 넣었다.

그는 생각했다.

‘오늘… 반드시 죽여야겠군. 살려두면 어디까지 크게 자랄지 모를 자…….’

쉑! 쒜엑! 쉑쉑쉑……!

머리 위에서 빙빙 돌아가는 쌍겸이 잠자리의 날갯짓처럼 부드러웠다. 하지만 내뿜는 경풍은 감히 범접을 불허했다.

오공사수가 천천히 걸으며 다가섰다. 독사의 머리 위로 일 장을 완전히 에워싼 소용돌이가 일어나는 것을 보면서도 태연하기만 했다.

독사도 태연했다. 한 손으로 철고리를 움켜잡고 단봉을 빙빙 돌리듯 사납게 회전을 시켰지만 그의 얼굴에는 잔웃음마저 걸렸다.

"타앗!"

오공사수가 거센 고함을 내지르면 선제공격을 가했다.

몸을 낮게 수그리며 쌍겸의 회전력 안으로 파고드는 전형적인 공격 방법이다.

독사의 반응도 민첩했다. 손끝이 미미하게 움직이는 순간 회오리치던 쌍겸의 방향이 아래로 향했다. 쌍겸은 땅을 훑을 듯이 낮게 가라앉았고, 정확히 오공사수의 몸통을 후려쳤다.

독사가 빙빙 돌려대는 쌍겸의 안으로 파고들면 오공사수가 이기고, 파고들지 못하게 만들면 독사가 이기는 싸움처럼 보였다.

순간, 오공사수가 불쑥 회오리 안으로 손을 들이밀었다. 누가 보더라도 무모한 행위. 단번에 손목이 절단되어 버릴 위급 상황이다.

이상한 것은 독사의 반응이다.

독사는 무엇에 놀란 듯 펄쩍 뒤로 몸을 날리며 오히려 오공사수의 손이 회오리에 닿지 못하게 거리를 벌렸다.

그때부터 오공사수의 신법은 눈에 보이지 않을 만큼 빨라졌다. 마치 회오리 속에 손을 들이밀기만 하면 이긴다는 듯, 끊임없이 쫓아오며 손을 뻗어냈다.

'쌍겸으론 안 된다!'

독사는 뒤로 물러서기에 급급했다.

독사가 단번에 쌍겸의 허점을 파악해 냈듯이, 오공사수도 독사를 무너뜨릴 방도를 찾아냈다.

철고리!

독사는 철고리를 손등으로 쳐낸 다음 금나수(擒拿手)로 낚아채 손목에 휘감았지만, 오공사수는 아예 처음부터 무섭게 회전하는 철고리를 낚아채려고 한다.

독사는 쌍겸을 버리고 육장으로 부딪칠까 생각하다가 곧 생각을 바꿨다. 쌍겸으로 안 된다면 검으로도 안 된다. 하나의 병기로 통하지 않으면 다른 병기라고 통할 리 없다.

무엇보다 지금에 와서는 늦어버렸다. 오공사수는 독사가 싸움 방식을 바꾸도록 내버려 두지 않을 것이다. 허점을 잡은 싸움이니 여기서 끝장내려고 한다. 초지일관(初志一貫), 처음에 시도했던 싸움 방식으로 싸우게끔 몰아치는 것도 고수가 가져야 할 능력이다.

독사는 오공사수가 가까이 다가서지 못하도록 끊임없이 쌍겸을 휘둘렀다. 독사의 의지가 아니다. 오공사수가 끊임없이 쌍겸을 휘두르도록 몰아붙이고 있다.

"타앗!"

독사는 거센 고함을 내지르며, 쌍겸의 방향을 높게 혹은 낮게 변화시켰다.

쌍겸이 허공을 나는 만자탈(卍字奪)처럼 빙빙 돌았다.

두 사람은 어느 누구도 초식에 연연하지 않았다. 독사는 오직 쌍겸을 휘두르는 것뿐이고, 오공사수는 가까이 다가서며 손을 내뻗는 것뿐이다.

이런 행동은 누구라도 할 수 있다. 이제 막 무공에 입문한 사람이라도 할 수 있다.

차이는 속도에서 난다.

독사가 쌍겸을 휘두르는 속도, 오공사수가 따라붙고 손을 내뻗는 속도.

조금 더 자세하게 관찰하면 독사는 최적의 공격을 하고 있다. 아니, 방어를 하고 있다. 무서운 속도로 다가서는 오공사수를 밀어내기 위해서는 오직 쌍겸을 휘두르는 방법밖에 없다.

그 점은 오공사수도 마찬가지다. 다른 공격 방법이 있을지 모르지만, 지금으로서는 그가 펼치는 신법, 그가 내뻗는 일수만이 최선이다.

삼류무인도 펼칠 수 있으나 그들밖에 하지 못할 공방(攻防)이다.

패앵! 패에엥……!

쌍겸이 땅을 훑는가 싶더니 위로 쳐들려 머리를 노렸다.

겸과 겸의 공격 차는 정확히 반 바퀴다.

한쪽 겸이 공격을 할 때 다른 겸은 정확히 반대쪽에 위치한다. 마치 창을 빙빙 돌리는 것처럼. 그러나 시간 차는 실로 촌각에 지나지 않는다. 첫 번째 겸과 이어지는 겸이 거의 동시에 공격한다 싶을 만큼 빠르게 회전하고 있다.

진기의 이어짐도 양쪽 다 순조롭다.

오공사수가 다가서는 속도는 점점 빨라졌고, 독사가 쌍겸을 휘두르는 속도도 눈부실 만큼 빨라졌다. 그래도 처음에는 허공을 가르는 겸이 조금은 보였는데, 이제는 아예 보이지도 않는다.

'조금씩 방향을 틀고 있어.'

순간적인 판단이다. 오공사수는 연속적으로 철고리를 잡아채면서 조금씩 방향을 바꾸고 있다. 독사로 하여금 그가 원하는 방향으로 물러서게 만들려는 의도다.

독사도 방향을 바꾸지 않을 수 없었다. 바꾸지 않고 계속 자신의 방향만을 고집한다면 육장과 쌍겸의 충돌을 피할 수 없다. 그리고 일장격돌이 일어나는 순간 자신이 쌍겸 고수를 격타했듯이 격타당할 게 뻔하다.

'바위… 나무… 숲이군. 숲으로 몰고 있어.'

오공사수의 의도는 확실하다. 그는 쌍겸의 기세가 누그러지는 순간 이 승패의 갈림길임을 확신하고 있다.

그 점에는 독사도 부인하지 않는다.

'한 번의 승부는 피할 수 없는 것…….'

느닷없이 쌍겸에 변화를 주었다. 지금까지 빙빙 돌리던 쌍겸이 홀연 내리찍는 쌍겸으로 변했다.

팍!

첫 번째 겸이 땅을 파헤쳤다. 이어지는 두 번째 겸은 몸통을 가로 그었고, 그 순간 땅에 박힌 겸을 뽑아냈다. 겸을 상하좌우(上下左右) 자유자재로 휘돌리며 내리찍고 가로 그었다.

오공사수도 신형을 변화시켰다. 지금까지 짧은 보폭으로 다가서기만 하던 보법에서 돌연 일학충천(一鶴衝天)을 펼쳐 하늘로 솟구쳤다.

독사의 허리가 반이나 뒤로 꺾였다. 쌍검은 배 위에서 휘둘려져 하늘에 떠 있는 오공사수를 노리고 쏘아 나갔다.

오공사수는 일학충천에 이어 등룡반회(登龍半回)를 펼쳐 몸을 반 바퀴 뒤집었다. 동시에 양손을 쭉 뻗어내면서.

파팟!

쌍겸과 육장이 드디어 부딪쳤다.

오공사수는 정확히 쌍겸의 자루 끝 부분과 잇닿아 있는 철고리를 움켜잡고 힘껏 잡아당겼다. 아니, 잡아당기는 힘을 빌어 오히려 자신이 독사에게 쏘아져 왔다.

'권심시내기(拳心是內氣)!'

독사도 예상하고 있었다. 그도 오공사수와 부딪칠 기회를 노렸고, 자신이 가장 자신있게 일장을 뻗어낼 수 있는 기회를 노렸다. 그리고 그 기회는 지금 찾아왔다.

강력하게 내뻗은 일장과 오공사수의 일장이 정면으로 충돌했다. 한 명은 허공에서 내리꽂히며 내지른 일장이고, 다른 한 명은 눕혀진 허리를 일으키며 내지른 일장이다.

서로의 위치를 보면 오공사수가 유리하나, 허리의 반탄력을 이용한 독사의 일장도 만만치 않다.

퍼엉!

육장과 육장이 부딪치면서 가죽 북 두들기는 소리가 터졌다.

"크윽!"

독사는 내장이 뒤집히는 충격을 받고 비틀비틀 물러섰다. 오공사수와 일장을 맞부딪쳤던 오른팔은 뼈가 부러져 축 늘어진 상태였다. 반면에 오공사수는 태연했다.

독사는 물러서던 신형을 되튕겨 쏜살같이 치달려 들어갔다.

오장육부가 뒤집히는 충격은 아직도 그를 현기증 속으로 몰아넣었지만 삶의 끝을 자각한 본능은 그로 하여금 공격을 하도록 만들었다. 그리고 그 공격은 그가 일장을 부딪치기 전부터 머리 속을 스쳐 간 그림이기도 했다.

쒜에엑!

거대한 경력을 실은 왼손이 현묘한 신법에 힘입어 오공사수의 가슴을 격타해 갔다.

오공사수는 예측이라도 한 듯 상반신을 비틀며 일권을 내질렀다. 아래에서 위로…… 턱을 겨냥한 일권이다.

터억!

일권은 정확히 턱에 꽂혔다. 참으로 정확한 시간 차다. 독사의 행동을 정확히 보며 가격한 일권이라서인지 충격도 엄청났다.

독사는 술 취한 사람처럼 비틀거렸다.

머리와 육신이 분리된 사람처럼 오공사수가 서 있는 방향조차 잡지 못하고 등까지 보였다.

승부는 끝났다. 이런 상태가 되어서 승기를 놓칠 바보는 없다.

오공사수가 다시 한 번 일권을 내뻗었다. 이번 일권은 복부에 틀어박혔고, 틀어박힌 주먹을 뽑아 손등으로 턱까지 가격하는 변화가 깃들어 있다. 주먹이 복부에 틀어박히는 그 순간,

쉬익!

무방비 상태로 전신을 노출한 독사가 펄쩍 뛰어오르며 오공사수의 얼굴을 들이박았다.

일격은 무위로 끝났다.

오히려 오공사수가 위로 쳐들린 독사의 멱살을 움켜잡고 몸을 한 바퀴 휘돌리며 메다꽂았다.

독사의 몸이 팽그르르 돌아가는 순간, 독사의 한쪽 무릎이 오공사수의 가슴을, 다른 발은 머리 뒷부분을 휘어 감았다. 무릎으로 차는 듯하

다가 무릎이 조금 더 높이 쳐들면서 휘어 감아 차는 각법(脚法).

퍼억!

오공사수도 이번 일격만은 예상하지 못한 듯 가슴을 격타당했다. 하지만 그 충격은 미약하기 이를 데 없어서 가벼운 손짓에 불과했다.

쿵!

땅에 메다꽂힌 독사가 입으로 핏물을 쏟아내며 일어섰다.

오공사수의 눈에 기광(奇光)이 번뜩였다.

"아직도 일어날 기운이 남았나?"

독사는 일어났을 뿐만 아니라 숨을 한 번 크게 들이킨 다음에는 투지까지 되살아났다.

"다시 한 번 해봅시다."

음성까지 차분했다. 힘이 실려 있지만 망동(妄動)하지 않는 마음이 고스란히 담겨 나왔다.

"허! 허허허!"

쒜엑!

오공사수가 웃음을 그치기도 전, 독사의 맹공이 시작되었다.

『대형 설서린』 제7권으로…

월인 신무협 판타지 소설

| 사마쌍협 |

신화 창조! 그 깃발을 들어라! 월인의 『사마쌍협(邪魔雙俠)』

당세를 휘몰아칠 신무협의 군계일학(群鷄一鶴)!
전작『두령』을 능가할 두 영웅의 탄생 비화가 시작된다!
전작『두령』에서 보여준 남성적 호쾌함과 여성적 섬세함의 조화미가 이번 작품에서 되살아나고 있다.
"우리 가주는 무척 아둔한 사람이다."로 시작되는 일기 형식의 초반부를 통해 독자의 몰입을 유도하고,
주인공의 발견과 발전, 성숙을 통해 무협 세계 속에서의 인간이 가지는 무한한 성장
가능성을 독자에게 떠올리도록 만든다. 그간 신무협이 이루어낸 감각적 성과들이 집대성되고

새로운 감성이 더해진 새로운 맛과 느낌의 작품을 만나보자!

이종우 신무협 판타지 소설

| 쉿! 강시 |

타락천사(墮落天使) 혜림(慧林)! 강림(降臨)!

어린아이다운 한없는 순진무구함. 어린아이다운 더없는 잔인함.
실 끊어진 꼭두각시 인형. 소녀의 이름은 혜림(慧林).
이 대(二代)에 걸친 마인(魔人)의 집념이 만들어낸. 죽어도 죽지 않으며, 살아도 산 것이 아닌.
존재하지 않았고, 존재해서는 아니 될. 그녀의 이름은 혜림(慧林).
이전에도 없었고 이후에도 다시없을, 섬뜩함과 기괴함이 결합된 엽기적 행보!

정통 신무협의 농염한 향기 속으로 깊이 깊이 빠져든다.

도서출판 청어람 www.chungeoram.net   우 420-011 부천시 원미구 심곡1동 350-1 남성빌딩 3F ● TEL : 032-656-4452/54 ● FAX : 032-656-4453 ● Email : eoram99@chol.com

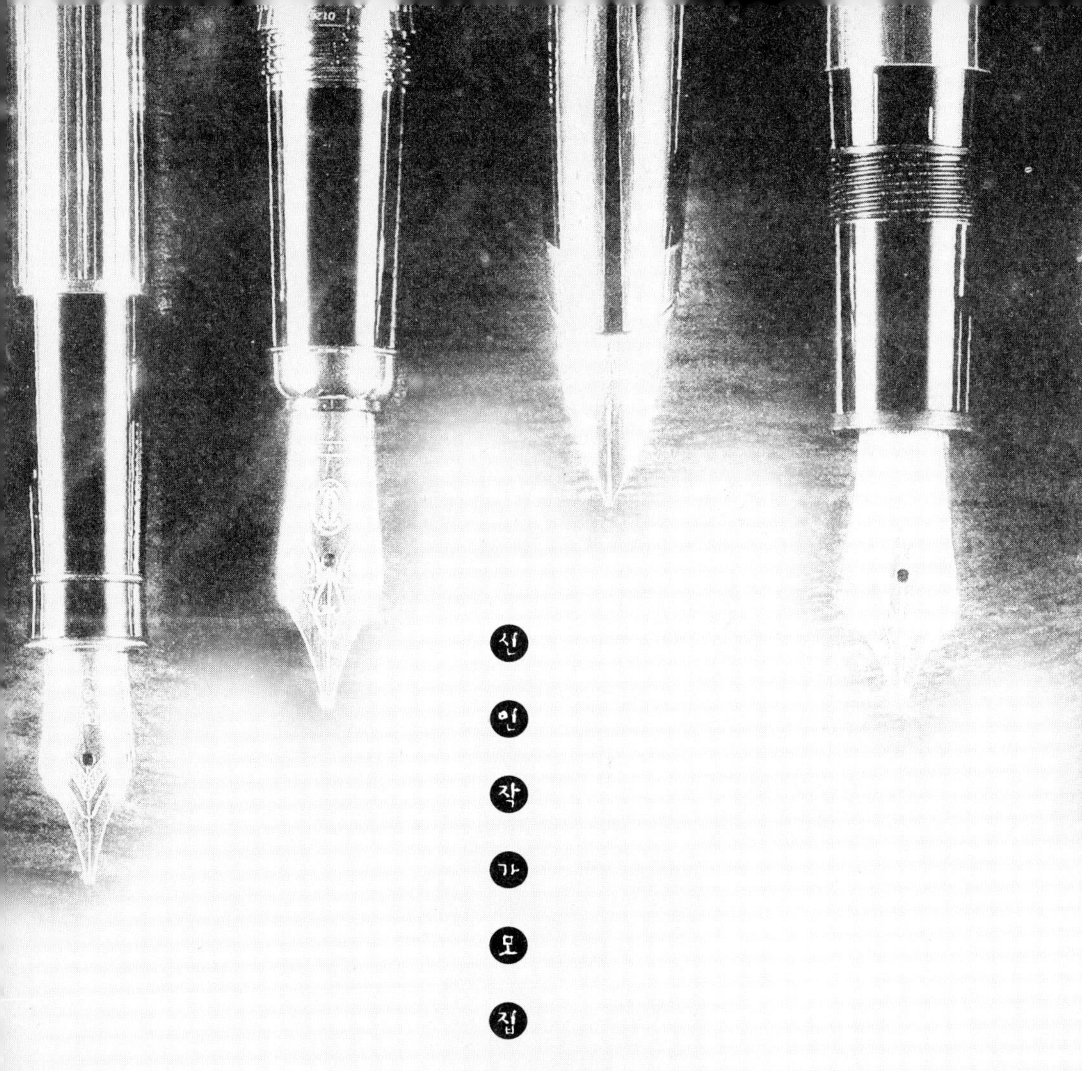

신
인
작
가
모
집

시작이 반이라고 했습니다.
작가의 길에 대한 보이지 않는 벽을 과감히 깨뜨리십시오!
청어람은 작가 지망생 여러분들의
멋진 방향타가 되어드리겠습니다.

저희 도서출판 청어람에서는
소설 신인 작가분들을 모집합니다.
판타지와 무협을 사랑하시는 분들의 많은 참여를 바랍니다.
소정의 원고(A4용지 150매)를 메일이나 우편으로 보내주시면
검토 후 출판 여부를 알려드리겠습니다.

주소:경기도 부천시 원미구 심곡1동 350-1 남성B/D 3F 우편번호420-011
TEL:032-656-4452 · FAX:032-656-4453
http://www.chungeoram.com
e-mail:chungeoram@chungeoram.com